UN ROMANZO IN 24 CAPITOLI
COME UN CALENDARIO DELL'AVVENTO

Secret Santa

UN AMORE INASPETTATO

Sophie Jomain
Illustrazioni di Manon Bucciarelli

FABBRI
EDITORI

Benvenuti!

Aprite ogni giorno un **capitolo sigillato** di questa storia d'amore che vi accompagnerà fino a Natale. Preparate il tagliacarte e la cioccolata calda.

Buona lettura!

1
dicembre

«Il sociologo rompe il cerchio magico nel tentativo di far sapere ciò che l'universo del sapere non vuole sapere, in particolare riguardo a se stesso.»

Se dovessi rompere il cerchio di qualcosa, sarebbe quello delle lezioni all'università che mi fanno venire voglia di starmene a letto.

A furia di sbadigliare, finirò per slogarmi la mandibola.

«Chi sa spiegarmi il significato di questa frase?» domanda il prof di Sociologia.

Nell'aula non c'è un solo studente che si azzardi a rispondere. In più il professore deve fare un po' fatica a prenderci sul serio: siamo circa centottanta, e oltre la metà di noi indossa un berretto, un maglione o un cerchietto a tema natalizio. Dal primo dicembre di ogni anno è sempre così, e l'ultimo giorno prima delle vacanze alcuni arrivano persino vestiti da Babbo o… Mamma Natale.

«Nessuno?» insiste lui.

A quanto pare…

Mi allungo verso Ines. Di noi due, è lei la cervellona.

«Dai, rispondi tu!»

«Sì, certo! Perché lo sanno tutti che conosco a menadito i libri di quel tizio!»

Scoppiamo a ridere.

Sono le undici, la lezione è finita. Come al solito iniziamo a mettere via le nostre cose.

Il prof ci richiama, creando nel microfono un orribile effetto Larsen. Dovevo immaginarlo: finché non siamo fuori dall'aula, tutto è ancora possibile…

«Visto che questo personaggio vi appassiona così tanto, vi invito a dividervi in coppie e a preparare una biografia completa di Pierre Bourdieu, oltre a uno studio sulla portata politica delle sue ricerche. Me li consegnerete giovedì prossimo, avete sette giorni di tempo. Buon lavoro, e a settimana prossima.»

Sospiro collettivo. A dieci giorni dagli esami di metà anno, è un brutto tiro.

Raccolgo i miei appunti, li metto nella borsa e mi giro verso Ines. Sto per chiederle una cosa che farà piovere rane dal cielo, ci scommetto.

«Vuoi che cominciamo adesso?»

Anche Ines è sorpresa.

«Mi prendi in giro?»

«No, ci compriamo dei panini e andiamo in biblioteca. Scommetto che non saremo le uniche» aggiungo, indicando l'aula. «Sarà divertente. Ma, soprattutto, prima ce lo leviamo dalle scatole, prima saremo libere!»

«Fannette Reynaud, che poetessa che sei…»

«In persona!»

Sollevo lo sguardo e vedo un ragazzo che si infila tra i banchi con aria determinata per avvicinarsi a Ines. È quasi comico, spinge via chiunque incontri.

«*Mayday!* Impiastro in vista…»

Ines evita di girarsi, ma la sento irrigidirsi.

«Un tipo moro con gli occhiali?»

«Esatto.»

«Per carità… Sbrighiamoci ad andarcene.»

Purtroppo è più veloce di noi.

«Ciao» esordisce, in tono esitante. «Non ci siamo mai parlati, ma è dall'anno scorso che seguiamo gli stessi corsi.»

Ines si limita ad annuire.

«Ehm… Hai da fare adesso?»

Così, diretto. Del resto, perché perdere tempo?

Non serve la laurea al Politecnico per capire che la mia amica è esasperata. Ines è il tipo di ragazza che, quando passa, fa girare tutti. Di statura media, fisico sportivo, ha la carnagione scura (per via delle origini berbere di suo padre), gli occhi verde chiaro (presi dalla madre franco-irlandese) e i capelli lunghi e scuri, con dei ricci perfetti. L'esatto contrario di me, che sono troppo alta, troppo magra, con i capelli biondi, lunghi e rigidi come bacchette e la pelle bianca tipo bicchiere di latte. E in più, come bonus, ho anche le lentiggini…

«Sì, sto andando a studiare con la mia compagna» risponde fredda al tipo con gli occhi da triglia. «Mi spiace, ma devo proprio scappare.»

Non lo saluta, prende le sue cose e mi fa segno di filarcela.

È la decima volta dall'inizio dell'anno che ci provano così

con lei. Penso che sia stufa. Faccio un sorrisino imbarazzato allo spasimante finito in panchina e raggiungo la mia amica.

«Tutto okay?»

«Sì... L'avevo già notato durante la lezione, non faceva altro che guardarmi. Che stress! Ma cos'è, ho scritto sulla fronte: "Tenta la sorte, potrei anche dirti di sì"?»

«Basterebbe che fossi più brutta!»

«Okay, ci penserò! A proposito di bruttezza, guarda chi arriva...»

Alzo gli occhi e lo vedo camminare nella mia direzione, il sorriso hollywoodiano sulle labbra.

Gabin, il mio ragazzo. Procede con aria rilassata, si passa una mano tra i folti capelli biondi e mi si ferma davanti, con uno sguardo da seduttore in grado di sciogliere chiunque.

«Tutto okay, baby?» mi chiede, chinandosi per abbracciarmi e baciarmi sul collo.

Quando si stacca, noto che Ines sta facendo una smorfia. Odia quel soprannome. Se è per questo lo odio anch'io, ma la scelta era fra "baby" o "tesoro", e così ho scelto "baby".

«Che ci fai qui?»

«Mi hanno detto che la ragazza più bella del campus era da queste parti, e siccome avevo un momento libero sono venuto a verificare di persona.»

«E quindi?»

«Non mentivano, e la invito fuori a pranzo, signorina.»

Mi giro verso Ines, del tutto insensibile al fascino seduttivo di Gabin.

«Vai pure, se vuoi, io vado in biblioteca per cominciare l'elaborato di Sociologia. Mi raggiungi dopo.»

«Sicura che non ti dà fastidio? Non vuoi venire insieme a noi?»

«No, no, stasera sono impegnata con il lavoro a scuola, e devo portarmi un po' avanti su Bourdieu. Vai tranquilla, ci vediamo dopo pranzo.»

«Sempre i tuoi mocciosi della materna?» interviene Gabin con aria sarcastica. «Non ti sei stufata?»

«Sì, ma che vuoi, non tutti possiamo contare sull'aiuto di mamma e papà, e dobbiamo guadagnarci da vivere come i grandi. A dopo.»

Il tono era brusco.

Gabin alza un sopracciglio guardandola andare via.

«Ce l'ha con te?»

«Con me? No, stava parlando con te…»

E a ragione: Gabin ha smesso di studiare dopo il secondo anno di università, sei mesi fa. Da allora si diverte, se ne va in giro in Belgio, in Olanda, in Inghilterra, organizza serate ogni volta che può… tanto ha le spalle coperte dai genitori. Fa la bella vita.

Scoppia a ridere.

«Piccola, tu *credi* che ce l'avesse con me, ma anche i tuoi sono ricchi. E molto più dei miei!»

«Vero, ma a differenza tua io non passo il tempo a tirarmela.»

Il suo sorriso si allarga.

«Fa parte del mio fascino.»

Cosa mi tocca sentire…

Strizza gli occhi in direzione di Ines, che sparisce dietro l'angolo della strada.

«La tua amica comunque è pesante. Sempre a fare la guastafeste.»

Aggrotto la fronte.

«Non credo proprio, si limita ad analizzare i fatti. I suoi non possono pagare tutto e quindi deve lavorare.»

«Ti piace fare la parte della buona samaritana, vero?»

«Ma parli sul serio? Per niente!»

E questo lo fa ridere…

«Se vuoi il mio parere, non dovresti fare la sociologa, ma l'assistente sociale. Se ti fa sentire meglio, mandale un bonifico.»

Che sarebbe il modo migliore per litigare con Ines.

«Dai, andiamo a mangiare. Poi, se proprio ci tieni, puoi raggiungere la tua coinquilina.»

«Mi sa che alla fine preferisco fare l'assistente sociale e non lasciare la mia amica.»

«Ti sei offesa?»

Faccio una smorfia, e allora lui mi attira a sé per baciarmi sul collo.

«Stavo scherzando, baby! Ti propongo un compromesso: c'è un bar qui vicino, ci facciamo un hamburger al volo e poi vai?»

«Non è carino nei suoi confronti, Gabin…»

«Ma tu volevi venire e lei ti ha detto che non le dava fastidio.»

«L'ha detto solo perché è gentile.»

Si allontana sospirando.

«Non capirò mai…»

«Che cosa? Me?» gli chiedo, con una strizzatina d'occhio.

«Sì, e anche perché continui ad annoiarti all'università anche se non ti piace. Hai i mezzi per evitarlo.»

È una conversazione che abbiamo già avuto cento volte, se solo lo sapessi…

Io e Gabin apparteniamo allo stesso mondo, e quando frequentava ancora la facoltà, passavamo il tempo quasi nello stesso modo. Uscivamo spesso, il weekend andavamo dove ci pareva senza che i soldi fossero un problema. Adesso, invece, abbiamo ritmi diversi, non riesco più a seguirlo, sempre che il motivo per cui non lo faccio non sia che non provo più piacere per nulla…

Dato che non dico niente, lui sorride.

«Va bene, hai vinto, ti lascio fra le mani del Grinch.»

Si china e mi bacia.

«Ci vediamo stasera? Da te?»

«Sì, certo!»

Gli do un ultimo bacio prima di salutarci, mi sistemo la borsa sulla spalla e mi muovo per raggiungere la mia coinquilina in biblioteca. Devo essere proprio masochista…

Quando arrivo, vedo che Ines ha preso un tavolo per due. Ha tirato fuori il PC. Mi guardo intorno e non c'è nessun altro del nostro corso. Siamo state le uniche ad avere quest'idea. Ahi…

Ines alza gli occhi, sorpresa di vedermi.

«Già qui?»

Metto giù le mie cose e mi siedo di fronte a lei.

«Mi sentivo un po' in colpa a lasciarti tutta sola.»

«Gabin è così irresistibile, avrei capito.»

Impossibile non notare il sarcasmo nella sua voce.

comprare qualche oggetto. Ieri un addobbo natalizio extra-large, oggi una ghirlanda di carta da appendere in camera mia. E domani? Non ne ho idea, ma troverò sicuramente qualcosa.

Arrivo a casa alle sei. L'appartamento che condivido con Ines non è molto lontano da Notre Dame de la Treille, al terzo piano di un edificio in mattoni.

È carino, ha il parquet, le modanature e grandi finestre. Abbiamo ognuna la propria stanza, e poi ci sono una piccola cucina attrezzata e un grande salotto. I miei genitori l'hanno comprato quando hanno saputo che avrei studiato a Lille, ma dato che non volevo vivere da sola abbiamo messo un annuncio per trovare una coinquilina: Ines. In realtà, la migliore coinquilina possibile.

Quando è arrivata, non volevo che pagasse l'affitto (i miei genitori non ne hanno certo bisogno), ma i suoi hanno insistito, e anche lei. Nella famiglia Abad, non vogliono essere in debito con nessuno. Ed è anche per questo che lei lavora, per non dover rendere conto ai suoi di ciò che compra e delle sue uscite. Da questo punto di vista, devo ammettere che vivo davvero in un altro mondo. Non mi sono mai posta i problemi che si pone lei, perché non ho mai dovuto fare i conti. È così.

I miei genitori non sono solo ricchi… hanno una montagna di soldi. Potrebbero comprarsi uno yacht, se volessero, ma hanno sempre odiato darsi delle arie per i soldi.

Con me la loro generosità non ha limiti, così come il mio conto in banca. È il vantaggio di essere figlia unica.

Spesso si pensa che questo genere di vita sia fantastico – e lo è, non voglio mentire a me stessa – ma essere una studentessa superprivilegiata ha un prezzo. A differenza dei genitori di Gabin, che hanno ereditato la loro fortuna, i miei si sono fatti da soli, passo dopo passo, e quindi si aspettano che io frequenti scuole prestigiose, che faccia una bella carriera, che segua le loro orme e via dicendo.

La pressione su di me è alta.

I miei non mi lasceranno mai cadere, ma io dovrò sempre dimostrare di avere dentro di me la motivazione giusta, e per il momento devo ammettere che non ho proprio nulla. A parte un sacco di domande senza risposta…

Faccio una smorfia e guardo l'ora, non mi resta molto tempo prima che arrivi Gabin. Ho deciso di concedermi un lungo bagno caldo per scacciare la nuvoletta grigia che ho sopra la testa.

La vasca è immensa, e sulle quattro pareti del bagno ci sono mensole e specchi, candele ovunque e un impianto WI-FI che ho fatto installare appena sono arrivata. Ogni volta che Gabin vuole farsi una doccia, storce il naso e dice che, se rimane troppo nella stanza, finirà per trasformarsi in una principessa delle favole.

Sto per entrare nella vasca quando mi arriva un suo messaggio.

> Scusa, baby, stasera non riesco a passare, mio padre ha bisogno di me. Ti spiace se ci vediamo domani?

> Ah… No, ok.

Sei delusa, baby?

No, non fa niente.

Grande! Ti lascio, devo scappare.
A domani. 😘

😘

Entro nella vasca, un po' delusa. Mi sa che stasera non mi rilasserò… E con la fortuna che ho, Ines vorrà approfittare della serata a casa per lavorare su Bourdieu o, peggio ancora, studiare per gli esami di metà anno, che sono previsti fra dieci giorni.

Studiare è una di quelle cose che riesco a evitare raramente, vivendo con lei.

A parte un paio di eccezioni, io e Ines abbiamo scelto gli stessi corsi. Solo che lei non si è iscritta alla triennale in Sociologia solo perché non sapeva cosa fare, io invece sì. L'ho scelta per esclusione e non mi appassiona per niente…

Quello che mi ha spinto ad andare all'università è stato il fatto che con i miei abbiamo girato il mondo senza mai fermarci nello stesso posto per più di due anni. Fino all'anno scorso eravamo in Canada, e quando, dopo il diploma, siamo tornati in Francia, abbiamo fatto un accordo: finché avrei studiato non ci saremmo più mossi. Io avevo voglia di fermarmi, di avere una nuova vita, insomma, di conoscere una realtà un po' più normale. I miei hanno capito e si sono sistemati a Aix-en-Provence, dove sono nata, e io mi sono ritrovata a Lille, iscritta a Sociologia, scaraventata nella vita di una studentessa qualunque.

Più vado avanti, però, più mi convinco di essermi impantanata, e non sono certa di aver scelto i corsi giusti...

Sono confusa, non so cosa fare della mia vita. È la verità.

Non c'è giorno in cui non ci pensi, non c'è sera in cui non vada a letto con l'impressione di aver imboccato la strada sbagliata, senza peraltro sapere quale altra direzione prendere. Parlarne con i miei? Li deluderei, e farei fatica ad accettarlo.

Sì, ma io, in tutto questo?

Fisso il soffitto e sospiro. Se spero che mi darà una risposta, sono messa male. Ma più lo guardo, più ci penso...

E se mollassi tutto?

No.

Sì.

Argh.

Mi tappo il naso e immergo la testa nell'acqua.

Blup.

2
dicembre

rassicurante, ma io avrei solo voglia di urlare. Vorrei tanto essere altrove…

Il resto della lezione è una tortura. Anche se dovrei stare attenta e preoccuparmi di recuperare, sono impantanata nel mio insuccesso.

Devo venirne fuori.

«Fann, tutto bene?» mi domanda Ines quando usciamo dall'aula.

È mezzogiorno, abbiamo solo un'ora di pausa per pranzare, mentre io avrei bisogno di un anno intero per sapere dove sono e decidere cosa fare del mio futuro.

«Diciamo di sì.»

«Sai, era solo un laboratorio, non è così grave…»

«Un laboratorio che non ho passato, così come non passerò la prova ufficiale.»

Si ferma in mezzo al corridoio per guardarmi dritto negli occhi.

«Perché dici così? So che alcuni corsi non ti piacciono e che per te non sono facili, ma in realtà hai una bella testa.»

«Sono demotivata.»

Mi sorride, in mancanza di meglio da fare.

«Capita a tutti, e io sono qui per te, okay?»

Ines è davvero una ragazza d'oro, e so che vuole rassicurarmi, ma in questo caso è del tutto fuori strada: io me ne infischio di prendere un brutto voto agli esami di metà anno. Il mio problema è più profondo… Quello che voglio è sentirmi bene. E qui è tutto il contrario, e non so da dove cominciare per cambiare la situazione.

Le sorrido.

«Grazie… Senti, domani comincia il weekend e voglio staccare. Se salto la prossima lezione ti dispiace poi passarmi i tuoi appunti? Ho bisogno di fare una pausa.»

«No, certo, prenditi un po' di tempo per te. Stasera ho già organizzato una cosa con le mie colleghe della materna e probabilmente rientro tardi. Ne parliamo domani?»

Annuisco.

«E non preoccuparti, Fann, ci metteremo sotto insieme e andrà tutto liscio come l'olio. C'è un sacco di roba lì dentro!» Sorride picchiettandomi la testa con il dito. «Hai soltanto bisogno di credere un po' in te stessa. Adesso devo scappare, altrimenti arrivo in ritardo alla prossima lezione! Bacio!»

La guardo lanciarsi nel corridoio, leggera come una ballerina che sta per entrare in scena.

Credere in me… Ma credere in che cosa?

Se solo lo sapessi.

Esco dal campus trascinando i piedi. Cosa mi sta succedendo? Io avevo voglia di venire qui, mi ero immaginata una nuova vita piena di libertà. Ovviamente non ero sicura di aver scelto la strada giusta, ma pensavo che mi sarei realizzata, ero contenta di fermarmi per un po', di avere davanti almeno cinque anni per costruire qualcosa. L'anno scorso era tutto nuovo, mi sono convinta che sarebbe andata bene, ma più il tempo passa, più mi rendo conto che niente è come me lo immaginavo. Non c'è niente in questa vita che mi è familiare.

Eppure non sono in grado di dire che cosa mi manchi davvero.

A quanto pare non riesco ad avere nessun obiettivo…

Comincia a piovere, corro verso la metropolitana e scopro che è ferma per un guasto, per un tempo indeterminato. Fantastico, proprio il mio giorno fortunato… Sono troppo lontana per rientrare a piedi, in zona non c'è neanche un bar e non sono abbastanza motivata per aspettare al freddo. Vorrei solo un po' di calma e di silenzio. Non ho davvero voglia di andarci, ma la biblioteca è a due passi, e lì almeno me ne starò al caldo finché non avrà smesso di piovere…

Arrivo nel momento in cui un acquazzone incredibile si è impossessato del cielo. Entro mezza fradicia. Il bibliotecario sta appendendo nell'ingresso le decorazioni di Natale. Dovreste vedere il modo in cui mi guarda perché sgocciolo sul pavimento.

Crede che l'abbia fatto apposta?

Abbozzo un sorrisino forzato e vado a sistemarmi a un tavolo, lo stesso che abbiamo occupato ieri con Ines.

Tiro fuori le mie cose per sembrare credibile, poi sollevo la testa. Lo studente di Medicina è ancora lì. Lui sì che è veramente determinato.

I nostri sguardi si incrociano, e ancora una volta rimango stupita dall'azzurro dei suoi occhi.

E la sua pelle… farà sicuramente la lampada! Capelli ricci, lucidi, sopracciglia spesse e… oh! Sullo zigomo ha una minuscola cicatrice.

Strizza gli occhi perché lo sto fissando, allora gli sorrido in maniera educata.

Si passa una mano tra i capelli e mi risponde con un cenno della testa, prima di tornare sui suoi libri.

Wow! Secchione, sì, ma che figo! Ci manca poco che non mi senta sospirare.

È più forte di me, mentre lavora alle sue sequenze di DNA mi sorprendo a osservarlo.

Una ruga seria gli attraversa la fronte, legge, prende appunti, sottolinea sul foglio, cerca informazioni su altri libri. Tutto ciò che dovrei fare io, invece di girare a vuoto. Che cosa sembro? Una ragazza smarrita? Sì.

Appoggiata con il gomito sul tavolo, sospiro e mi premo la radice del naso chiudendo le palpebre. Sono così disillusa e così oppressa dalla mia situazione che mi viene quasi da piangere.

«Tutto okay?»

Sollevo gli occhi, un po' umidi. Lo studente di Medicina si è alzato e mi si è avvicinato senza fare rumore. Non posso evitare di esaminarlo. Le maniche della felpa sono un po' troppo corte e i jeans sono sfilacciati all'altezza delle tasche. Questo tipo è un gigante!

«Stai bene?» ripete.

«Ehm… sì, scusa, sono solo un po' stanca.»

«Hai provato a dormire? Vedrai, non è niente male come rimedio.»

E lui a quanto pare ne sa qualcosa!

«Scommetto che sai di cosa parli, anche tu sembri super in forma.»

Accenna un sorriso all'angolo della bocca e guarda il mio zaino posato sul tavolo.

«Cosa studi?»

«Sono al secondo anno di Sociologia. E tu, Medicina?»

«Secondo anno.»

La sua facoltà è a una decina di chilometri, e la loro biblioteca è specializzata in salute. Sono curiosa di sapere cosa ci fa qui.

«Ti sei perso? Non sei proprio nel tuo territorio.»

Mi fa un ampio sorriso.

Esistono davvero denti così bianchi?

«Ottima osservazione, Sherlock! Lavoro in un bar a due passi da qui, tra mezzogiorno e le due. Quando posso, prendo due piccioni con una fava e vengo in biblioteca a studiare.»

«Hai gli esami tra poco?»

«Tra dieci giorni.»

Il sorriso che gli faccio deve essere più simile a un ghigno teso.

«Anch'io, e non ho ancora cominciato a studiare.»

«Ah, non ancora...»

Sorrisino tirato.

«Stavo per andarmi a prendere un caffè alla macchinetta, mi accompagni?»

«Okay!»

Salto quasi dalla sedia. E confermo: è immenso! Io sfioro il metro e settantasei, e lui mi sovrasta di tutta la testa.

«Romeo» si presenta.

«Io sono Fa...»

Mi blocco, rendendomi conto della buffa coincidenza.

«Sì?»

«Ehm... Fannette, ma tutti mi chiamano Fann.»

Mi guarda stupito e io finisco per scoppiare a ridere, facendo sobbalzare uno dei bibliotecari che sta sistemando dei libri.

«*Ssst!*»

Ops.

«Romeo e Fannette, come i protagonisti della commedia teatrale» scherza.

«È la prima volta che incontro un Romeo.»

«E io una Fannette.»

Gli sorrido e tiro fuori dalla tasca una moneta da un euro, miracolosamente risparmiata dalla lavatrice. Non ho mai un centesimo con me! Romeo è più veloce, è già pronto a premere il pulsante.

«Caffè, cioccolata, tè? Zucchero? Latte?»

«Caffellatte, senza zucchero.»

Schiaccia il bottone, il bicchiere scende e la mia bevanda cola lentamente.

«Fannette… da dove deriva?»

«È latino, ma più che altro ho l'impressione che sia un nome da vecchi.»

«A me piace molto» dice. «È originale.»

«Sì… E tu, o Romeo, Romeo! Perché sei tu, Romeo?»

Inarca un sopracciglio.

«Ah. Ah. Ah. Non me l'aveva mai detto nessuno.»

«Scusa…»

«E, aspetta, non ti ho ancora detto il mio cognome.»

«Che sarebbe?»

«Payet.»

Sbatto le ciglia.

«Payet, come le *paillettes*?»

Alza gli occhi al cielo.

«No, come il calciatore.»

«Ah.»

«Non lo conosci?»

Scuoto la testa. Ci guardiamo, io a chiedermi se il suo nome e il suo cognome siano *fake*, lui a considerarmi una che non ne sa niente.

Prende un caffè e poi mi fa cenno di seguirlo all'ingresso, dove ci sediamo su poltrone in similpelle.

Intorno a noi, il Natale ha preso possesso del luogo in meno di mezz'ora. Un abete in un vaso lampeggia con la sua bella ghirlanda luminosa. Un piccolo Babbo Natale è sistemato sul banco informazioni insieme a diverse renne di velluto. Quanto al fungo di *paillettes* che sovrasta tutto quel piccolo mondo, è meglio astenersi dal fare commenti.

«Qui le persone cominciano presto» fa notare Romeo.

«Intendi con le decorazioni natalizie?»

«Sì. A La Réunion, da dove vengo io, non siamo così impazienti.»

«Oh! Ci sono andata una volta con i miei genitori, ho adorato quel posto! Be', non era per Natale, ma è bellissimo! L'Oceano Indiano, le foreste di tamarindo, le montagne... Okay, tu conosci ogni cosa, ma io ho un ricordo incredibile di quel posto.»

«A me, invece, è il Nord che lascerà un ricordo incredibile. La pioggia ha il suo fascino!» aggiunge, indicando fuori dalla porta vetrata. «E tu da dove vieni?»

«Da ovunque! Sono nata a Aix-en-Provence, ma con i miei ci siamo spostati parecchio. Abbiamo fatto un bel po' di traslochi.»

«Lille era la tua prima scelta?»

Annuisco.

«E per te?»

«Avevo chiesto Parigi, ma qui è meno rumoroso.»

Si alza e va a buttare il bicchierino nella spazzatura.

«Adesso devo tornare. Al bar comincio a mezzogiorno e devo ancora finire di studiare. È stata carina questa piccola pausa.»

«Davvero!»

Per non dare l'impressione di seguirlo, lo lascio entrare nella sala e finisco con calma il mio caffellatte. In fondo è simpatico questo tipo!

Sono appena le dieci e mezzo, la metropolitana avrà ripreso a funzionare. Sto per tornare al tavolo per mettere via le mie cose e andarmene, quando il mio telefono vibra. È un messaggio di Gabin.

Ciao, baby! Ci riprovo per oggi a mezzogiorno.
Sei libera?

Ehilà, per questo pome non ho programmi. Sono in biblio.

Ok! Vengo a recuperarti fra un'ora, va bene?

Perfetto, baci.

Non poteva andare meglio!

Ho un'ora davanti a me, e due alternative: prendere un fumetto oppure fare la mia parte con l'elaborato di Sociologia, in modo che Ines non debba sobbarcarsi tutto il lavoro, anche se non ne ho assolutamente voglia.

Vince Ines. Un'ora, poi passerò un po' di tempo con Gabin cercando di non pensare a nulla.

Getto via il bicchierino vuoto e torno al tavolo, lanciando un'occhiata a Romeo. È così concentrato che non mi nota nemmeno.

Quando bisogna mettersi…

Verso le undici e mezzo, Gabin mi manda un messaggio per dirmi che è parcheggiato in doppia fila in una strada vicino alla biblioteca. Recupero in fretta le mie cose. Romeo non è più al suo posto. Il suo zaino e il giaccone sono sul tavolo, immagino che sia in bagno. Sono tentata di lasciargli un biglietto per salutarlo, ma forse risulterebbe strano. Mi avvolgo la sciarpa intorno al collo e vado da Gabin.

Mi aspetta sulla sua auto nera, modello e-tron. Azzeccato come nome, specie se al posto della "e" ci metti una "s"… Un giorno ho detto a Gabin che aveva comprato una macchina "di cacca", ma non ha riso. È così fiero della sua auto super alla moda e completamente elettrica… Così non ho aggiunto altro, anche perché poi, insomma, io non ho neanche la patente.

«Ehilà! Sono fortunata, non piove più.»

Mi allungo verso di lui e lo bacio. Profuma di eau de toilette e sembra appena uscito dal barbiere. Gabin ha davvero un fisico da modello. Ci tiene al suo stile, a volte è un po' superficiale, ma gli dona.

«Cosa vuoi mangiare?»

«Un hamburger! Con un sacco di patatine fritte e poca insalata!»

Scoppia a ridere.

«La mia ragazza è un uomo!»

«Chissà!»

«Ah, ma io so che non è così...» dice con una strizzatina d'occhio ammiccante.

Mi bacia e non si rende conto che l'auto sta indietreggiando da sola, finché un grosso colpo ci ferma.

«Ehi!» grida un tizio dietro di noi.

Esco insieme a Gabin per capire cos'è successo e vedo Romeo che, colpito dalla macchina in movimento e sbilanciato indietro dal suo zaino, è caduto sul marciapiede. È tutto imbacuccato dentro il suo berretto di lana e il montgomery blu e sta cercando di rialzarsi.

«Stai bene?» gli chiedo, chinandomi per aiutarlo.

«Sì, tranquilla» dice, rimettendosi in piedi. «Sono stato preso alla sprovvista, ma è più lo spavento che il dolore.»

Invece di preoccuparsi per lui, Gabin si precipita a esaminare il paraurti dell'auto.

«Cavolo, spero che non si sia rigato!»

Aggrotto le sopracciglia.

«No, la tua auto non ha nulla, in compenso potevi fargli male.»

Gabin si gira verso Romeo e lo guarda come se fosse un insetto insignificante.

«Be', ma non è successo. La prossima volta guarda dove vai, ragazzo» gli dice con condiscendenza.

Sono allibita.

«Gabin, era sulle strisce pedonali!»

«Okay, va bene, scusa. Ti sei fatto male?»

Romeo ha la mascella serrata. Non lo conosco, ma sembra innervosito. Logico.

«Non mi sono fatto niente» risponde con voce calma, che però suona come il *tic-tac* di una bomba a orologeria.

«Scusa...» gli dico per cercare di calmare le acque. «Non l'ha fatto apposta, non stava nemmeno andando in retromarcia. Sicuro di non esserti fatto niente?»

«Sicurissimo. Ciao.»

Attraversa le strisce senza voltarsi, con l'aria di uno che per darsi una calmata avrebbe bisogno di sradicare un albero o due lungo la strada.

Quando risalgo in auto, sono tesa e mi giro verso Gabin.

«Perché sei così?»

«Così come?»

«Così! Quel poveraccio non ti ha chiesto nulla e lo hai trattato come se fosse colpa sua. Ti sei a malapena scusato.»

Lui inspira, si inumidisce le labbra e si sforza di sorridere. Tutto nel suo atteggiamento mostra che sta facendo il possibile per rimanere zen.

«Okay, Fann, la cosa mi ha stressato, tutto qui.»

«Per via della tua auto...»

«Sì, per la mia auto. Ti porto a Mouscron a mangiare il

tuo hamburger con patatine?» domanda, come se non fosse successo nulla. «Saremo lì fra mezz'ora.»

Annuisco, senza riuscire a dire una parola e senza smettere di pensare a Romeo e allo sguardo che aveva quando se n'è andato.

Resto a bocca chiusa per tutto il tragitto.

Detesto quello che è appena successo.

3
dicembre

Per qualsiasi studente, il weekend è fatto per studiare o per poltrire. Il piano di Ines sarebbe di studiare, il mio di poltrire.

Si direbbe che siamo in perfetto equilibrio, ma in realtà la mia situazione è sempre più grave. Mancano meno di dieci giorni agli esami di metà anno e pare che ogni motivazione mi abbia definitivamente abbandonato.

Dopo la colazione, ho anche provato ad aprire un paio di libri, a rileggere gli appunti, ad ascoltare un podcast su YouTube di uno dei miei prof, ma ho resistito venti minuti, poi ho trovato tutte le scuse possibili per non mettermi d'impegno: pulire, riordinare, dividere la spazzatura, ho perfino preparato delle stelline alla cannella, venute male. Sono negata per le attività manuali, e in cucina forse anche di più. Con i miei in questi anni abbiamo passato più tempo a mangiare al ristorante che a casa, riesco a bruciare anche la pasta nell'acqua di cottura, tanto per dire…

Quindi… alla fine mi metto a fare quello che in questo periodo mi viene meglio: niente. Mi stravacco sul divano con in mano il telefono e faccio scorrere stupidi video su TikTok.

«Non studi?» mi chiede Ines raggiungendomi in salotto con una tazza vuota.

«No... Non piove, ti va di fare un giro in centro?»

Aggrotta le sopracciglia.

«Devo proprio studiare, socia...»

Metto il broncio.

Lei fa un lungo sospiro.

«Ehi... rilassati» sussurra, venendosi a sedere accanto a me. «Vuoi dirmi cosa c'è che non va?»

Alzo le spalle.

«Niente di nuovo sotto i tropici... Ne ho piene le scatole.»

«Addirittura?»

«Sì...»

Mi guarda, profondamente dispiaciuta.

«Cosa posso fare?»

Non so nemmeno come rispondere.

«Con Gabin va male?»

«No, no... È solo che, non so... Non riesco a trovare il senso in quello che faccio.»

«Vuoi cambiare corso di studi?»

«Non ne sono neanche sicura... Mia madre ha messo in piedi una società partendo da zero e ne ha fatto una multinazionale, mio padre ha sgobbato per fondare il suo studio legale e adesso è uno dei migliori d'Europa. Loro hanno sempre successo. E io? Io non ho nemmeno un progetto, uno straccio di obiettivo. Almeno quando giravamo il mondo non dovevo fare altro che seguirli... Adesso, invece, mi sento persa. Ho l'impressione di essere la pecora nera della famiglia.»

«Ehi... Non credi che sia solo un momento di fiacca?»

Faccio spallucce, incapace di argomentare, ma so che non si tratta solo di stanchezza.

Ines si alza di colpo, con un grande sorriso sulle labbra.

«Sai che c'è? Ho una soluzione infallibile.»

«Infallibile?»

«Sì, dai, alza le chiappe!»

Ines mi trascina fino alla pista di pattinaggio. Non quella di Marcq-en-Barœul, dove si allena la squadra di hockey su ghiaccio di Lille, no, quella sintetica per i piccoli allestita nel palazzo della Borsa durante il mercatino di Natale. Inutile dire che, essendo sabato, siamo tutt'altro che sole. Ci ritroviamo in mezzo a mamme, papà e un sacco di nanetti che scivolano sul ghiaccio come se nella vita non avessero fatto altro, mentre io mi attacco disperatamente alla balaustra. A mia discolpa, devo dire che con i piedi sono brava come con le mani!

«Dai, vieni!» mi urla Ines slalomeggiando nella mia direzione.

«Le gambe sono fatte per camminare, non per fare i pinguini sulla banchisa! E in più rischio di rompermene una!»

«Non l'hai mai fatto quando eri in Canada con i tuoi?»

«No, non sono mica matta! E poi questa roba non è neanche ghiaccio vero, ma olio di colza. Mi hai preso per una patatina fritta? E ti ho visto alzare gli occhi al cielo!»

Si mette a ridere.

«Dai, vieni!»

«No, preferisco guardare le decorazioni.»

Perché, almeno quelle, valgono la visita.

Sopra la nostra testa si innalza una cupola di vetro. E intorno si vedono ovunque boiserie, affreschi, archi e… una gigantesca sfera a specchi che riflettono migliaia di stelle contro i muri.

Ines mi raggiunge, infila una mano nella tasca del suo cappotto e tira fuori un berretto di Natale, che mi sistema sulla testa.

«Dove l'hai trovato?» le chiedo.

«Lì» risponde, indicando uno degli stand che circondano la pista. «Su! Andiamo.»

Senza preavviso mi tira per un braccio, facendomi gridare per la sorpresa. Se la cava meglio lei all'indietro che io da ferma. E poi mi lascia.

Aiuto…

«Ma dove hai imparato a pattinare?» le domando.

«La pista di pattinaggio più grande di Francia è a Cergy, ci andavamo spesso con mio fratello. Su, fai come me!»

Si destreggia calibrando minuziosamente i movimenti e guardandosi intorno, mentre io non riesco a staccare gli occhi dai miei piedi. Sono terrorizzata che un bambino possa finirmi addosso… E… ta-daaa! Perdo l'equilibrio, mulino con le braccia nel tentativo di recuperarlo e poi cado in tutto il mio splendore sul sedere, a gambe divaricate.

«Ahahah!» mi prende in giro Ines. «Giuro, sei davvero agile come un calciatore!»

Un calciatore, di nuovo…

Poi, all'improvviso, una mano si tende verso di me. Prima di afferrarla alzo gli occhi: è il professore del laboratorio di

Economia. I due bambini al suo fianco mi guardano con compassione.

Che vergogna…

«Signorina Reynaud, il suo studio procede bene?»

Accetto il suo aiuto e mi rialzo alla bell'e meglio.

«Grazie, professore.»

«Immagino che avesse bisogno di ossigenare il cervello per trattenere meglio le informazioni.»

Cosa posso rispondere?

Lancio un'occhiata a Ines, ma la traditrice guarda in un'altra direzione.

Sorrisino teso…

«Ehm… già, proprio così!»

«Non perda troppo tempo, gli esami si avvicinano a grandi passi.»

Annuisco, completamente in imbarazzo.

«Non si è più tranquille da nessuna parte» ironizza Ines. «Su, non fare quella faccia, andiamo a berci una birra di Natale.»

«Sì, sempre meglio dell'olio di colza. Magari ci prendiamo anche una *gaufre*?» le propongo.

«Anche due!»

Ci precipitiamo fuori dalla pista in direzione di uno stand del mercatino di Natale, poi, con la birra e la *gaufre* in mano, decidiamo di andarci a sedere sul bordo della fontana, sotto la grande ruota panoramica tutta illuminata.

Qui Natale è una cosa seria! Sembra di essere a Disneyland. Ghirlande luminose dappertutto, chalet ricoperti di neve artificiale, musica nelle strade, il profumo delle caldarroste, un finto Babbo Natale ai piedi dell'abete e tutti i bambini in coda per fare la foto con lui. E la grande ruota… Non ci sono ancora salita, ma mi dico che da lassù la vista della città deve essere incredibile.

Arrivate alla fontana, vediamo Julie, Djamel e Ben, tre studenti del nostro anno. Non ci conosciamo benissimo, ma abbiamo già passato qualche serata insieme a loro a bere qualcosa. Ci sediamo per fare due chiacchiere.

Sulle prime è piacevole, sono in pieno clima natalizio e parlano di un sacco di cose diverse, ma dopo un po' è più forte di loro, tirano fuori l'argomento corsi ed esami. Ripercorrono le lezioni del semestre, si confrontano sui metodi di studio, condividono la paura di non essere promossi…

Guardo il mio bicchiere quasi vuoto, valuto di andare a prenderne un altro. Gabin dice sempre che, per staccare davvero, bisogna evitare di frequentare gli studenti del proprio anno. Ha ragione da vendere…

«E tu come sei messa?» chiede Julie a Ines.

«Ehm… sto studiando un po' tutto. Stamattina mi sono sparata Antropologia economica.»

«Mancur Olson, Polanyi…»

«E Godelier!» interviene uno dei ragazzi. «Le cose che regaliamo, quelle che vendiamo e quelle che non bisogna né vendere, né regalare, ma tenere per trasmetterle.»

Per favore… Non ne posso più, non sono uscita per questo. Mi schiarisco la gola.

«Ehm, vi va di fare una partita a biliardo oppure di andare a bere qualcosa da qualche altra parte e mangiare *tapas*? Offro io, ho una fame!»

Mi guardano tutti come se avessi appena detto la cavolata del secolo.

«È gentile da parte tua» risponde Julie, «ma devo tornare a casa. Devo proprio studiare.»

«Idem noi» aggiungono gli altri due.

Ma parlano seriamente?

«Dai, rilassatevi un po', è solo per un'ora.»

«Grazie, ma no, non è il momento» dice uno dei ragazzi.

Seguito dagli altri, ovviamente. Si direbbe che io li faccia fuggire a gambe levate.

Ines stringe le labbra, prova quasi pietà per me.

In realtà hanno ragione loro, sono io quella del tutto fuori strada. Così mi rassegno, dimentico la mia voglia di *tapas* e li guardo andare via.

È brutto essere nella mia situazione, molto brutto.

«Adesso ti metti sotto anche tu, vero?» mi chiede Ines afferrandomi per un braccio. «Perché la pausa è finita. E poi non puoi sempre offrire tu, soprattutto se lo fai per evitare di studiare!»

«E perché no, se posso permettermelo?»

«Non è una buona scusa! E non siamo in vacanza, chiaro?»

«Sì, mamma!»

Ride e mi tira per un braccio per attraversare la piazza che brulica di persone.

Dato che la mia motivazione è quella che è, devo cercare di darmi una bella mossa. Ines si è chiusa in camera sua, io nella mia, e dopo appena mezz'ora il mio letto è pieno di fogli sparsi ovunque; io sono in mezzo, con le braccia incrociate, a fissare il soffitto. Sia che legga nella mente, sia che legga ad alta voce non mi rimane in testa niente di niente, è un disastro. Basta, è inutile insistere. Studio ed è come se le righe che ho sotto gli occhi si mischiassero in una lingua incomprensibile. Alla fine mi alzo per andare a prepararmi un tè, passo davanti alla porta di Ines e sospiro. Lei se la caverà, ovvio, fa tutto quello che è necessario fare. Quanto a me, non credo più ai miracoli. Verrò bocciata di sicuro, non vedo come sia possibile il contrario.

Mentre torno in camera mia con una tazza in una mano e un pacchetto di madeleine nell'altra, sento squillare il cellulare. È mia madre. La videochiamata di rito del sabato.

Prima di rispondere inspiro, pronta a fare una voce dinamica e allegra. Mi ripettino in un attimo e mi siedo sul letto a gambe incrociate.

Lo schermo si accende su mia madre, gli occhi azzurri, i lunghi capelli biondi e un sorriso hollywoodiano. È nel suo ufficio, tutta in tiro. Non ha una ciocca fuori posto, il collo della camicia è perfettamente stirato e inamidato, scommetto che ha passato la giornata a fare call.

«Ehilà, mamma.»

«Ehilà, tesoro, come stai?»

«Bene, in pieno studio» le dico, mostrando il materasso coperto di fogli. «E tu?»

«Ti sto chiamando fra una riunione e l'altra, nessun riposo per i prodi, neanche il weekend! Te la cavi?»

Odio mentire ai miei genitori, ma non so come altro fare per evitare domande scomode.

«Sì, alla grande! C'è molto da studiare, ma me la caverò. Settimana prossima non ci sono lezioni, quindi potrò studiare a manetta.»

Si può ancora credere a Babbo Natale.

Gli occhi di mia mamma guizzano di gioia.

«Ti trovo bene.»

«Sì! E papà?»

«Ti chiamerà sicuramente più tardi, adesso è impegnato con un cliente.»

Le sorrido. I miei lavorano sempre. Quando eravamo all'estero, non si prendevano mai più di un giorno di riposo alla settimana, si portavano a casa il lavoro, non staccavano davvero mai. Sarebbero molto delusi di sapere che non sto seguendo le loro orme…

«Con Ines tutto bene?»

«Sì, da quel lato nessun problema.»

Lei aggrotta la fronte. È acuta, molto acuta.

«Ma da un altro sì, invece?»

«No, no, mamma, va tutto bene.»

«Meno male!»

Le faccio il mio miglior sorriso.

«Io e tuo padre siamo molto fieri di te» dichiara improvvisamente.

«Ah, sì?»

«Sì! Dopo tutti questi anni a seguirci per monti e per valli, ci chiedevamo se fossi pronta a tagliare il cordone ombelicale e a essere indipendente. E ora guardati! Gestisci tutto alla perfezione, segui i corsi con passione, ti impegni, sei seria, sì, siamo molto fieri di te.»

Deglutisco e ho l'impressione di avere in gola un puntaspilli.

«Grazie...»

«Peraltro non abbiamo più parlato delle vacanze di Natale. Immagino che verrai a casa subito dopo gli esami, no? Stavamo pensando di andare a New York per Capodanno, o anche prima! Per Natale sarebbe bello, vero? Potremmo rimanere fino all'uno gennaio, che ne pensi?»

Sorrido. I miei genitori e le loro idee dell'ultimo minuto. È sempre così. Due anni fa hanno portato i miei quattro nonni alle Maldive, e ci siamo rimasti dieci giorni. Quest'anno, in via eccezionale, saremo solo io, mio padre e mia madre. E credo che lei abbia paura che possiamo annoiarci.

«Perché no?» le rispondo.

«Senza fretta! Possiamo anche incontrarci direttamente in aeroporto. Hai così tanto a cui pensare. Anzi, ti lascio, non vorrei mai interrompere il tuo studio! Ti abbraccio fortissimo, tesoro.»

«Anch'io, mamma, baci.»

Il mio studio... Riaggancio, sentendo un nodo allo stomaco. Come posso continuare a mentire in questo modo?

I miei sono convinti che io stia vivendo la migliore vita possibile e non è vero. Mi sento consumata dai rimorsi e al tempo stesso terrorizzata dall'idea di deluderli, loro che si impegnano al massimo in ogni cosa. Che immagine darò se verrò bocciata agli esami di metà anno? I miei non capiranno, perché non ho mai detto niente al riguardo, ho finto per tutto il tempo. Cadranno dalle nuvole, e forse sarebbe persino peggio che se dicessi la verità adesso.

Mi premo la radice del naso e chiudo gli occhi.

Il mio cuore non è mai andato così veloce.

Riprendo in mano il telefono e richiamo mia madre. Stavolta non è una videochiamata. Risponde subito, ridendo.

«Ti manco già?»

«Mamma… non sono stata del tutto onesta con te.» Segue un silenzio di tre o quattro secondi.

«In che senso?»

«Non va benissimo.»

«Sei malata?»

«No…»

«È il tuo ragazzo? Avete litigato?»

«No… mamma, non so più a che punto sono con gli studi…»

«È normale» inizia lei con entusiasmo, prima che io possa continuare. «Sei stanca. Il secondo anno non è una passeggiata. Le pressioni sono tante, e ci sono anche molti cambiamenti, gli elaborati da consegnare di continuo, e non siamo sempre pieni di energia.»

«Mamma, credo di essere un po' più che semplicemente stanca.»

La sento sospirare. Mi sta ascoltando davvero?

«Sai che ti dico? Prenditi la domenica libera, fai quello che hai voglia di fare. Fatti un bagno, guardati un film, riempiti di cioccolatini, di gelato, di qualunque cosa ti faccia stare bene. Non farti troppe domande e vedrai che lunedì ripartirai con il piede giusto. E poi fra poco ci sono le vacanze!»

«Mamma…»

«Sai, ci sono passata anch'io alla tua età. Ero stufa, e prima degli esami volevo sempre che tutto si fermasse per potermi ibernare per un anno intero. Quello che provi è normale.»

Trattengo il fiato.

«Fannette, ci sei ancora?»

«Sì, mamma...»

«Che ne dici?»

Sta diventando tutto sfuocato, così cerco di rallentare i battiti del cuore e schiudo le labbra.

«Mamma...»

«Sì?»

«Lascio l'università.»

Contemporaneamente giro la testa e vedo Ines, immobile sulla porta, che non riesce a crederci.

E neanche io.

4
dicembre

Ieri ho passato una serata orribile. Spiegazioni a non finire con mia madre, poi con mio padre, le domande allarmate di Ines, le mie incertezze. E i prevedibili incoraggiamenti di Gabin, secondo cui ho preso la decisione migliore della mia vita. Fra tutti quelli che mi sono vicino, è l'unico a pensarla così… Sono andata a letto angosciata e sollevata allo stesso tempo. Angosciata perché i miei genitori sono nel panico, e detesto che lo siano a causa mia; sollevata perché fa bene vuotare il sacco, e con loro posso farlo. Mi ascoltano.

Rimane la domanda da un milione di euro: cosa farò della mia vita?

Se qualcuno ha la risposta, lo ascolto volentieri.

Mi alzo trascinando i piedi, si direbbe che mi abbiano attaccato delle palle alle caviglie. Uff!

La giornata butta male.

Ines è già in piedi e, caso eccezionale, è andata in panetteria a prendere dei cornetti. Si sta dando da fare in cucina, credo che abbia infornato una torta. Per festeggiare il mio suicidio autoproclamato? Argh…

«Per colpa tua stanotte non ho dormito» dice, asciugandosi le mani con uno strofinaccio. «Mi hai davvero devastato.»

Oh no, basta, credo di non farcela…

«Mi dispiace…»

Immagino che il tono della mia voce dica tutto.

«Ehi… non voglio colpevolizzarti, mi chiedo solo se sono stata una buona amica per te. Sapevo che non eri in un buon momento, ma non credevo fino a questo punto…»

Sospiro.

«Tu non hai nessuna colpa, io stessa non capisco cosa mi sta succedendo. O meglio, sì, lo so… È come se non avessi obiettivi. Non riesco a vedere il domani, per me potrebbe essere fra mille anni. Ma il peggio è che sono perfettamente consapevole che fino a oggi ho avuto la vita facile. A differenza tua, non ho bisogno di lavorare, non mi trovo in una situazione difficile e…»

Ines alza la mano per fermarmi.

«Io non ti giudico, e francamente non mi piace che ti giustifichi. Non hai scelto tu di avere i soldi e non devi sentirti in colpa per questo. Non è detto che le persone ricche debbano stare sempre bene!»

Mentre mi siedo a tavola, mi serve una grande tazza di caffellatte senza zucchero. Sa che nelle mattine difficili è quello che preferisco bere. Mi conosce bene.

Poi mi passa un cornetto al burro. Mille calorie a morso.

«Come l'hanno presa i tuoi?»

«Sono arrabbiati, ma dicono che tutti hanno il diritto di cambiare idea. Comunque mi consigliano di concludere il semestre…»

«Sai che ti dico? Hanno ragione. Così guadagnerai i crediti, e nel caso più avanti volessi ricominciare a studiare, sarebbe più facile…»

«Ines, lo capisco, davvero, però non sono sicura di farcela.»

«Ma in linea di principio sei d'accordo?»

Annuisco sospirando.

«Sì, ma mi sembra tutto così…»

«Complicato?»

«Palloso! Non so davvero dove potrebbe portarmi questa cosa, non vedo che interesse potrebbe avere.»

«Eppure c'è.»

«Lo dici perché tu sai cosa vuoi fare dopo.»

Stacco un pezzo di cornetto e lo ingoio quasi senza masticare. Mi sento vuota.

«Perché hai scelto Sociologia?» mi chiede Ines. «E non dire "per caso", perché non è mai così.»

Ci rifletto. Per un po'.

«Durante i nostri viaggi sono sempre stata affascinata dalle persone, dai loro stili di vita, dalle loro esigenze, che sono diverse in ogni Paese ma alla fine puntano sempre allo stesso obiettivo: sentirsi utili e appagati.»

«E tu, ti senti utile?»

«Mah… E non mi sento nemmeno appagata. Come volevasi dimostrare.»

«E ti piacerebbe sentirti utile in questo momento?»

Annuisco, sì, credo che mi farebbe bene. Perché con le lezioni non va affatto così.

Ho bisogno di una boccata d'aria fresca.

«Torno subito» dice Ines alzandosi.

La seguo con lo sguardo, disorientata. Lei scompare e riappare con il suo computer portatile, un lampo di eccitazione negli occhi.

«Guarda...» dice, girando lo schermo verso di me. «Abbiamo ricevuto una mail dalla Casa delle Associazioni. La ASS di Lille sta cercando volontari per il minimarket solidale nel mese di dicembre.»

Sgrano gli occhi.

«La cosa?»

Ines legge ad alta voce.

«Associazione Solidale Studentesca di Lille. Vuoi sentirti utile? Vacci! E poi Storia e Psicologia sociale sono le materie che preferisci. Magari trovi la tua vocazione!»

«Non so neanche di che aiuto hanno bisogno.»

«Be', che fortuna, c'è un numero di telefono! Puoi chiederlo direttamente a loro!» mi prende in giro.

«Okay...»

«Li chiamerai?»

«Sì... Anche perché sento che, se non faccio niente, rischio di impazzire.»

Ines mi fa un sorriso a trentadue denti.

«Saggia decisione! *Go, go, go!*»

I locali della ASS si trovano in rue du Chaufour, nel quartiere Wazemmes, a due passi dalla stazione della metro Gambetta. Fa un freddo incredibile e il cielo è così basso che sembra quasi che stia per nevicare.

Mi calo il berretto un po' di più sulle orecchie, alzo il collo del cappotto e passo davanti alla piazza, dove i venditori di frutta e verdura stanno mettendo via la loro merce.

È domenica pomeriggio, ma la presidentessa dell'associazione ha voluto ricevermi subito. Ho capito che aveva urgenza di trovare qualcuno che desse una mano. Procedo lungo la strada in pavé e mi fermo davanti a un vecchio edificio in mattoni rossi.

Una grossa saracinesca verde metallico chiude l'accesso a un garage e, sulla sinistra, una corona di agrifoglio un po' sbiadita è appesa alla porta d'entrata. Al primo piano, una grande vetrata è ricoperta di adesivi natalizi e circondata da una ghirlanda luminosa.

Cerco una targa o qualunque altra indicazione, ma niente. Però c'è un citofono. Suono e aspetto.

«Sono Fannette Reynaud, abbiamo un appuntamento.»

Mi apre una donna sulla quarantina, bionda, piccolina e molto magra, un sorriso raggiante sulle labbra.

«Buongiorno, sono Élise Presle. Entri, prima di prendere freddo! Comincio a farle fare un giro, va bene?»

Annuisco, un po' intimidita.

«Qui c'è il nostro minimarket solidale!» mi annuncia orgogliosa, aprendo una porta. «Tutto quello che proponiamo viene da donazioni o da grossisti e giacenze di mercato, con uno sconto del novanta per cento rispetto al prezzo commerciale…»

Ci sono ovunque scaffali in legno, come nei supermercati, con prodotti per la pulizia, pasta, biscotti, tutto ciò di cui si può avere bisogno ogni giorno. In fondo, vedo un vecchio bancone con un registratore di cassa. Caspita... È un posto che da fuori non si potrebbe mai immaginare, un po' surreale.

«Apriamo il negozio due volte alla settimana, ma abbiamo anche un polo di orientamento per sostenere e indirizzare gli studenti verso organizzazioni che potrebbero aiutarli in modo più strutturato. Inoltre proponiamo diverse attività per i nostri ospiti, in modo da offrire loro un luogo di ascolto e condivisione.»

È tutto troppo veloce per me, faccio fatica a seguire...

«Fate un po' di tutto, quindi?»

«Solo l'essenziale» risponde, senza perdere il buonumore. «Venga, le mostro il *foyer*, è al primo piano.»

Saliamo una scala che dà su una grande sala, illuminata dalla vetrata che si vede dal marciapiede. Parquet di quercia, travi a vista, pannellature, è carino.

«Settantacinque metri quadrati!» annuncia la presidentessa, orgogliosa. «È qui che ci troviamo per discutere, giocare a carte, fare laboratori di pasticceria o organizzare serate a tema. Vogliamo che questo posto sia il più accogliente possibile!»

Divani, poltrone, uno schermo piatto, una libreria e un tavolo enorme, in grado di ospitare almeno venti persone. Comincio a farmi un'idea.

Potrei dire che è come una specie di doposcuola, ma dubito che l'umorismo verrebbe accolto bene. Suppongo che qui si vedano situazioni tutt'altro che piacevoli, quindi preferisco tenere la bocca chiusa.

«Non abbiamo ancora messo le decorazioni natalizie, ma lo faremo presto» precisa lei. «La faccio salire al secondo piano?

Il mio ufficio è lì. Attenzione, la scala è vecchia, i gradini sono insidiosi nel punto in cui inizia la curva.»

Si comincia con le cose serie…

Arriviamo direttamente in un ambiente senza divisori, dove sono sistemate due scrivanie, l'una di fronte all'altra. La presidentessa si siede dietro a quella ricoperta da così tanti fogli e incartamenti da risultare quasi invisibile.

«Siamo solo in due a gestire l'associazione: io e Anthony. Stiamo cercando qualcuno che ci aiuti il lunedì e il giovedì sera al minimarket, per il mese di dicembre. I compiti sono semplici: riempire gli scaffali, stare alla cassa, preparare i cestini per la settimana… Qui i volontari sono perlopiù studenti e non riescono a fermarsi a lungo, per via dei loro impegni… Abbiamo sempre bisogno di qualcuno. Lei ha già fatto qualcosa di simile?»

È adesso che dovrei confessarle che vengo da un ambiente all'estremo opposto di questo? No, rischierei solo di irritarla.

Non mostrare la tensione e rimanere naturale.

«No, mai, ma penso che sia nelle mie corde. Solo che per le vacanze di Natale devo tornare a casa dai miei.»

«Ma certo! Nessun problema. Di più sarebbe stato meglio, ma dieci giorni sono già qualcosa. Siamo aperti dalle 17.30 alle 19.30, a lei va bene?»

Mi sento rispondere senza nemmeno averci riflettuto. È come saltare giù da una scogliera prima di guardare davvero cosa c'è sotto. Fann, vecchia mia, qui scopri di avere delle doti da avventuriera…

«Ehm, sì… Finisco le lezioni al massimo alle cinque, il tempo di arrivare in metropolitana da Villeneuve-d'Ascq.»

«Perfetto! Studia Sociologia, giusto?»

Annuisco. Per quanto tempo lo farò ancora? Non lo sa nessuno. Forse dovrei aprire le scommesse. Una settimana, due, un mese, un giorno?

Io non scommetto. Non lo so.

«Niente di meglio che la vita vera per confrontarsi con la realtà delle cose» conclude la mia interlocutrice.

Mi lascio sfuggire un ghigno, ma mi fermo subito. Non sa quanto sia vero, anche se non vedo dove potrebbe portarmi tutto questo.

«Immagino di sì» rispondo, giusto per non lasciarla parlare da sola.

«Spero che quest'esperienza le piacerà, Fannette. Ha delle domande?»

No. Sì. Non lo so, così sul momento... Allora ne trovo una a caso, perché non pensi che me ne frego.

«Sì... mi chiedevo se tra i beneficiari c'è lo stesso numero di uomini e di donne.»

«Ah, la ricercatrice che è in lei viene fuori!» esclama, entusiasta. «La precarietà non fa preferenze tra i sessi. Colpisce sia maschi che femmine. Bisogna essere consapevoli del fatto che alcuni dei nostri frequentatori cominciano il mese con cinque euro. La vita per loro è difficile.»

Sgrano gli occhi.

Possibile?

«Gli studenti in difficoltà hanno più che mai bisogno di strutture come questa» continua. «Dopo il Covid tutto si è aggravato in modo considerevole. Abbiamo deciso di non aprire vicino alle facoltà per garantire maggiore discrezione, ma sappia che esistono una decina di associazioni come la nostra nei vari campus di Lille.»

Sono un po' scombussolata. Non che non sapessi della loro esistenza, ma non potevo neanche lontanamente immaginare che fossero così tante…

Si china e apre un cassetto da cui estrae un raccoglitore, poi posa una serie di scartoffie sulla scrivania e mi porge un foglio e una penna.

«Avrei bisogno che compilasse questo documento.»

Lancio un'occhiata al foglio, è una sorta di stato civile, con i miei dati, la mia disponibilità oraria e i miei propositi.

«Mi servirà anche una copia della sua carta d'identità, è possibile?»

«Sì, certo.»

Frugo nella borsa e le allungo i miei documenti, incrociando il suo sguardo felice.

Ho una sola domanda sulla punta della lingua: in cosa mi sto andando a cacciare?

Cammino verso la stazione della metro mentre scende la sera. Il colloquio non sarà durato più di quaranta minuti.

Non mi è sembrato utile dirle che mi trovavo lì perché mi sento completamente smarrita. In fin dei conti credo che Élise Presle se ne freghi. Ho detto che avevo voglia di dare una mano, e questo basta.

Sono congelata, e non ho nemmeno pensato di portarmi dietro i guanti. Sto tremando, mi trasformerò in una statua di ghiaccio. Proprio quando sto per scendere le scale, incrocio Romeo che sta salendo. Mi blocco come una sciocca. L'ultima volta che ci siamo visti, ha rischiato di finire sotto le ruote di Gabin.

Lui mi vede e si avvicina.

«Ehi, ciao!»

Non sembra avercela con me, tanto meglio, sarei stata nervosa.

«Ciao, abiti nei paraggi?» gli chiedo, non sapendo che altro dire.

«Non proprio, e tu?»

«Nemmeno!»

Puf... Puf... Puf...

Silenzio di tomba. È tutto troppo strano. All'improvviso mi sento costretta a dire qualcosa.

«Mi dispiace per l'altro giorno.»

Romeo si stringe nelle spalle.

«Non sei stata tu a venirmi addosso.»

«No, lo so, ma insomma, non è stato carino... Gabin non si è reso conto che poteva farti male sul serio.»

«Classico» replica lui, in tono un po' tagliente. «State insieme?»

«Ehm... sì.»

«In questo caso, la prossima volta mettiti tu al volante.»

«Non sono così certa che saresti più al sicuro, se ci fossi io alla guida: non ho neanche la patente!»

Senza contare che per Gabin la sua auto è così sacra che non la darebbe in mano a nessuno. Patente o meno.

Romeo sorride.

«Ti faccio una confidenza: nemmeno io. Questo vuol dire che, se un giorno volessi venire a prenderti, sarebbe per forza in bici.»

Sbatto le palpebre. Eh? Cosa? Chi? Dove? Come?

«Venire a prendermi per andare dove?»

Ha uno sguardo strano.

«Così, tanto per dire.»

Quando sono turbata, ridacchio in maniera strana e mia madre mi ripete sempre: "Smettila di ragliare!". Giuro che, se non si mettesse a nevicare proprio in questo momento, è esattamente quello che farei. E mi renderei ridicola per tutta la vita.

Già, perché dovreste sentirmi ragliare! È una cosa…

Romeo alza istintivamente la testa per guardare i fiocchi che cadono. Si direbbe che si scolleghi completamente dalla realtà.

«La neve è la cosa più strana che abbia mai visto.»

«Trovi?»

«Sai, a La Réunion è più facile godersi il sole, o al più i cicloni.»

Rido.

«Capisco, sì! Sai, da piccola la mangiavo, la neve. Ehi, non guardarmi in quel modo, qui lo fanno tutti i bambini!»

«Okay, okay…»

Poi si passa una mano tra i capelli, che sono ricoperti di fiocchi.

«Mi ha fatto piacere incrociarti, Fann. Adesso però devo lasciarti, ho un appuntamento fra dieci minuti.»

«Ah, sì, scusa. Alla prossima!»

Mi fa l'occhiolino e mi risponde con lo stesso tono: «Alla prossima!».

Mentre scendo le scale della metro, ho l'impressione di galleggiare. La facoltà, Ines, i miei genitori, la neve… è stata una giornata davvero strana. Ma credo che la cosa che mi turba di più sia l'immagine di me in bici con Romeo.

Una bici e Romeo.

Nella neve…

5
dicembre

«Mi stai prendendo in giro, vero?»

Prima di rispondere, afferro un adesivo a fiocco di neve e lo attacco sulla finestra della sala.

«No, comincio stasera.»

Gabin mi guarda, guarda Ines che addobba l'albero in perfetto silenzio, è costernato. La notizia dell'associazione è troppo per lui.

«Che assurdità. Ti rendi conto che non c'entri nulla con loro?»

«Perché?»

«Perché non hai niente in comune con quella gente! Ti immagini la faccia che faranno quando scopriranno che ti servi di loro perché i tuoi genitori ti lascino in pace?»

«Non mi servo di nessuno! E i miei non mi hanno chiesto nulla.»

«Sì, vallo a raccontare a qualcun altro. Immagina la scena: la povera ragazzina ricca che non sa a che punto è della vita e va dai poveri per trovare la sua strada! Ma non importa, perché anche se non la trova, può permetterselo comunque.»

Cosa?! Che coraggio!

«Ti ricordo che ti sei preso un anno sabbatico senza preoccuparti minimamente dei soldi.»

«Sì, ma io non vado a mischiarmi con la gentaglia per sentirmi la coscienza pulita!»

«Sei fuori strada, Gabin. Voglio soltanto rendermi utile, e se questo mi aiuterà a capire cosa voglio fare nella vita, tanto di guadagnato. Non c'è niente di male. E poi non ho parlato della mia situazione.»

Gabin schiocca la lingua.

«E credi che non verrà fuori?»

«Non c'è nessun motivo per cui debba succedere, non ho intenzione di andarmene in giro a distribuire il mio estratto conto.»

«E tu, che ne pensi?» chiede Gabin a Ines.

«Che non voglio immischiarmi nella vostra discussione» risponde lei, prima di legare un angelo a un ramo.

Gabin alza gli occhi al cielo.

«Per la miseria, Fann, tu e loro non appartenete allo stesso mondo! Ti ritroverai ad avere a che fare con dei pidocchiosi, quando potresti startene a letto a poltrire fra lenzuola di raso! Non ci posso credere! È davvero un'assurdità.»

Indietreggio di colpo.

«Non sono dei pidocchiosi!»

Lui fa spallucce.

«Puoi raccontartela quanto ti pare, ma io so come andrà a finire: ti annoierai a morte e ti renderai conto di avere solo perso tempo. Hai preso una grande decisione dicendo ai tuoi che volevi lasciare l'università, e francamente non capisco perché ti vuoi imbarcare in questa cosa, se non per rovinarti ulteriormente la vita.»

«Invece potrebbe rimanere sorpresa» finisce per intervenire Ines.

«Credevo che non volessi immischiarti…» replica bruscamente Gabin.

Ines finge di cucirsi la bocca e infila le mani nella scatola delle decorazioni.

«E poi, che cosa vai a fare? A mettere la merce sugli scaffali? A fare la cassiera? O magari l'assistente sociale? Tu meriti di più.»

«Anche loro meritano più di quello che hanno.»

«Madre Teresa, prega per noi!» mi prende in giro lui. «Sempre a recitare il ruolo della buona samaritana…»

«Sei ripetitivo… Ascolta, so di essere una privilegiata e so a cosa potrebbe far pensare la situazione, ma per quanto riguarda lo studio non sono così sicura come pensi. Non so ancora cosa sia meglio per me, capisci? I miei hanno ragione, devo aprirmi tutte le strade possibili.»

«E credi che lì troverai una risposta?»

«Non lo so…»

Alza le mani sospirando.

«Fai come vuoi, ma poi non venirti a lamentare da me per aver perso tempo!»

Come se potessi mai farlo…

Guarda l'orologio e mi passa il foglio di adesivi che ha fra le mani.

«Devo andare. A che ora hai detto che cominci?»

«Alle cinque e mezzo.»

«Okay… Ci vediamo domani?»

«Se vuoi.»

Rispondo senza convinzione, non so neanche se lui se ne renda conto.

Si china per baciarmi.

«Certo che voglio, solo per sentirti dire che è stata la peggiore esperienza della tua vita!»

Non ho niente da aggiungere.

Lo accompagno alla porta e lo guardo andare via senza dire nulla.

Quando torno in sala, Ines sta finendo di sistemare la ghirlanda luminosa intorno all'albero.

«Mi dispiace…»

«Tranquilla, non preoccuparti.»

Mi lascio cadere sul divano, in preda ai dubbi.

«Ines, tu pensi che io sia un'opportunista?»

«Cosa? Ma no, per niente!»

«Credi che dovrei dire alla presidentessa dell'associazione che i miei sono pieni di soldi?»

Mette giù la ghirlanda e viene a sedersi accanto a me.

«Sinceramente? Non lo so, potrebbe anche essere interpretato male. Perché non fai la prima settimana di prova? Poi, se ti piace, confesserai di essere una "povera ragazza ricca"» mi prende in giro imitando la voce di Gabin.

«Hai ragione…»

Mi incupisco.

«Mi spiace per Gabin, è così…»

«Sprezzante? Pieno di sé? Faccia da schiaffi?»

Sospiro.

Ines non nasconde che fa fatica a sopportarlo. La capisco, oggi anch'io mi sono davvero innervosita, così come non mi è piaciuto il modo in cui si è comportato con Romeo quando ha rischiato di investirlo…

«Sai, non ha solo lati negativi. Per la maggior parte del tempo è carino e divertente.»

«Be', se vuoi sapere come la penso, è un bel po' che non ti vedo ridere grazie a lui! Dovresti farti qualche domanda, è capace solo di criticare le tue scelte!»

Devo ammettere che, da quando Gabin ha lasciato l'università, la nostra relazione non è più la stessa. Prima ridevamo sempre, uscivamo, ci godevamo ogni momento insieme, non pensavamo ad altro che a quando ci saremmo rivisti. Adesso, invece, ho l'impressione che non siamo più sulla stessa lunghezza d'onda. Lui è perennemente scocciato, mi dà l'idea che non sopporti il fatto che io non faccia le sue stesse scelte. Per mesi è stato il mio unico punto di riferimento, l'unica persona che veniva dal mio stesso mondo, e la cosa mi tranquillizzava. Cosa sta succedendo? Perché sembra che tutto improvvisamente vacilli?

«L'importante è che tu abbia una superamica, lei sì che è simpatica!» aggiunge Ines.

Si china, prende il pacco di neve artificiale e me ne tira una manciata in piena faccia.

Colta alla sprovvista, sputacchio i brillantini che mi sono finiti in bocca e mi strofino gli occhi.

«Ehi! Adesso vedi!»

Lei cerca di schivarmi, ma io riesco a strapparle il sacchetto dalle mani e *bum!* Mi vendico subito! Cominciamo a tirarci fiocchi di neve e nel giro di qualche secondo abbiamo tutti i capelli e la sala completamente ricoperti di neve farinosa.

Sarà felice l'aspirapolvere!

Sulle note di Frank Sinatra e dell'inevitabile *Let It Snow!* passiamo la mezz'ora seguente a finire le decorazioni, a mettere adesivi su tutte le finestre, ad attaccare una corona di Natale sulla porta d'ingresso, a disporre un sacco di candeline a forma di abete in giro per la sala e ad appendere due calzettoni di lana sopra il divano, in mancanza del caminetto. E, ciliegina sulla torta, sistemiamo sul divano i due plaid e i cuscini con un cervo e un pupazzo di neve che ho comprato l'altro giorno. Questo, più i due Babbi Natale che si danno il cambio cantando *Jingle Bells*, e siamo pronte per i film natalizi in TV!

«Dai, vado a studiare!» decreta Ines verso le tre e mezzo. «Tu cosa fai?»

«Zero voglia, ma studio anch'io.»

«Saggia decisione, socia! A dopo.»

Ci provo, faccio del mio meglio per memorizzare le norme di Sociologia del lavoro e della famiglia, le definizioni, le citazioni… Non avrei mai pensato di dirlo, ma non vedo l'ora di andare al minimarket solidale, tanto il mio cervello funziona come un colabrodo.

Arrivo con venti minuti di anticipo, la porta è aperta e sul marciapiede ci sono già una quindicina di persone in attesa.

Élise dà l'impressione di essersi presa una scossa a duecentoventi volt, continua a correre da una parte all'altra. Ci sono anche diversi volontari. Non è difficile riconoscerli, indossano tutti un berretto di Natale.

Élise mi vede e viene verso di me, tutta sorridente.

«Ti aspettavo, non vedevo l'ora che arrivassi! Sì, lo so» dice mostrandomi la sua tenuta, un vestito rosso e dei collant a righe bianche e verdi, «ma il mese di dicembre è sempre a tema natalizio! Non ti mettiamo in cassa già il primo giorno, magari puoi aiutarci a fare i cestini?»

«Okay!»

«Super! Eddie, Mathilde e Hassan li stanno già preparando, ti mostreranno come fare. E, mi dispiace, ma non abbiamo più berretti.»

Così mi porge un cerchietto con un paio di corna da renna rosse a *paillettes*.

Ehm, starò benissimo…

Mi lamento, ma in realtà sono la prima a trovare carine queste cose, quando sono gli altri a indossarle.

Su, Fannette Reynaud, fai la tua parte! E rilassati, sono cool!

«Ah, il bagno al primo piano è fuori servizio. Se devi andarci ce n'è un altro al secondo.»

«Okay!»

«Hassan, ci pensi tu a seguirla?»

«Sì, capo!»

Lui mi presenta rapidamente gli altri, che sono tutti più grandi di me.

Hassan ha la testa rasata, Mathilde piercing ovunque e Eddie sembra il primo della classe, con la camicia e il maglione a V.

«Siamo qui tutti i lunedì» mi spiega Hassan. «Per te è la prima volta?»

Annuisco.

«Sei tesa?»

«No, dai. Studiate tutti a Lille?»

«*Yes*, e siamo anche di qui. Se non vivessimo a casa con i nostri genitori, forse saremmo nella stessa situazione di quelli che cerchiamo di aiutare. E tu?»

Dopo il suo commento faccio fatica a rispondere. Mi sento a disagio, perché io non sono di qui ma non sono nemmeno in difficoltà.

«Vengo da Aix-en-Provence.»

Non ho nessuna voglia di aggiungere altro.

«Ah, okay. Be', nei cestini ci vanno frutta e verdura. Eddie e Math preparano dei sacchetti singoli con banane, carote, patate, insalata e clementine. Io li metto in una borsa più grande e tu devi aggiungere sei cioccolatini ogni volta che la persona viene a ritirarli. Non di più, devono essercene per tutti. Qui si conta ogni cosa…»

«Okay.»

«Élise gestisce le iscrizioni, noi ci occupiamo solo dei cestini. Dietro di te ce ne sono in abbondanza» dice, mostrandomi uno scaffale pieno zeppo alle mie spalle.

«Quanti sono gli iscritti?»

«Oggi trentadue, ma spesso c'è gente che si aggiunge all'ultimo secondo. Élise non manda mai via nessuno. Vedrai, alcuni recuperano solo i loro cestini e se ne vanno il più velocemente possibile, altri invece rimangono a girare fra gli scaffali e poi salgono di sopra, perché fa caldo. C'è un po' di tutto…»

«Forza, si apre!» grida Élise.

Neanche il tempo di fare altre domande, che arriva la prima ondata. Ragazze e ragazzi, francesi, stranieri… Non mi va di dare a vedere che sono un po' scombussolata, ma ho uno di quei nodi in gola…

Fra le mura della facoltà non si sospetta nulla, non ci guardiamo, non parliamo mai davvero, ma qui si capisce tutto.

Mi stampo sulla faccia un sorriso autentico, loro non sono qui per farsi compatite da noi, lo so.

Ma comunque è durissima.

«Non sono un fan delle carote» mi dice un tipo mentre recupera il suo cestino.

Lo guardo, incerta.

«Oh… Hassan, c'è altro, a parte le carote?»

Lui scuote la testa.

«No… non oggi, mi dispiace.»

Alzo gli occhi verso lo studente senza sapere cosa dire.

«Se vuoi facciamo uno scambio» gli propone la ragazza subito dietro di lui. «A me non piacciono molto le patate.»

«Sicura? Non è un problema per te?»

«Giuro!»

Si scambiano i sacchetti, mi ringraziano e se ne vanno.

I cestini spariscono più in fretta di quanto ci abbiamo messo a prepararli. Hassan, Mathilde e Eddie si attivano, le scorte di frutta e verdura diminuiscono pericolosamente. Ho capito che c'erano abbastanza pacchi per gli iscritti, ma per quelli di cui mi ha parlato Hassan, che arrivano senza avvisare?

È stupido, ma sto andando in panico per loro.

Faccio un respiro profondo, mi giro per andare a recuperare un cestino, e quando torno al mio posto per poco non svengo.

Davanti a me c'è Romeo.

Ci guardiamo, entrambi scioccati.

Cavolo, allora è per questo che ieri l'ho incrociato qui vicino...

La mascella gli si contrae.

Okay... Fai come se non ci fosse niente di strano. Mi riprendo e gli sorrido.

«Ehi, ciao!»

«Ciao» risponde lui recuperando il suo cestino.

«Ci sono anche i cioccolatini!»

Ne prendo sei e glieli passo.

«Grazie» risponde annuendo.

Poi cede il posto allo studente alle sue spalle e si infila tra gli scaffali per fare il resto della spesa.

Non posso impedirmi di seguirlo con lo sguardo, per vedere cosa compra. Pasta, gel doccia, schiuma da barba, un pacco di caffè... Niente di strano. Ripenso a quando mi ha offerto il caffè in biblioteca e mi viene un nodo allo stomaco. Non avrei mai immaginato una cosa del genere...

Si dirige verso la cassa e vedo che, invece di andarsene, sale al piano superiore. Sono sollevata, mi dispiacerebbe proprio che se ne andasse via così. Ho bisogno di parlargli, di fargli capire anche senza dirglielo che il fatto che venga qui non è un problema, non lo giudico.

Non ci vuole molto a finire, non c'è più frutta e diversi studenti rimangono a mani vuote.

«Troviamo qualcos'altro» promette loro Élise sorridendo.

«Ci resta della merce invenduta del mercato, può andarvi bene?»

Ovviamente annuiscono.

Poi, con il resto del team, cominciamo a pulire, a raccogliere le foglie di insalata cadute per terra, a riordinare le cassette per la prossima volta. Sono già le 19.15, non mi sono accorta del tempo che passava.

«Tutto bene?» mi chiede alla fine Élise.

«Sì. Ve la siete cavata con gli studenti in più?»

«Sì, non preoccuparti, ci riusciamo sempre. Allora, questo primo giorno?»

«Intenso.»

Annuisce. Lo sa.

Io invece l'ho appena scoperto, e mi sento sottosopra.

Fisicamente ho retto, ma quando penso che Ines e altri come Romeo lavorano tutti i giorni, mi chiedo come facciano anche a studiare.

È una cosa frequente, lo so, ma la trovo completamente folle…

Emotivamente mi sento come se mi fosse passato sopra un treno. Tutti questi studenti che vivono una situazione del genere… Lo sapevo, ma non ero pronta. È orribile che siano così in tanti a dover venire qui.

«Pensi di tornare?» mi chiede Élise.

«Certo. Élise… c'è uno studente che conosco… è di sopra. Le spiace se salgo un attimo da lui prima che se ne vada?»

«Certo che no. Grazie per il tuo aiuto di oggi. È stato importante per tutti.»

«Sono io a ringraziarla.»

«Fannette, dammi del tu, ti prego!»

«Con piacere, ma tu chiamami Fann! Ci vediamo giovedì!»

Poso il mio cerchietto sul bancone, esco dal minimarket e imbocco il corridoio che porta al piano superiore. Sospiro guardando gli studenti ancora lì, si divertono a leggere le barzellette scritte sulle carte dei cioccolatini. Romeo non c'è, eppure non l'ho visto andare via…

Peccato, comunque lo rincrocerò di sicuro.

Un'altra volta.

Spero.

Esco dall'edificio e lo vedo lì, appoggiato al muro, con le borse ai piedi. Ho l'impressione che mi stia aspettando. Ho il cuore che batte a mille.

«Ehi!»

«Non credevo di trovarti qui» dice, con la voce un po' roca. «Dopo aver fatto la spesa stavo quasi per andarmene, poi…»

«Tranquillo, nessun problema… non devi mica giustificarti.»

Fruga nella tasca dei jeans, tira fuori un pezzo di carta e me lo porge.

«Ti ho scritto il mio numero di telefono.»

Piega le ginocchia, prende le borse e abbassa un po' la testa per guardarmi dritto negli occhi.

«Chiamami.»

E se ne va.

Senza voltarsi.

Non credo di essere in grado di capire quello che provo in questo momento, e nemmeno quello che pensa lui.

Perché vuole che lo chiami? E a cosa mi porterebbe? Finiremmo per avvicinarci, no?

È una cosa opportuna?

La verità è che me ne frego: so che lo chiamerò.

6
dicembre

Il vantaggio di alzarsi presto è che si possono fare un sacco di cose. Come i biscotti di Natale, anche se si cucina con i piedi come me. Senza paura della ressa che potrei trovare, esco per andare all'ipermercato, perché a casa non c'è nulla di quello che mi serve.

Per strada, sapendo che sarà già sveglio, faccio uno squillo a mio padre, per comunicargli che ho deciso di fare volontariato.

Quando glielo dico, è sorpresissimo.

«Ah, davvero? Era nei tuoi progetti? Non ricordo che me ne avessi parlato…»

«No, non l'avevo previsto, ma si è presentata l'occasione e… *voilà*.»

«E allora? Ti è piaciuto?»

«"Piaciuto" non è il termine che userei per descrivere il mio primo giorno. Diciamo che mi sono sentita utile.»

Allora gli racconto com'è andata ieri e fino a che punto sono rimasta colpita dalla situazione degli studenti che ho incontrato.

«Sai, non ne ero davvero consapevole… Insomma, sì, ma quando sei lì e te li vedi davanti, non è la stessa cosa…»

«Be', nessuno si rende conto di una cosa del genere prima di trovarcisi davanti. Pensi che continuerai ad andarci?»

«Almeno fino alle vacanze di Natale.»

Sento mio padre che borbotta.

«So che in questo momento ti senti un po' smarrita, tesoro, ma non fare nulla che potrebbe costringerti a trascurare gli esami di metà anno.»

Sorrido. Mio padre è stato comprensivo quando gli ho detto che volevo smettere, ma lo conosco, spera che si tratti di una cosa passeggera e che prima o poi finirò per apprezzare quello che faccio.

«Non preoccuparti, papà, sono solo quattro ore alla settimana e sono felice di farlo.»

Quello che non gli dico, però, è che, minimarket solidale o meno, sono sicura che non passerò gli esami. Perché per passarli dovrei essere un minimo motivata… E purtroppo non lo sono. In realtà, ho l'impressione di cercare qualsiasi pretesto possibile per non studiare.

Parliamo ancora cinque minuti, poi riaggancio, sono davanti all'ipermercato. Pronta a svuotare gli scaffali.

Comincio a fare la spesa, e ovviamente compro dieci volte più del necessario. Un classico.

A un certo punto, mentre vago fra i reparti, non posso fare a meno di pensare al minimarket solidale: io sono qui, a comprare tutto quello che mi serve, e anche quello che non mi serve, senza guardare i prezzi, senza preoccuparmi di nulla, mentre centinaia di studenti si trovano in difficoltà.

Dopo ieri, non so se mi sento colpevole o semplicemente un po' più responsabile, ma ho l'impressione di non poter più nascondere la testa sotto la sabbia.

Non so come comportarmi, non mi sono mai trovata in una situazione del genere, eppure ho due cose a portata di mano: i soldi sul mio conto in banca e… questo negozio.

L'associazione ha dei bisogni, io ho i mezzi, e la scelta mi sembra semplice.

All'entrata del negozio vendono dei carrelli, così vado a prenderne due e li riempio con tutto ciò che mi sembra utile o potrebbe fare piacere: cibo, detergenti biologici, dolciumi e… qualche addobbo natalizio, non posso stare senza!

So benissimo che, se all'associazione voglio passare per una persona qualunque, non dovrei farlo, ma ora come ora non posso farne a meno, troverò una spiegazione.

Esco dall'ipermercato con il sorriso sulle labbra e una sola idea in testa: preparare i miei biscotti, tornare a Wazemmes e dare la spesa all'associazione.

Rientro a casa carica come un mulo, e mentre varco la porta d'ingresso mi suona il telefono.

È Gabin.

Sono appena le nove, dev'essere caduto dal letto…

Ciao, baby! Allora, quest'esperienza con i pidocchiosi?

Gabin… hai stufato.

Dai, scherzo! Vuoi tornarci?

Penso di sì, mi è piaciuto dare una mano.
C'è un bell'ambiente!

Ci avrei scommesso! Ti avviso,
finirai per fare la suora.

Se lo dici tu…

Comincia a irritarmi davvero con i suoi commenti. Non so neanche se se ne renda conto.

Indovina dove sono?

Confermo, ha le fette di salame sugli occhi.
Rispondo a caso.

Non lo so, in macchina diretto
in Olanda?

No! Sono sulla pista di Croix-en-Ternois con
mio padre! Una giornatina niente male. Siamo
qui per un corso da piloti, roba che spacca!

Ti avevo detto che sarei passato a trovarti, ma qui ci sarà da divertirsi. Facciamo domani?

Ok, nessun problema. Domani.

Figo, adesso vado, proviamo una Maserati! Ciao, piccola!

E la conversazione finisce lì.

Avrà colto la mia mancanza di entusiasmo? No, Gabin rimane Gabin in ogni circostanza: sempre concentrato solo su se stesso.

Perché questa cosa mi infastidisce? È sempre stato così…

Mi innervosisce perché ho bisogno di connessione e mi sembra che con lui non lo siamo davvero più, connessi. Per me è impossibile interessarmi a quello che fa, e viceversa. Non va bene…

Su, forza, pensiamo ad altro!

Nel lavello c'è una tazza vuota, Ines deve essersi svegliata e aver bevuto un caffè, e se la conosco bene sarà già tornata in camera sua a studiare.

Ma lo farà senza di me!

Tiro fuori il libro di cucina che mi ha regalato mia nonna quando mi sono trasferita qui e comincio a sfogliarlo per scegliere le ricette: biscotti alla marmellata e frollini al limone! Pare che si impossibile sbagliarli, vedremo.

Vado a recuperare il grembiule che ho comprato solo perché aveva i fiori e mi piaceva. Burro, zucchero, uova, farina e si parte.

Mentre sto per stendere il primo impasto, Ines arriva in cucina brontolando.

«Quanto mi dà sui nervi, ah, se mi dà sui nervi!»

Lancia il telefono sul piano di lavoro, ci si appoggia sopra e incrocia le braccia al petto.

«Che cosa pensa? Che sia a sua disposizione giorno e notte? Non ci posso credere!»

Aggrotto la fronte e mi asciugo le mani.

«Di chi parli?»

«Del mio capo! Sa che questa per me è settimana di studio e che ho bisogno di stare tranquilla, ma si ostina a farmi andare in ufficio invece di parlarmi al telefono, è irritante.»

«Che cosa vuole?»

«Discutere della mia pianificazione.»

«E quindi cosa farai?»

«Andrò da lui domani prima di mettermi al lavoro, avrò un'ora di meno per lo studio...»

Apre il frigo, prende una lattina di aranciata e poi ne beve metà, prima di accorgersi di quello che sto facendo.

«Pasticceria?»

«Provo a fare dei biscotti di Natale.»

Guarda la decina di stampini che ho tirato fuori, la farina sparpagliata ovunque, l'uovo che ho rotto prima di farlo atterrare nella ciotola e che produce della fanghiglia in mezzo al tavolo, e inarca le sopracciglia. Ines sa che non sono particolarmente dotata in cucina, a differenza sua, che non sbaglia mai un piatto o una torta.

«Ti è presa la voglia così, dal niente?»
«Sì...»
Tento di stendere l'impasto con il matterello ma si rompe ovunque, è una carneficina.
Ines guarda i sei chili di farina appoggiati sul tavolo e fa una smorfia.
«Hai intenzione di sfamare una squadra di calcio, riserve comprese?»
«No, ma mi sono detta che avrei potuto darne un po' all'associazione, per gli studenti.»
Lei aggrotta la fronte.
«Non è giovedì che dovresti andarci?»
«Sì, ma vorrei chiedere a Élise se ha bisogno di aiuto anche per il centro. Insomma... per sapere se posso rendermi un po' più utile.»
Mi guarda con sospetto.
«Che c'è?»
«Ti sei presa una cotta.»
«No!»
«Sì, ti sei presa una cotta. Fannette si è presa una cotta per Romeo!»
«Ma che dici! Nient'affatto! Ascolta, sei stata tu a incoraggiarmi ad andare lì e mi sento utile. Tutto qui.»
Così imparo a raccontarle tutto!
Increspa le labbra e alza le mani.
«Okay, okay... Romeo Strass non c'entra nulla!»
«Non si chiama Strass, ma Payet! Che stupida che sei!»
«È lo stesso! È comunque *scintillante*! E poi noto che hai un debole per i rompiscatole.»

«Non è un rompiscatole! L'hai visto solo una volta e gli stavamo dando fastidio mentre studiava in biblio.»

«Sì, certo, come no…»

Le faccio una linguaccia.

«A proposito, mi sa che hai confuso lo zucchero con il sale!» dice, prima di uscire dalla cucina. «Lo zucchero è nell'altro barattolo!»

«Eh?»

Guardo quello che ho posato sul tavolo, ci infilo dentro un dito per assaggiarlo e faccio una smorfia.

«Non ci posso credere!»

Non ero così sicura di incontrarlo, ma rimango delusa quando vedo che Romeo non è all'associazione. In realtà non c'è tanta gente, appena cinque o sei ragazzi che studiano, giocano a carte o leggono tranquillamente seduti in poltrona. Élise è nel suo ufficio.

Salgo, con in mano la mia scatola di dolci. La porta è spalancata. Busso comunque per educazione. Non è da sola, con lei c'è un uomo sulla quarantina.

«Oh, Fannette, entra! Ti presento Anthony, il nostro tesoriere. Fann si è appena unita al gruppo dei volontari.»

Lui mi saluta con un cenno della testa, il sorriso negli occhi.

«Buongiorno, non vi disturbo?»

«Per niente! Non mi aspettavo di vederti oggi!»

«Ho lasciato giù un carrello pieno di prodotti, è davanti

alla porta del minimarket. Abito in centro e tutti i miei vicini hanno dato qualcosa.»

La bugia mi esce con una facilità sconcertante, e anche se è per una buona causa evito di aggiungere altro.

«Che gesto carino da parte loro, e anche da parte tua per averlo organizzato!»

«Ho preparato dei biscotti di Natale. Non sono tanti e non sono sicura che mi siano venuti benissimo…»

«Questa ragazza è una vera perla!» esclama Anthony. «Io voglio proprio provarli!»

Ne assaggia uno e non si strozza, è già qualcosa, anche se quello che ha scelto è chiaramente troppo cotto. Devo ammettere che gli altri lo sono appena meno.

«Non indimenticabile, eh?»

«Ma sì, invece» risponde educatamente. «Con il caffè sarà fantastico!»

Gli sorrido e mi giro verso Élise.

«Élise, ho pensato che mi piacerebbe venire più spesso, e non solo il lunedì e il giovedì. Questa settimana devo studiare, perché la prossima ho gli esami di metà anno, ma poi posso darti più disponibilità fino alle vacanze. Non tornerò dai miei prima del ventun dicembre. Mi chiedevo se potrei esservi utile.»

Si scambiano un'occhiata, poi tornano a guardarmi.

«Be', è molto generoso da parte tua. A fine anno facciamo sempre un po' fatica a trovare dei volontari, quindi accetto volentieri la tua offerta. Come te la cavi con le atmosfere natalizie?»

«Ehm… in che senso?»

«Molti studenti non tornano a casa per le feste, perché hanno i genitori all'estero oppure perché non se lo possono permettere. Quindi ogni anno organizziamo qui il cenone di Natale. Cuciniamo tutti insieme, prepariamo il tronchetto di Natale, mettiamo un po' di musica, a volte organizziamo anche un karaoke… Se ti vengono in mente altre idee, sono ben accette.»

«Un Secret Santa!»

«Un cosa?»

«Gli invitati estraggono a sorte un bigliettino per ricevere un regalo a sorpresa, è così?» chiede Anthony.

«Quasi, sì!»

Élise stringe le labbra.

«La tua è proprio un'idea carina, Fann, ma temo che nessuno degli studenti possa permettersi di fare un regalo a qualcuno.»

Rifletto… Spesso si propongono cose che costano meno di cinque euro, giusto per farlo. Ma anche così sarebbe troppo costoso per gli utenti dell'associazione.

Nessun problema, ho la soluzione!

«Nessuno sarà costretto a comprare nulla. Dovranno solo costruire qualcosa con quello che c'è, una vecchia scatola di fiammiferi, pezzetti di vetro, bucce di mandarini, quello che vogliono, possono usare di tutto.»

«Per me va bene!» esclama Anthony, entusiasta. «E se ce n'è bisogno possiamo mettere a disposizione un po' di materiale.»

Sono così felice che batto le mani.

«Siamo d'accordo!» accetta Élise. «Come ci organizziamo? Riunisco tutti in modo che tu possa spiegare le regole?»

«Va bene!»

«Super, mando una mail collettiva per sapere chi ci sarà il ventiquattro e chi vuole partecipare. Che botta di energia, hai fatto bene a passare!»

Le sorrido, felice, felice, felice!

«Bene! L'ultima volta non ho avuto il tempo di presentarti agli studenti. Oggi non sono in tanti, e penso che non siano gli stessi che si fermeranno qui il ventiquattro, ma farti conoscere offrendo i tuoi deliziosi biscotti sarà un ottimo inizio!»

Deliziosi? Non ci scommetterei più di tanto…

Torno a casa sfinita ma contenta. Apro la porta della mia stanza e mi lascio cadere sul letto.

Visto l'ambiente da cui provengo, non pensavo che inserirmi sarebbe stato così facile e naturale. Mia madre e la sua visione professionale lo definirebbero "domanda e offerta". Mio padre, che è più poetico, direbbe che i pezzi del puzzle "si incastrano" alla perfezione. E fra i due ci sono io, con il mio senso pratico: l'associazione ha bisogno di braccia e io offro le mie! Ah, com'è bello sentirsi utili ed evitare le solite domande: "Fann, che cosa vuoi fare nella vita?", "Che strada vuoi prendere?", "Cosa ti aspetti dal futuro?", "Non deluderai nessuno, eh?" Bla, bla, bla… Queste poche ore all'associazione saranno state anche spossanti, ma paradossalmente sono state le più riposanti degli ultimi mesi.

Con il telefono in mano, esito per un po', ma non troppo, e poi cerco un numero.

Dovrei chiamare Gabin, per condividere con lui quello che ho provato oggi, ma non capirebbe e soprattutto… qualcosa di irrefrenabile e inevitabile mi spinge a contattare Romeo. Perché? Non lo so, ma vado.

Scusa, non ti ho chiamato, non volevo disturbarti mentre studiavi.

Oggi sono andata all'associazione per portare dei biscotti, speravo di incrociarti. Hai studiato tutto il giorno? Fann.

Ho appena smesso! Mi sono perso i tuoi biscotti? Erano buoni?

Immangiabili, ma nessuno ha osato dirmelo. In cucina sono davvero una frana!

Ne sono rimasti? Così, per giudicare.

Ah, sei uno che ama il rischio?

Sì!

Okay, la prossima volta te li faccio, ma te ne pentirai di sicuro!

Sfida accettata!

E scusa per ieri, sono andato via come un razzo.

Non preoccuparti...

Domani sei libera?

Fai una deroga allo studio?

Se per te è ok.

Per me è ok.

Alle 5 davanti al Black?

Super, a domani!

Dico di sì senza sapere cosa sia il Black.
Non importa, lo troverò.
Non gli ho nemmeno chiesto cosa andavamo a farci.
Non importa, lo scoprirò.

7
dicembre

«Non ci posso credere, hai un appuntamento!»

Alzo gli occhi al cielo, Ines sta ancora delirando.

«Sei completamente fuori strada.»

«Cos'è, allora? Vi trovate per una partitina a Scarabeo?»

«E se ti dicessi di sì?»

Posa la tazza di caffè sul tavolo e sorride.

«Non ti crederei.»

Sospiro e addento una fetta di pane. Già non sono mattiniera… se Ines si mette pure a fare domande e supposizioni, sarò ancora più musona.

«Mi ha proposto di vederci, cosa vuoi che ti dica di più? Non ho nessuna mira su di lui, te l'ho già detto.»

«Magari lui ne ha su di te?»

Mi stringo nelle spalle.

Ci ho pensato?

Sì.

E mi darebbe fastidio?

Sì, no, forse… Chi se ne importa, non è questo il tema.

Io sto con Gabin, stop.

«E tu, invece di interessarti alle mie storie, non ne hai di tue?»

«Sono a un punto morto, ed è meglio così.»

«Nessuna notizia di Mehdi?»

Mehdi è un suo amico d'infanzia. Ines mi ha raccontato che si sono spinti un po' più in là della semplice amicizia e che è andata alla grande. Solo che lei poi si è trasferita a Lille per studiare, lui a Nantes, e non era comodissimo per proseguire la relazione. Dopo aver litigato furiosamente durante l'estate, hanno deciso di prendersi una pausa per darsi il tempo di riflettere su ciò che volevano fare della loro storia. Ma da quando sono tornati all'università, hanno sempre meno contatti. Non so nemmeno se Ines stia male per questo, non ne parla mai…

«No» risponde, laconica.

«E come la vivi?»

«Così come viene. In realtà, ormai penso di essermi distaccata…»

«Non sei più innamorata?»

«No.»

La osservo, aspetto che aggiunga qualcosa, ma capisco subito che non scoprirò altro. Ines è un mistero. Adora ascoltare, ma detesta confidarsi. Bisogna sempre cavarle le parole di bocca, cosa che non farò questa mattina: ho dormito male e ho il cervello un po' sottosopra. Lei, però, torna alla carica. Ovviamente su di me.

«Uscirai davvero con qualcuno anche se stai con Gabin?»

Aggrotto le sopracciglia. È un rimprovero o una semplice constatazione?

Mi tocca un nervo scoperto, lo sento.

«Qual è il problema? Quando si sta con qualcuno bisogna chiudersi in convento e non parlare con nessuno dell'altro sesso?»

Mi scruta con i suoi grandi occhi verdi.

«Sto solo dicendo che da quando sei con Gabin, cioè da quando ti conosco, non ti è mai successo. *Never!* In realtà esci sempre e solo con lui.»

«E...»

«Tu e Gabin non date l'idea di essere così tanto in sintonia. Questa è la mia conclusione. Poi per il resto puoi fare quello che vuoi.»

Abbasso gli occhi sulla mia tazza.

«Senti, lui se la spassa alla grande, mentre io non so ancora cosa voglio fare della mia vita; quindi fatalmente tra noi non funziona. Ma non è nulla di così grave, abbiamo aspirazioni diverse, tutto qui.»

«Se vuoi il mio parere, non sono solo le aspirazioni a essere diverse, siete l'uno l'opposto dell'altra, e non è una novità.»

«Veniamo dallo stesso mondo, Ines...»

«Venite dallo stesso mondo, ma non siete fatti con lo stesso stampo» precisa lei. «Francamente, è vero, do l'impressione di giudicarlo, ma quando tu dici di voler smettere di studiare, è perché ti preoccupi per il tuo futuro. Gabin, invece, pensa che non preoccuparsene faccia parte dei suoi privilegi, capisci? Per me è questa realtà fondamentale a separarvi.»

Metto il broncio.

«Trovi che sia ingiusta?» mi chiede lei con voce più dolce.

«No... non lo so.»

Ines fa un sorrisino dispiaciuto.

«Sai cosa c'è di bello in tutto ciò?»

«No…»

«Che potrai andare al tuo appuntamento sentimentale… *pardon*, appuntamento e basta con Romeo Swarovski senza sentirti in colpa!»

Le sorrido a mia volta.

Ovviamente sono d'accordo sul non sentirmi in colpa!

Arrivo davanti al Black con dieci minuti di anticipo. Si trova a poche vie da casa mia, eppure non lo avevo mai notato. E per un buon motivo, visto che è un po' lontano dal centro nevralgico della città vecchia, non ci sono molti passanti e l'edificio sembra far parte di una vecchia fabbrica tutta in mattoni.

La facciata è in vetro scuro, con una specie di grosso sole stilizzato dipinto sulla doppia porta automatica. Si ha un po' l'impressione che sia un luogo esoterico. Se Romeo mi ha chiesto di venire qui per farci leggere le carte, me ne vado di corsa! In realtà no, perché ho passato la giornata a studiare – eh, già, una cosa del tutto imprevista – e non vedo l'ora di bermi una birra di Natale o qualunque altra cosa mi faccia dimenticare che ho già scordato la metà di tutto quello che ho letto.

«Quindi sei un tipo puntuale?» dice una voce alle mie spalle.

Mi giro verso Romeo, che sta guardando l'orologio.

«A quanto pare essere in ritardo non è una prerogativa delle donne!» rispondo, guardando il mio.

«Ma non sono in ritardo.»

«Sì, invece, di un minuto!»

Si avvicina senza baciarmi, ma abbassa la testa per guardarmi. Caspita, è davvero alto! Cedo e gli chiedo l'altezza.

«Quanto sei alto?»

Si mette a ridere.

«L'arte di passare di palo in frasca: mi sa che l'hai inventata tu quest'espressione!»

«Chissà!»

«Un metro e novantasei.»

Non riesco a evitare di fare un fischio.

«Anche i tuoi sono alti?»

«Non particolarmente. E i tuoi?»

«Neanche loro. Sarà la minestra.»

Fa una smorfia esagerata.

«Per me il rum! Entriamo? Se c'è una cosa a cui non mi sono ancora abituato è il freddo, si gela!»

Be', certo, dev'essere un bel cambiamento rispetto al clima di La Réunion! Non gli dico che in Québec a volte la temperatura sfiorava i meno venti gradi. Mi chiederebbe se sono una che viaggia spesso e sarei costretta a parlargli dei miei genitori. E per il momento preferisco evitarlo.

Quando entriamo nel bar, rimango a bocca aperta. È un posto enorme. Parquet in legno per almeno una ventina di metri, travi a vista e tavoli ovunque, divisi in due da una scalinata metallica che porta in un'altra sala nel seminterrato, al centro della quale è sospeso un lampadario fatto con bottiglie di birra vuote. Per non parlare delle decorazioni natalizie! Non credo di averne mai viste così tante in un posto solo. Decine di ghirlande luminose con grosse lampadine colorate, berretti rossi appesi su ogni attaccapanni, plaid con disegni di fiocchi di neve sugli schienali di tutte le sedie, un abete di almeno due metri in un angolo e altri alberelli piccoli sui tavoli. E poi palline, corone e, su una sedia a dondolo, un enorme peluche a forma di omino di pan di zenzero, talmente grande da far impressione.

E poi... no, non ci posso credere! In fondo alla sala un'intera parete ricoperta di giochi da tavolo!

"Vi trovate per una partitina a Scarabeo?" Ah ah, Ines, non pensavi di averci azzeccato...

«Un bar ludoteca?» chiedo, sconcertata.

Fa una smorfia. Di nuovo. È il suo marchio di fabbrica?

«Sì, ma solo a Natale. Qui nella Francia metropolitana siete davvero fissati con le decorazioni. Perché le mettete ovunque?»

Scoppio a ridere.

«Perché non abbiamo sole e spiagge bianche che ci fanno dimenticare l'inverno?»

Il bar ha appena aperto, i tavoli sono tutti liberi, avanziamo nella sala.

«Ci mettiamo dove vogliamo?»

«No, ho prenotato» risponde Romeo. «Vedrai, fra un'ora sarà strapieno.»

«Okay, quindi qui si beve e... si gioca?»

«E si mangiano anche patatine fritte! A proposito, ho fame.»

Gli sorrido e lo seguo a un tavolo proprio di fronte al bancone.

«Qui producono la loro birra artigianale, ne ordiniamo una?»

«Sì, se ti va!»

Prende il menu e me lo allunga.

«Hai fame? Ordina quello che vuoi.»

Sgrano gli occhi, perché capisco che vuole offrire lui.

«Non fare quella faccia! Credi che finirò sul lastrico? Tanto lo sono già» aggiunge, ironico.

Non so cosa dire, soprattutto non voglio metterlo a disagio. Cosa posso rispondere, senza risultare maldestra o essere fraintesa?

Lui, però, insiste: «Dai, scegli qualcosa, tranquilla».

«Non se ne parla, dividiamo! Sono una donna del ventunesimo secolo, nel caso non te ne fossi accorto.»

Scuote la testa sorridendo e finisce per cedere.

«Avete già scelto?» chiede il cameriere.

Rispondo quasi a caso: per me una porzione di patatine con cheddar e cipolle fritte. Romeo prende lo stesso, e in più aggiunge un hot-dog con la senape, senza pietà per i valori del suo colesterolo.

«Tu non hai problemi economici» dice, così di punto in bianco.

Arriva così, senza preavviso… Difficile evitare l'argomento, quindi scelgo una risposta a metà.

«No, i miei mi pagano la maggior parte delle spese.»

«Vivi da sola?»

«Con una coinquilina. E tu?»

«Sono in affitto in una mansarda ammobiliata di trenta metri quadrati a Fives. Piccola, semplice, ma tranquilla e pulita.»

Smette di parlare e mi squadra. Ho l'impressione che il suo sguardo mi stia consumando. Sotto il tavolo, intreccio nervosamente le mani, mi contorco le dita.

«Okay… non voglio menare il can per l'aia, rispondo alla domanda che hai sulla punta della lingua: perché mi hai visto all'associazione.»

Non oso dire nulla, sono davvero imbarazzata per il fatto di essere così prevedibile.

«Ho due fratelli, di dieci e dodici anni. I miei sono proprietari di un bar a La Réunion, per acquistarlo si sono indebitati, quindi possono aiutarmi appena. A Lille gli affitti sono molti cari, anche in un quartiere come Fives, e le poche ore di lavoro che faccio qua e là non mi consentono di arrivare sempre tranquillo alla fine del mese. Il minimarket solidale è la mia ancora di salvezza. Senza, non potrei fare la spesa normalmente. Ma non mi lamento, c'è gente messa molto peggio di me, non ne hai idea.»

«Mi dispiace… Non tutti abbiamo le stesse possibilità e non è giusto.»

«È la vita.»

«E con gli studi te la cavi?»

«Sono fortunato a poter fare l'università, quindi mi impegno al massimo per andare avanti. So che, se dovessi smettere, non sarebbe per scelta.»

Non può capire quanto mi colpisca la sua frase. Questo ragazzo si ammazza per proseguire gli studi e io sputo nel piatto dove mangio… Devo ammettere che ci sono momenti in cui mi sento davvero una nullità.

«Va tutto bene?» chiede, vedendomi un po' abbattuta.

«Sì, alla grande!» fingo.

«Okay. Be', basta piangersi addosso, adesso passiamo alle cose serie!»

Si alza e torna con un gioco in legno, un piano su cui è fissato un grande supporto a forma di T, dalle cui estremità penzolano due anelli attaccati a una lunga cordicella. Ai piedi del supporto ci sono due ganci, l'uno di fronte all'altro.

«Cos'è?»

Sorride e appoggia davanti a noi una seconda base, con cinque buchi. In quello centrale c'è un piccolo cilindro amovibile.

«Il gioco dell'anello e del gancio!» risponde. «Si trova spesso nei bar. È semplicissimo, e dà dipendenza: tiri la cordicella verso di te, la lasci andare, e ogni volta che riesci a infilare l'anello nel gancio, sposti il cilindro nella tua direzione. Il primo che riesce a mettere il cilindro nell'ultimo buco vince la partita. Si hanno a disposizione tre tentativi prima di passare la mano.»

«Ehm… okay.»

Ammetto che non mi avevano mai proposto niente del genere, ma a differenza mia Romeo sembra proprio nel suo elemento. Su… niente paura!

Il tempo di spiegarmi le regole del gioco e la sala si è già riempita, non riusciamo quasi più a sentire quello che ci diciamo.

Comincio io. Ovviamente, con la mia destrezza leggendaria, tutto quello che riesco a fare è mandare la cordicella troppo lontano.

«Ehi, vuoi accecarmi da un occhio?» scherza lui.

Ah, no di certo, non quegli occhi!

Prova lui e… *hop!* Ce la fa al primo tentativo. Che nervoso!

Mi concentro di nuovo, e non mi accorgo neanche del cameriere che ci porta le birre. Cerco di non tirare fuori la lingua, avrei l'aria ridicola. E mentre dietro di noi si ride, si gioca e si raccontano barzellette, al decimo tentativo anch'io riesco a infilare l'anello.

«Sì!» urlo, saltando dalla sedia.

Romeo mi fa l'occhiolino e sposta il cilindro verso di me.

«Brava!»

Subito dopo arrivano l'hot-dog e le patatine.

Lui ci mette meno di cinque minuti per mangiare tutto, è impressionante.

«Ho un forno» si giustifica.

«Eh?»

«La mia bocca: è in grado di trangugiare ogni cosa, e mangio troppo in fretta!»

«Avrai lo stomaco resistente! Se facessi io una cosa del genere, starei subito male!»

«Il ghiottone e la principessa. Così cliché da ricordare Shakespeare!»

Solo che noi non siamo innamorati… sto per rispondere, ma mi trattengo all'ultimo. Perché in realtà non ho davvero voglia di dirlo.

Facciamo ancora un paio di partite a questo gioco infernale, poi Romeo lo rimette sul bancone e torna al tavolo, l'aria sconsolata.

«Stasera non posso fare troppo tardi, domani devo alzarmi presto per studiare. Abiti lontano da qui?»

«No, solo dieci minuti.»

«Allora ti riaccompagno.»

Camminiamo per le strade illuminate dalle decorazioni di Natale, in un silenzio quasi perfetto. Fa freddo e c'è aria da neve. Forse questa volta verrà anche. Quando arriviamo davanti al mio palazzo, non mi accorgo che l'auto di Gabin è parcheggiata sul marciapiede. Lui esce dalla sua Audi sbattendo la portiera.

«Ma che cavolo stavi facendo? Ti ho chiamato quindici volte! E in casa non c'è nessuno!»

In completo imbarazzo, mi giro verso Romeo e poi di nuovo verso Gabin.

«Mi dispiace, non ho proprio guardato il telefono.»

«Vi lascio» dice Romeo. «Ci vediamo domani al minimarket.»

«Ah, sì, e grazie per avermi riaccompagnato.»

Mi fa un cenno con la testa, saluta appena Gabin e poi se ne va.

«Chi è 'sto tipo?» mi chiede Gabin mentre seguo Romeo con lo sguardo.

Non l'ha nemmeno riconosciuto…

«Uno studente dell'associazione in cui vado.»

Gabin abbozza un sorrisino molto sgradevole.

«Dovevo intuirlo, si vede dall'aspetto.»

«Niente affatto!»

«È perché hai i paraocchi! Ma hai visto com'era vestito? Che orrore!»

Non sono dell'umore giusto per sentire questo genere di stupidaggini.

«Allora? Volevi vedermi?»

«Be', sì, negli ultimi giorni ci siamo appena incrociati.»

Mi vergogno quasi ad ammettere che mi ha fatto bene.

«Saliamo?»

Sospiro, pronta ad aprire il portone, poi vedo Ines in fondo al marciapiede. Cammina con passo infuriato. Quando ci raggiunge, la scruto, con aria interrogativa.

«Ehilà, tutto bene?»

«Sì.»

Apre il portone e corre quasi verso le scale. Mi giro verso Gabin.

«Mi dispiace, Ines ha qualcosa che non va. Rimandiamo a domani?»

Lui annuisce, un po' sconfortato.

«Come vuoi.»

Non mi chiede neanche di aggiornarlo, si china verso di me e mi bacia sulla guancia. È strano, non l'ha mai fatto. Poi sale in macchina, accende il motore e parte con uno stridio di gomme.

Sospiro e mi affretto a raggiungere Ines. È in bagno, si sta sciacquando il viso. Si vede che ha pianto.

«Cos'è successo?»

«Non mi va di parlarne.»

«Okay… ma dimmi almeno se è grave.»

Si asciuga le mani e si gira verso di me.

«Fann, non prendertela, ne parliamo domani, adesso preferisco andare a dormire.»

Esce dal bagno e si chiude in camera sua.

Sono appena le sette di sera.

Ma che cos'ha?

8
dicembre

Naturalmente non ho dormito bene, e quando mi sveglio, verso le nove, Ines è ancora in camera sua. Mi preparo un caffè, prendo un pezzo di pan brioche e vado a sedermi sul divano con il mio corso di Etnoantropologia. Per una che vuole interrompere gli studi, è quantomeno strano.

Sì, ma… un ragazzo come Romeo lavora diverse ore a settimana in un bar, e non lo fa per divertimento. Una ragazza come Ines preferirebbe mille volte non dover lavorare a fine giornata in una scuola. Nessuno fa mai davvero quello che vuole, nemmeno una come me.

"Non si ottiene niente per niente" direbbe mia madre. Quindi sì, farò gli esami di metà anno, e se non li passerò almeno ci avrò provato. Senza vergogna e senza rimpianti.

Alle nove e mezzo Ines non si è ancora alzata, e per lei è insolito.

Vado in cucina a prepararle il suo tè preferito, prendo un kiwi, uno yogurt bianco e un biscotto ai cereali – quello che mangia ogni mattina. Metto tutto su un vassoio e vado a bussare alla porta di camera sua.

«Mmm?»

Quando entro, la mia coinquilina è ancora imbacuccata nel piumino.

«La colazione è servita!»

Appoggio il vassoio sulla sua scrivania e apro un po' le ante delle finestre. Ines strizza gli occhi, infastidita dalla luce.

«Ma che fai?» borbotta.

«Vengo a tirare fuori la farfalla dal suo bozzolo.»

Con i capelli ricci tutti in disordine, si appoggia alla testata del letto e prende la tazza che le allungo. Io mi siedo al suo fianco.

«Va meglio? La notte è stata d'aiuto?»

Con la tazza fra le mani, inspira il profumo del tè al gelsomino.

«Sì.»

«Mi racconti quello che è successo?»

Fa un sospiro profondo.

«È per il mio capo. Non so perché ce l'ha con me, ma la cosa comincia a diventare pesante. Ieri sono andata nel suo ufficio, come mi ha chiesto di fare. Voleva solo accertarsi che settimana prossima rispetterò i miei orari, visto che ci sono gli esami. Capisci? E poi ha deciso di accompagnarmi a scuola. È la terza volta che viene in due settimane, e su chi si concentra ogni volta? Su di me! Analizza ogni mio gesto, ogni parola, ogni scelta. Ieri, a quanto pare, non ho dato prova di sufficienti capacità pedagogiche con un bambino che faceva fatica a colorare senza uscire dai bordi. Poi è venuto a spiegarmi che dovevo rendere i bambini autonomi e lasciare che si lavassero le mani da soli, anche se avevano ancora le dita tutte colorate. Ha sempre qualcosa da ridire, continua a farmi le pulci su cose del cavolo.»

È ancora arrabbiata... Prendo il vassoio e glielo poso sulle ginocchia.

«Ma lo fa solo con te?»

«Mi sembra di sì.»

«Ne hai parlato con qualcuno?»

Si lascia sfuggire una risata amara.

«Con chi? È lui a gestire le attività parascolastiche nel municipio di zona.»

Afferra il biscotto e lo sgranocchia con rabbia.

«Mi innervosisce averlo sempre addosso. Non ha proprio niente di meglio da fare?»

«Senti, hai provato a chiedergli se c'è un motivo particolare per cui ti sorveglia?»

«No, meno contatti ho con lui, meglio è. Mi guarda in modo strano... Mi scruta, e mentre mi parla fa una voce melliflua, mi gira intorno.»

«Non ti senti al sicuro?»

«Be', no, non esageriamo, ma non è certo il tipo con cui andrei a bere qualcosa fuori, capisci? Il mio contratto scade prima delle vacanze di Pasqua, poi non penso di rinnovarlo. Troverò qualcos'altro.»

Le sorrido.

«Sai che ti dico? Per distrarti, sabato andiamo a comprare i regali di Natale insieme!»

«A casa mia in realtà non festeggiamo il Natale, mia madre lo ha sempre odiato, ma ci facciamo dei regali per Capodanno. Quindi sì, buona idea!»

«Fantastico! E non preoccuparti, sono sicura che al lavoro tutto si sistemerà.»

«Okay, ma adesso basta parlare di me. Com'è andato il tuo appuntamento galante con Romeo Superscintille?»

Scoppio a ridere.

«Hai intenzione di dirle tutte?»

«A un certo punto le finirò.»

Le sorrido.

«Mi ha portato in un bar ludoteca.»

«Sul serio?»

«Sì! Mi ha parlato di lui e della sua famiglia, mi ha spiegato la sua situazione economica, credo che ci tenesse.»

«E tu gli hai parlato della tua?»

«No… E non so se potrò mai farlo. Gli ho detto che i miei mi pagano le spese, ma non penso che abbia molto senso confessargli che in realtà possono permettersi ben altro. So a cosa somiglierebbe tutto questo…»

«Magari avrai l'occasione di farlo più avanti, ma ti do un consiglio: non aspettare troppo, altrimenti lo percepirà come un tradimento. Perché un uccellino mi dice che tu e Romeo-che-sbrilluccica non siete pronti a lasciarvi.»

«Oh, Ines, quanto sei pesante!»

«Ne riparleremo! A proposito, oggi dobbiamo mandare al prof l'elaborato su Pierre Bourdieu.»

«Argh… Metto insieme i miei appunti e te li passo!»

«Okay. Adesso però esci, se non vuoi vedere la luna in pieno giorno. Ho dormito nuda e sto per alzarmi.»

Scuoto la testa scoppiando a ridere.

Ines Abad, se non esistesse bisognerebbe inventarla.

Anche se gli ho mandato un SMS in mattinata, è tutto il giorno che non ho notizie di Gabin. Credo sia arrabbiato. Così, appena prima di uscire per andare al minimarket nel tardo pomeriggio, gliene mando un altro mettendoci tutto il buonumore possibile.

Ehilà! Vado all'associazione, poi ci vediamo per un hamburger? Finisco verso le 19.30.

Ciao, stavo per rispondere al tuo messaggio di stamattina. Prima non sono riuscito, sono andato in Belgio con degli amici.

Ok per stasera. Vengo a prenderti? Dove si trova il tuo posto?

Super! Appuntamento nella piazza del mercato di Wazemmes alle 19.40?

Sì, va bene.

😘

Tutti messaggi piuttosto neutri, nessun "Ciao, baby", e il mio emoticon con il bacio che rimane senza risposta.

Mi sento in colpa. Negli ultimi giorni non sono stata molto carina con lui, anzi, l'ho evitato e sono stata piuttosto irritabile. Credo di averlo allontanato. Okay, ci sono delle cose di Gabin che mi innervosiscono, ma con me è gentile, anche se non siamo d'accordo su ogni cosa. Sono in un periodo in cui mi faccio un sacco di domande... non per forza su Gabin, ma prima di lui mi andava bene tutto, quindi è meglio calmare le acque.

Indosso cappotto, guanti e cappello, pronta a sfidare il freddo e il vento del Nord. È deciso, stasera io e Gabin passeremo una bella serata.

Oggi al minimarket c'era un po' meno gente, e praticamente soltanto facce nuove. Élise mi ha spiegato che in genere gli iscritti vengono una volta alla settimana. Tra gli assenti c'è anche Romeo, nonostante ieri sera mi avesse detto che sarebbe venuto.

Sospiro. Non posso fare a meno di sentirmi delusa. Dopo che ieri mi ha lasciato con Gabin, non ho osato mandargli un messaggio. C'era ancora così tanta tensione, come la prima volta in cui si sono incontrati, e avrei voluto dirgli che mi dispiaceva.

«Fann» mi chiama Élise mentre metto via gli ultimi cestini vuoti. «Ti va di restare un po' di più e spiegare a tutti come funziona il Secret Santa? Ho chiesto agli studenti che ci saranno al cenone di Natale di aspettarci nel *foyer*.»

Guardo l'orologio. Sono le 19.15.

«Sì, certo! Finisco quello che sto facendo e arrivo.»

Quando salgo al piano di sopra, trovo ad attendermi quattro studenti: una ragazza e tre ragazzi seduti sulle poltrone, ma nessuna traccia di Romeo.

Le decorazioni che ho portato martedì sono state sistemate nella stanza. Con tutto questo legno, dal pavimento al soffitto, c'è il calore di uno chalet di montagna. Speriamo che gli studenti accolgano la mia idea del Secret Santa con lo stesso calore!

«Ah, Fann, ti stavamo aspettando!» mi presenta Élise insieme a Anthony. «Fann è la nostra nuova supervolontaria. Dà una mano al minimarket, ma ha un progetto fantastico da proporvi per il ventiquattro!»

Mi guardano tutti in assoluto silenzio, incuriositi.

«Mi sembrate un po' nervosi» interviene Anthony. «Di solito schiamazzate come delle oche e facciamo fatica a sentirci! Magari possiamo iniziare con il presentarci? Chi comincia? Théa?»

Si gira verso una ragazza con le ciocche di capelli viola. Si alza in piedi sospirando, con aria indolente.

«Théa, studentessa al terzo anno di Storia dell'Arte.»

Laconica, ma efficace. Annuisco educatamente.

«Mathias, master di primo livello in Scienze sociali» fa un altro.

Un terzo si alza e viene verso di me per stringermi vigorosamente la mano.

«Ionut, sono rumeno. Terzo anno di Medicina» dice, con la erre moscia. «È bello che tu sia qui. Grazie!»

Kowè, studente gabonese del master di secondo livello in Biologia, lo imita mostrandosi altrettanto amichevole, e poi all'improvviso sono tutti intorno a me, a stringermi la mano e salutarmi con un bacio.

«Grazie per la bella accoglienza, ero un po' intimidita. Mi

presento: sono Fannette, ma potete chiamarmi Fann. Sono al secondo anno di Sociologia e…»

Mi fermo, sentendo scricchiolare i gradini della scala. Alle mie spalle spunta Romeo. È sciocco, ma appena lo vedo faccio un sorriso a trentadue denti.

«Scusate il ritardo.»

«Invece caschi proprio a fagiolo!» lo tranquillizza Élise. «Vieni, accomodati, Fann sta per parlarci di un'iniziativa supercarina.»

Avvicina una sedia e si accomoda con gli altri studenti accanto ai divani.

«Ecco, Élise mi ha detto che, siccome sarete in tanti a fermarvi qui per il cenone, stava cercando qualche attività divertente da fare. Se siete d'accordo, vorrei proporvi un Secret Santa.»

«Che cos'è?» chiede Kowè.

«Il principio è piuttosto semplice. Si estrae il nome di una persona a cui bisogna fare un regalo il giorno del cenone di Natale. In sostanza, ognuno sa a chi deve fare il regalo, ma non sa da chi lo riceverà, perché deve restare un segreto. Per questo si chiama Secret Santa!»

Si guardano tutti e sui loro visi vedo passare per un istante il panico. Dev'essere per via della questione economica, così intervengo per rassicurarli.

«Ma c'è una regola: il regalo deve essere fatto a mano e non comprato! Potete usare tutto quello che vi pare, potete riciclare un oggetto, fabbricarne uno con qualunque tipo di materiale, legno, carta, tutto ciò che vi ispira. Gli unici veri obblighi sono che non potete rivelare a nessuno a chi è destinato il vostro regalo e... che dovete imparare a conoscere la persona che avete estratto a sorte, per sapere cosa donarle!»

Li vedo scambiarsi degli sguardi, trattengo un po' il fiato e, sollevata, noto che hanno l'aria piuttosto motivata.

«Partecipi anche tu?» mi chiede all'improvviso Romeo.

«Ma certo!» risponde al mio posto Anthony. «Partecipiamo tutti, altrimenti non è divertente! Così saremo anche in numero pari. Otto giusti!»

Mi irrigidisco un po'.

«Sì, però... io probabilmente il ventiquattro non ci sarò.»

«Non c'è problema! Faremo in modo che tu abbia il tuo regalo in anticipo o, al massimo, lo troverai ad attenderti sotto l'albero al tuo ritorno.»

Guardo Romeo, dal momento che è stato lui a chiedermelo, e accetto.

«D'accordo, allora facciamo così! Ma vi avverto, io non ci so fare con le mani, anzi sono un disastro ambulante, sbaglio quasi tutto!»

Élise e Anthony si scambiano uno sguardo complice.

«Noi abbiamo mangiato i tuoi biscotti e siamo ancora vivi!»

Potrei chiedermi come dovrei prenderla, ma lo so già: dovevano essere disgustosi!

«Vi metteremo a disposizione un bel po' di materiali» li informa Anthony. «Colla, forbici, spago, cartoni, tessuti, carta... Non esitate a farci sapere di cosa avete bisogno, dopo aver deciso che regalo fare.»

«Va bene a tutti?» si accerta Élise.

Cenni di assenso generale.

«Bene, allora via con il sorteggio!»

Guardo di nuovo l'orologio, sono le 19.35, arriverò in ritardo… Ma non vedo come potrei eclissarmi ora, visto che sono stata io a organizzare l'evento.

Corro a recuperare il telefono al piano terra e mando un messaggio a Gabin.

Sono in ritardo di dieci minuti,
scusami… Per te va bene? 😕

👍

Gli invio un emoticon con il bacio e torno subito dagli altri. Élise e Anthony stanno già preparando i bigliettini su cui ognuno di noi scriverà il proprio nome. Al momento di mettere il mio, sorrido. Non avevo previsto di partecipare, ma adesso che è deciso… E poi, se mi capitasse Romeo, sarebbe divertente!

Tutti i nomi finiscono in un berretto di Natale, e non ci resta che estrarli a sorte. Théa viene scelta per far girare il berretto. Ognuno immerge la mano all'interno e poi guarda il biglietto, cercando di restare impassibile. Ovviamente sbircio Romeo. Legge il nome che ha pescato senza battere ciglio, senza il minimo ghigno, poi si infila il pezzo di carta in tasca, come se niente fosse. Mentre io… quando apro il mio biglietto rischio di ribaltarmi.

Romeo

Se non fosse che mi trovavo davanti a Théa, e che lei mi aveva chiesto di chiudere gli occhi prima di pescare, avrebbero potuto accusarmi di aver imbrogliato. Ma non è così, è solo il caso che ha un gran bel senso dell'umorismo.

Mantenere la calma è complicatissimo. E poi, cosa potrò mai regalargli senza coprirmi definitivamente di ridicolo? Per non parlare del fatto che dovrò mettere in atto quello che ho predicato appena un quarto d'ora fa: imparare a conoscerlo, per capire cosa donargli.

"Un quarto d'ora fa"? Oh, no, sono le otto!

«Cavolo, l'orologio è giusto? Scusa, Élise, adesso devo proprio andare. Ci vediamo lunedì, o ci sentiamo se hai bisogno di me? Cosa che peraltro vale per chiunque» dico, guardando gli altri. «Non esitate a chiedere il mio numero di telefono a Élise.»

«Non preoccuparti, vai pure, abbiamo finito la parte importante!»

«Grazie! Ciao a tutti!»

Mi spiace di non avere il tempo di parlare con Romeo, così gli faccio segno che lo chiamerò. Strizzatina d'occhio da farmi stare male.

Sul serio… come si fa ad avere degli occhi del genere?

Esco dall'associazione e corro in direzione della piazza. Gabin mi sta aspettando in doppia fila. Apro la portiera e mi infilo nell'Audi.

«Scusami, davvero, è durata più del previsto.»

Mi allungo per baciarlo, ma lui è rigido come la morte.

«Ce l'hai con me?»

«No, ma non ti capisco più. Ci vediamo appena, ci parliamo a malapena, mi dai un appuntamento e trovi il modo di arrivare in ritardo?»

«Mi dispiace, non avevo scelta…»

«Invece ce l'avevi, e hai deciso di passare il tempo con quei pidocchiosi invece che con me.»

«Smettila di chiamarli così, Gabin, sono tutto tranne che pidocchiosi. Alcuni sono al terzo anno di Medicina e forse un domani ci salveranno la vita in ospedale. Puoi anche avercela con me perché sono arrivata in ritardo, ma smettila di prendertela con loro.»

«Fannette Reynaud la crocerossina! E noi, in tutto questo, a che punto siamo? Sei sempre la mia ragazza o vuoi esserlo a giorni alterni?»

Pausa.

Lo ha detto davvero?

«E questa domanda cosa significa? Tu hai le tue cose da fare, te ne vai con i tuoi amici in Belgio e io non ti chiedo mai che posto occupo in tutto questo. Non posso avere anch'io una vita al di fuori di noi?»

«E tu lo chiami "vita" occuparti di persone che non sanno fare altro che chiedere la carità?»

«Ma sei serio? Quello che hai appena detto è orribile… Lo sai che la maggior parte di loro lavora?»

«Non abbastanza, se vuoi il mio parere.»

«Detto da chi non ha mai dovuto farlo, lo trovo parecchio meschino. Senti, o accetti che io abbia altri interessi a parte te, o se ti è impossibile sarà un bel problema, perché io non ho intenzione di privarmi di niente.»

«Non ci credo… Fra me e loro tu scegli loro, è così?»

«Ti chiedo solo di accettare che la mia vita cambi.»

«Se vuoi che la tua vita diventi uno schifo, non contare su di me.»

Punto di non ritorno. Come abbiamo fatto ad arrivare fin qui?

La voragine che ci separa è così ampia che ho l'impressione che niente potrà più riavvicinarci.

Prendo la borsa e apro la portiera.

«Che fai?»

«Torno a casa.»

Non tenta neanche di fermarmi.

Meglio così. Non ho nessuna voglia che mi veda piangere.

9
dicembre

Stanotte i tetti e i marciapiedi di Lille si sono coperti di neve, e i dintorni della cittadina di Vauban sono così bianchi che sembra quasi di essere in un giardino del Québec.

Ho trascorso una notte orribile ripensando a Gabin e alla nostra litigata di ieri sera, ma quando mi sono svegliata non ho resistito al desiderio di camminare nella neve farinosa. La neve ha sempre un effetto tranquillizzante su di me. Ho messo le sneaker, un maglione pesante, parka, sciarpa, guanti e berretto e sono partita in direzione del parco.

È bello, e nonostante il cielo coperto c'è una luce accecante. Gli alberi sono pieni di cristalli di brina, le pozzanghere d'acqua gelata somigliano a minuscole piste di pattinaggio.

«Tieni, beccati questa!»

Mi giro, sorpresa, e una palla di neve mi colpisce in piena faccia.

«Oh, mi scusi, signora! Non l'ho fatto apposta.»

Sgrano gli occhi, più sbigottita dal "signora" che dalla neve che mi cola sulla faccia.

Il colpevole deve avere al massimo dodici anni e se ne sta tutto mesto accanto al suo amico, a cui in teoria era destinato quel magnifico lancio. Vedendo le loro espressioni terrorizzate per poco non scoppio a ridere.

«Tranquillo, non hai ucciso nessuno, no?»

«Oh, certo! Ma ci dispiace comunque!»

«Non c'è scuola stamattina?»

«È chiusa per il ghiaccio.»

«Che fortuna...»

Non dovrebbero fidarsi del tono della mia voce, non dovrebbero proprio, ma loro lo fanno e quindi... mi abbasso per prendere a mia volta un po' di neve e la lancio al ragazzino.

Paf! In piena faccia.

«Così impari a chiamarmi signora!»

È così sorpreso che per poco non cade all'indietro.

«E guerra sia!» urlo, prendendo altra neve.

Non ci mettono molto a capire. In meno di due secondi iniziano a bombardarmi, da bambini spietati quali sono. Reggo la battaglia per uno o due minuti, poi capitolo, alzo le mani in segno di resa e me ne tiro fuori alla svelta, tornando alla mia tranquilla passeggiata.

«Accidenti, non c'è un posto di Lille in cui non ci incrociamo!»

Mi si rizzano i peli sulle braccia.

«Romeo?»

«Fannette?» dice lui a sua volta, prendendomi in giro.

Il mio sorriso è così largo che è impossibile nasconderlo. E anche il suo non scherza.

Leggings e felpa nera con il cappuccio, short grigi oversize, auricolari nelle orecchie, sta facendo chiaramente jogging – a giudicare anche dalle gocce di sudore che ha sulla fronte.

«Il parco è meglio di Fives per correre» si giustifica. «Specie in una giornata come questa. Ti sei rotolata nella neve?» mi domanda, indicando il mio berretto e il parka tutti bianchi.

«Ho incontrato i folletti di Babbo Natale, mi hanno attaccato a una curva sul sentiero.»

«Capisco» fa lui, scettico, inarcando un sopracciglio.

«E avevano solo dodici anni, le canaglie!»

«Stavo per andarmene, ma ti va camminare un po'?»

«Sì, dai!»

Sono proprio contenta di vederlo.

«La tua idea del Secret Santa è davvero super» inizia lui. «Chi sarà a ricevere il tuo regalo?»

Scoppio a ridere.

«Non credi ai folletti, ma a Babbo Natale sì? Pensi davvero che te lo dica?»

«Be', avrei potuto darti qualche informazione sul fortunato. Così, tanto per aiutarti.»

Se solo sapesse!

«Sono una tomba, da me non saprai nulla.»

Si mette a ridere.

«Non pensavo proprio di incontrarti qui.»

«Amo troppo la neve per resistere.»

«Lo ammetto: forse è l'unica cosa che trovo davvero divertente nella Francia metropolitana.»

«L'unica?»

«Sto esagerando, vivere sul continente ha i suoi lati positivi, ma la vegetazione, la frutta, le montagne e l'oceano mi mancano. E anche gli odori della foresta tropicale e i colori del cielo. Qui è tutto così diverso, più spento… Ma okay, ammetto che oggi è proprio bello!»

A quel punto realizzo che dev'essere la prima volta che vede tutta questa neve. Mi abbasso e ne raccolgo una manciata.

«Tieni, questa puoi anche assaggiarla.»

«Devo confessarti che è stata la prima cosa che ho fatto appena arrivato al parco! Be', niente di che!»

«Okay, e questo l'hai già fatto?»

Senza pensarci gli lancio addosso la neve, che va a infilarglisi nel colletto della giacca. Mi immobilizzo. Romeo sembra sorpreso quanto me.

«Ah, sì?» dice.

«Scusa, è stato un riflesso involontario!»

«Capisco» risponde, fingendosi indulgente e chinandosi a sua volta. «Non mi sono ancora abituato alle tradizioni invernali, ma non vedo l'ora di impararle.»

Okay, la risposta è immediata. E francamente mi sembra inutile scappare, sono certa che mi riprenderebbe in un secondo con quelle sue lunghissime gambe da struzzo. Allora spalanco le braccia e chiudo gli occhi, parafrasando una delle poche battute di *Romeo e Giulietta* che conosco.

«Okay, hai vinto. Agisci senza indugio, non vedo l'ora di morire!»

Enfatica al massimo! Poi apro un occhio. Romeo non si è ancora mosso.

Sta ridendo! Allora avanzo verso di lui sorridendo.

«Vuoi fare un pupazzo di neve? Altra tradizione fondamentale!»

«Ero venuto qui per correre, ma… vieni, ti faccio vedere!»

Si gira e comincia a camminare a passo così veloce che sono quasi costretta a trotterellare per stargli dietro. Mi guida attraverso gli alberi, in una zona un po' isolata, e si ferma davanti al pupazzo di neve più ridicolo che abbia mai visto. Corpo deforme e testa così piccola da sembrare una pallina di gelato. Come naso un ramoscello, due minuscoli sassolini per occhi e una foglia rinsecchita piantata dritta sul cranio. Devo trattenermi per non prenderlo in giro.

«Fai pure, sento che hai voglia di ridere!»

«Oh, no, nient'affatto, il tuo pupazzo di neve è fantastico! Si direbbe solo che abbia avuto a che fare con un riduttore di cranio…»

«È il primo che faccio, ci ho provato!»

«Potremmo dargli un compagno? Magari più carino!»

«Ci sto!»

A discolpa di Romeo, la neve fresca non è molto malleabile e si sfalda velocemente, ma insieme riusciamo a fare un pupazzo un po' più decoroso del suo gnomo da giardino tutto sbilenco.

Fra le conifere e le betulle ammiriamo la nostra opera.

«Non è come i castelli di sabbia» dice.

«Ne fate per Natale, a La Réunion?»

«No, facciamo un falò, beviamo cocktail di frutta con il rum, mangiamo frittelle piccanti, samosa, *cari*, l'anatra con le lenticchie…»

«È da tanto che non torni a casa?»

«A maggio saranno due anni.»

Impossibile nascondere il mio stupore.

«Immagino che nel frattempo tu abbia rivisto la tua famiglia, giusto?»

«Solo mia madre, a marzo dell'anno scorso, è rimasta qui due settimane.»

«Ah...»

«Non sarà sempre così. Ehi, guarda!» dice, fermandosi in mezzo al sentiero.

Indica il ramo di un faggio coperto di neve e di muschio. Sgrano gli occhi. Due uccelli di un verde chiaro intenso e con il collo rosa acceso si stanno beccando.

«Si direbbero dei pappagalli. In libertà e... con questo freddo?»

«Sono parrocchetti dal collare» mi spiega. «Sono supercarini, ma invadono gradualmente i territori di altri uccelli.»

«Non li avevo mai visti, sono così... esotici.»

In questa zona della Francia sono quasi irreali.

«Sono come me: lontani da casa, ma perfettamente adattati!»

Gli sorrido mentre riprendiamo a camminare, poi decido di affrontare il tema rovente.

«Volevo dirti che... mi dispiace per l'altra sera.»

Lui sembra non capire.

«Quando mi hai riaccompagnato, Gabin era un po' teso.»

«Per colpa mia?»

«No, no! Perché non avevo risposto alle sue chiamate e mi stava aspettando da un pezzo. Sai, quando ha qualcosa che gli rode, non si fa problemi a darlo a vedere, anche se ci sono altre persone.»

Romeo annuisce senza dire cosa pensa.

«State insieme da tanto?»

«Quasi un anno. E tu?» mi azzardo a chiedere. «Hai qualcuno?»

«Sono fidanzato con i miei libri! Dai, adesso devo scappare, altrimenti arrivo tardi al bar, comincio alle dodici e mezzo! Ci rivediamo lunedì alla ASS di Lille?»

Annuisco, già non vedo l'ora.

Sbaglio?

Sono costretta a pensarci?

No way!

«A lunedì!»

Mi avvio in direzione del centro con ancora il sorriso sulle labbra. Stamattina avevo bisogno di divertirmi ed è successo grazie a Romeo. Mi sono quasi dimenticata che io e Gabin abbiamo litigato. Così guardo meccanicamente il telefono: non mi ha mandato neanche un messaggio. Che nervi... Ho anch'io le mie colpe, so che nell'ultimo periodo l'ho un po' trascurato, ma mi sento troppo giudicata da lui per fare il primo passo. Se Gabin non mi chiama, non lo farò nemmeno io.

Mentre ci penso, il telefono squilla. Sono i miei genitori. Rispondo, continuando a camminare.

«Cucù, tesoro!» canticchia mia madre. «Ti disturbiamo?»

«No, sono per strada, sto tornando dal parco. Qui nevica!»

«Che bello, ma immagino che non sia nemmeno lontanamente come in Canada» dice lei.

«Be'... quello è difficile. Volevi dirmi qualcosa, mamma? Perché di solito mi chiami il sabato.»

«Io e tuo padre volevamo sapere come sta andando il volontariato.»

I miei sono sempre stati curiosi, così faccio un piccolo riassunto che sembra renderli felici.

«Come hai detto che si chiama, l'associazione?» domanda mia madre.

Aggrotto la fronte.

«Perché?»

«Vorremmo fare una donazione.»

Mi fermo.

«Una donazione?»

«Per sostenerti nella tua avventura.»

«Mamma, non ce n'è bisogno. È una mia iniziativa, non vostra.»

Sembra stupita.

«Magari per te non c'è bisogno, ma per quelli che aiuti sì. Non cerchiamo di imporci, Fann, solo di offrire ciò che ci sembra giusto. Sai che aiutiamo già diverse associazioni, e allora perché non farlo anche con la tua? Si tratta sempre di solidarietà.»

Sospiro e mi arrendo, non riuscirò a farle cambiare idea.

Mi scoccia, ma ha ragione, è l'associazione quella che conta.

«Associazione Solidale Studentesca di Lille, ma ehm… Vi dispiace evitare di dire che sono vostra figlia? Per ovvie ragioni non ho parlato della nostra situazione economica.»

«Ma certo, nessun problema, saremo discreti!» mi assicura lei. «Senti, mi confermi che, malgrado la faccenda del Secret Santa, a Natale sarai qui?»

«Sì, sì.»

«Perfetto! Ti saluto, io e papà ti abbracciamo forte. E

svagati un po'!» esclama, come se immaginasse che passo tutto il tempo a studiare.

Anche se non è affatto così, è proprio quello che farò adesso!

Per studiare, ho studiato. Io e Ines non ci siamo incrociate per tutto il pomeriggio. Ma alle sei e mezzo lei apre la porta di camera mia ed entra come una furia.

«Ci facciamo un giro, ragazzaccia?»

«Wow… sei carica!»

«Sono stufa di stare chiusa in casa. Le altre del laboratorio di Economia si trovano al pub stasera, dalle sette alle nove c'è l'*happy hour.*»

Aggrotto la fronte.

«Perché tu lo sai e io no?»

«Perché non guardi mai le notifiche del gruppo WhatsApp, socia! Ci andiamo?»

Lascio tutto sparso sulla scrivania, mi preparo e alle sette in punto arriviamo al pub.

È strapieno. Non c'è neanche un tavolo libero. Prendiamo una cosa da bere al bancone e raggiungiamo le altre. C'è un bel po' di gente del nostro corso.

Non ci posso credere, stanno giocando a obbligo o verità, versione extralarge. L'ultima volta che ci ho giocato, dovevo avere quattordici anni.

«Figo» dico a Ines. «Partecipiamo anche noi?»

«Ci sto! Ma ti avviso, ti conviene dire tutto!»

«Te lo puoi scordare! Non sceglierò mai "verità", non sono mica matta.»

Diversi turni prima che tocchi a noi, credo di non aver mai riso così tanto in vita mia, gli obblighi sono davvero il meglio. La regola è che, se non si adempie a un obbligo, bisogna pagare un giro di bevute. Inutile dire che nessuno vuole correre il rischio di non portare a termine il compito. Poi Joy, una nostra compagna del laboratorio, si gira verso di me.

«Obbligo o verità?»

«Obbligo!»

Non ci pensa neanche un minuto prima di dirmi cosa devo fare.

«Devi saltare su un piede fino all'entrata, uscire e contare fino a trenta sul marciapiede e poi tornare indietro saltando sull'altro piede!»

Esclamazione generale.

Sembrerò proprio una scema.

Ines sta morendo dalle risate mentre mi alzo in piedi, io un po' meno quando vedo tutta la gente che c'è nel pub. A questo punto un ragazzo urla alle persone di spostarsi. Ho una pista di atterraggio tutta per me, devo solo cominciare.

Salto su un piede come una cretina, incitata da gente che neanche conosco. Rischio di ribaltarmi più volte, ma non mollo. E quando arrivo davanti alla porta, quella si apre senza che debba toccarla! La fortuna è dalla mia parte, *yeah!*

Sul marciapiede, però, è tutta un'altra storia, si scivola e fare il canguro sul ghiaccio non è il massimo; ma non posso imbrogliare, Joy mi ha seguito per assicurarsi che faccia tutto.

«Fann?»

E lì, il dramma.
Mi giro: Gabin. Mi prende al volo, ma è troppo tardi, ho entrambi i piedi a terra.
«Giro da bere per tutti!» urla Joy.
E non vi dico la gioia con cui gli altri studenti accolgono la notizia.
«Che stai facendo?» mi chiede Gabin.
«Obbligo o verità. Ho perso.»
Sorride.
«Io *happy hour*, sto raggiungendo i miei amici, ma… Sono contento di vederti.»
«Davvero?»
«Vieni» mi dice, prendendomi per mano.
Mi porta sotto un portone, al riparo da sguardi indiscreti.
«Non ti ho chiamato perché…»
Cerca le parole, si passa una mano tra i capelli, ha l'aria un po' mogia. Non sembra affatto lui.
«Ci tengo a te, baby, e non mi piace quando litighiamo.»
Apro la bocca per dire qualcosa, ma lui mi ferma.
«Aspetta, lasciami parlare. Non sono stato molto simpatico… ma è perché sono geloso. Odio doverti dividere con altri, e non capisco nemmeno del tutto la tua scelta, ma non dovrei giudicarti, puoi fare quello che vuoi, è okay.»
Non me l'aspettavo… In genere Gabin non è il tipo che si scusa, tuttavia devo essere chiara con lui.
«Non devi essere geloso, non più di quanto non lo sia io quando esci con i tuoi amici.»
«Lo so… è stato più forte di me.»
Sospiro. Devo dire tutto quello che penso.

«Senti, magari negli ultimi giorni non sono stata così presente, me ne rendo conto e mi dispiace, ma il fatto che questo ti dia fastidio non può spingerti a dire in ogni occasione che frequento dei pidocchiosi. È insopportabile.»

«Okay, okay… È solo che sono così diversi. Non riesco a capacitarmi.»

«Non sono diversi, hanno meno soldi, tutto qui.»

«È un eufemismo…»

«Gabin, sono seria, smettila.»

«Okay… Senti, non voglio più che litighiamo, io e te stiamo bene insieme, no? Dovremmo trovare un compromesso. Tu la smetti di farmi venire all'associazione e io la smetto di prenderli in giro?»

Inarco un sopracciglio.

«No, non funziona così. Io cerco di rendermi più disponibile, tra lo studio, gli esami di metà anno e tutto il resto, e tu la smetti di criticare le mie scelte, il modo in cui impiego il mio tempo e la gente che frequento.»

Nei suoi occhi scuri si accende un lampo, non è d'accordo, ma non gli lascio altra scelta.

«Come vuoi…» risponde alla fine. «Vieni qui.»

Mi prende fra le braccia e mi accarezza i capelli.

«Adoro il loro colore. Sono così biondi, così perfetti…»

Appoggia le labbra sulle mie per un bacio che vorrebbe essere intenso e deciso.

Chiudo gli occhi, mi lascio andare contro di lui. Le sue dita mi avvolgono la nuca, mi stringe ancora di più a sé, poi si allontana sospirando.

«Domani è sabato, ti porto a Bruges?»

«Mi dispiace, ho proposto a Ines di andare a comprare insieme i regali di Natale.»

Studio la sua reazione e, sorpresa, non la prende male.

«Domenica?»

«Va bene.»

Si china e mi bacia un'altra volta, poi si stacca controvoglia.

«Rientriamo?»

«Sì, ho un giro da pagare.»

Ride e mi prende la mano per entrare nel pub.

Lui raggiunge i suoi amici, io i miei, ancora stupita che sia venuto a chiedermi scusa.

Ma c'è un'altra cosa che mi sorprende e mi turba ancora di più.

Per la prima volta, i suoi baci mi hanno lasciato indifferente.

Per la prima volta, non ho provato nulla.

10
dicembre

Stanotte ha nevicato ancora! Le strade sono tutte bianche e all'improvviso non ci sono quasi più auto in giro.

Per essere un sabato pomeriggio, è una vera goduria!

Con Ines abbiamo deciso di lasciar perdere i centri commerciali e di andare a cercare la nostra felicità in centro. Il manto di neve è così alto che è un'esperienza incredibile. I passi fanno buffi rumori sul marciapiede, i piedi affondano ogni volta di dieci centimetri e se ci venisse voglia di sederci sprofonderemmo nelle panchine come su del cotone gelato!

Ines non è dell'umore giusto per partire a razzo con gli acquisti, ma io sì. L'aria è fresca, intorno a noi la gente sorride, abbiamo studiato come delle matte tutta la mattina e adesso ho voglia di spendere!

Così, invece di passeggiare davanti alle vetrine, entro nei negozi e compro una cosa qui e una là, finché passiamo di fronte al fiorista che vende anche oggetti di antiquariato e abiti usati, non lontano da casa nostra. È incredibile quello che fanno, comprerei ogni cosa! Le loro composizioni sono favolose e hanno un sacco di articoli supercarini di seconda mano. In vetrina vedo una corona natalizia di agrifoglio con un grosso fiocco rosso satinato. Non la guardo per me, ma ripenso a quella appesa alla porta dell'associazione. È in un tale stato che ormai c'entra poco con il Natale. Così trascino Ines all'interno del negozio.

«Buongiorno!» esclamo allegra. «Fate anche consegne a domicilio?»

«Ma certo» risponde una signora con un sorriso caloroso. «A Lille e nella Francia metropolitana.»

«Vorrei la grossa corona che c'è in vetrina.»

Stringe le labbra scuotendo la testa con aria dispiaciuta.

«Mi dispiace, quella è prenotata, ma se vuoi posso fartene un'altra simile, con agrifoglio, bacche rosse e micro-led luminosi. Un po' come quella, ma più grande» aggiunge, mostrandomi un adorabile modello sospeso al soffitto.

«Mi sembra perfetta, grazie!»

«Te la posso far consegnare martedì, se per te va bene.»

Rifletto.

«Visto che non è ancora pronta, magari è meglio il venti dicembre, così rimane fresca fino a Natale?»

«D'accordo, benissimo!»

Quando la fiorista va nel retrobottega per recuperare il suo taccuino delle consegne, Ines si gira verso di me con la fronte corrugata.

«Le collezioni? Ne abbiamo già una a casa, anzi due, contando quella appesa alla porta di camera tua.»

«No, è per l'associazione. Dovresti vedere com'è conciata quella che hanno sistemato all'ingresso… Mi fa venire voglia di mettere fine alle sue sofferenze!»

Ines inarca un sopracciglio.

«Prendi il tuo ruolo molto sul serio, per essere una che non sapeva nemmeno come aiutare.»

«Mio padre usa un'espressione da vecchi che adoro: sono come il buon vino, miglioro con il tempo!»

Ines si mette a ridere e va a curiosare in giro per il negozio, mentre io concludo l'ordine e lascio l'indirizzo per la consegna.

Quando torniamo sul marciapiede, lei ha trovato un regalo per sua madre (un delizioso foulard a motivi floreali) e io uno per la mia (uno specchietto tascabile di porcellana che si apre come un portagioie).

Vaghiamo ancora un po' per la città vecchia, poi, verso le tre, morte di freddo, decidiamo di andare a bere qualcosa di caldo sulla Grand'Place. C'è parecchia gente, la neve non ha dissuaso le persone a venire in centro. Anche la ruota panoramica lavora a pieno regime.

«Vado a prendermi una *gaufre liégeoise* abbastanza grande da riempire lo stomaco di un orco di trecento chili!» mi annuncia lei. «Con cioccolato e panna montata! Ho una fame! E tu, cosa vuoi?»

«Solo un *golden milk*, ma offro io!»

«A cosa devo l'onore?»

«Per aver accettato di seguirmi in tutti i negozi!» scherzo, sollevando i sacchetti che ho in mano.

Nonostante i guanti, ho le dita congelate. Appoggio tutto per terra, afferro la mia tazza con due mani e soffio sul latte dal colore sorprendentemente giallo.

«Mi chiedo come fai a bere questa roba» dice Ines sentendo l'odore. «Che cosa c'è dentro? Curcuma, zenzero e cannella? E perché non anche del brodo vegetale, già che ci siamo? E poi non c'è nemmeno il caffè, quindi a cosa serve, a parte scrostare l'esofago?»

«Mia madre, donna molto saggia, ti direbbe che chi beve il *golden milk* sarà sempre in buona salute. Che ti serva da insegnamento!»

«Me la spiegherai… Ma, aspetta! Non è il tuo Romeo Diamant, quello?»

«Dove?»

«Lì, proprio accanto alla bancarella dei *churros*.»

Mi giro e i nostri sguardi si incrociano. Nessuno di noi due si muove.

E per un buon motivo: non è solo.

È insieme a una ragazza.

Aggrotto le sopracciglia mentre la esamino. È girata di spalle, ha un berretto bianco a pompon da cui spuntano lunghi capelli neri e lisci, che ricadono su uno spesso piumino color crema. Alla fine si volta, ha in mano un enorme cartoccio di *churros* ricoperti di zucchero. È splendida, deve avere origini indiane.

Perché il mio cuore ha un sussulto?

«È la sua tipa?» chiede Ines addentando la *gaufre*.

«Non lo so, ero convinta che mi avesse detto che era single, ma forse mi sono sbagliata.»

I nostri sguardi si incrociano di nuovo, poi lui viene nella nostra direzione, accompagnato dalla ragazza mora. Devo avere un sorriso un po' troppo marcato, ma non importa.

«Ciao» dice, piantandosi davanti a noi.

«*Hello!*» rispondo io. «Non conosci Ines, la mia coinquilina, ma vi siete intravisti in biblio. Ines, lui è Romeo. Piacere, Fannette» dico poi, tendendo la mano verso la sua amica.

Lei mi guarda il palmo, con l'aria sorpresa, e alla fine lo stringe.

«Serena.»

Anche il nome è da svenire.

Ines si inserisce fra noi, molto più allegra di me.

«Io sono Ines. Hai davvero dei capelli magnifici! Al contrario di me.»

«Stai scherzando? Ho sempre sognato di avere i ricci! Sei fortunata!»

E si mettono a parlare di capelli come se si conoscessero da una vita. Io e Romeo ci guardiamo, un po' sopraffatti.

«Ti sei preso una pausa dallo studio?» gli chiedo.

«Sì… Serena è venuta a tirarmi fuori dai miei trenta metri quadri: temeva che potessi soffocare. Ovviamente vorrebbe fare la pneumologa» scherza.

«Ah, studiate entrambi Medicina?»

«Lei è al quarto anno.»

«Tieni, cucciolo, mangia, altrimenti li finisco tutti io e la mia linea non ne giova.»

Per poco non mi strozzo. Cucciolo? Ma dai! Romeo, con il suo metro e novantasei, le spalle da muratore e la barba di tre giorni, non ha proprio niente del *cucciolo*!

Serena prende un *churro* e glielo mette in bocca.

«Vi va di venire a bere una birra di Natale con noi?» ci propone. «Pensavamo di andare in un bar super, è qui, poco più avanti.»

«Ci sto!» esclama Ines.

Visto che non mi resta altra scelta…

Non avevo mai messo piede nel locale dove andiamo, è davvero fantastico. Mentre fuori l'atmosfera è natalizia ed è tutto innevato, dentro si ha quasi l'impressione di uno scenario da spiaggia e foresta tropicale. Tre piani di arredi colorati, piante verdi, paglia intrecciata alle pareti, finti pappagalli appollaiati, infradito appoggiate su tappetini e sdraio e righe. Magnifico!

Ordiniamo al bancone prima di sederci a un tavolo in un angolo tranquillo. Divani e poltrone Chesterfield in pelle rosa, blu e gialla: *so psychedelic!*

Romeo naturalmente si siede accanto a Serena, le spalle e le ginocchia che quasi si toccano. Mi dà fastidio, non riesco a capire se stanno insieme oppure no. Lui mi ha detto che non aveva nessuno, perché dovrebbe avermi mentito?

O meglio… mi ha detto che era fidanzato con i libri e io ho dedotto il resto. Immagino che questo non gli impedisca di… aver voglia… di divertirsi!

Wow, wow, diamoci una calmata! Ci manca solo che mi metta a farmi dei film!

Alzo gli occhi su Serena, che scoppia a ridere in modo particolarmente rumoroso. Romeo le ha appena detto una cosa che non sono riuscita a capire.

Poi mi si accende una lampadina: era lingua creola.

Okay, comincio a raccapezzarmi.

«Anche tu sei di La Réunion?» le chiedo.

«Esatto! Ci siamo trovati, con Romeo» risponde, appoggiandogli la testa su una spalla e una mano sulla coscia. «Stessi studi, stessa passione per la birra e per il rum, stesse origini. E tutti e due adoriamo mangiare samosa sotto il piumone guardando la tele!»

Okay, mi pare chiaro: stanno insieme.

Mi rode, anche se non so perché, ma devo ammettere che sono una bellissima coppia. Anzi, potrei perfino aggiungere altro: sono entrambi alti, hanno un nome italiano, sono originari della stessa isola… "Vanity Fair" non vedrebbe l'ora di fargli un servizio fotografico.

«E voi, siete di qui?» ci chiede Serena.

«Io regione parigina, Fann del Sud della Francia.»

«Sì, ma anche tu hai origini straniere, no?»

Ines fa sempre un'espressione orgogliosa quando le rivolgono quella domanda.

«Algerina per parte di padre e franco-irlandese per parte di madre.»

«Ecco il motivo di quegli occhi da paura!» dice Serena, estasiata.

Io, invece, non faccio altro che guardare quelli di Romeo. Lui sorride e non dice niente. Come se trovarsi con tre ragazze lo calasse in una specie di quarta dimensione.

Ines e Serena continuano a parlare, smettono solo quando il cameriere ci porta le ordinazioni.

Birra per tutti, tranne che per me. Ho scelto un cocktail senza alcol che mi viene servito in una mezza noce di cocco, con una cannuccia di carta e un ombrellino pieno di cioccolatini.

La prima volta che ho bevuto una cosa del genere è stato alle Hawaii, dove sono rimasta con i miei per otto mesi. E la noce di cocco era così fresca che avevo solo voglia di rovesciare il contenuto per potermi mangiare la polpa. Qui mi sa che non mi farà lo stesso effetto, ma è comunque divertente. Avvicino la cannuccia alle labbra e aspiro lentamente.

Sollevo gli occhi, Romeo mi sta guardando.

«Ti manca solo una gardenia di Tahiti fra i capelli.»

«Cosa?»

«Faresti molto colore locale, da me.»

Non so perché lo dice, ma sorrido.

«Molto turista, sì! Solo il colore della mia pelle farebbe ridere.»

«Ti abitueresti al sole, ne sono sicuro.»

Purtroppo non posso confidargli che alle Hawaii sono rimasta pallida come la mollica del pane. Lì il sole mi provocava delle allergie.

«Sei già stato nel Sud della Francia?» gli chiedo.

«No, non sono stato da nessuna parte tranne che sulla mia isola, all'aeroporto di Parigi Charles-de-Gaulle e a… Lille.»

Abbasso lo sguardo, a disagio. A volte sono proprio stupida… Non ha soldi, come potrebbe mai viaggiare? E adesso di cosa parlo? Delle calanche di Cassis che lui non vedrà a breve, del Mediterraneo e dei ricconi della Costa Azzurra?

A volte mi faccio arrabbiare da sola.

«Hai cominciato il tuo Secret Santa?» chiedo, per cambiare argomento.

«Ah ah! Non so chi gli è toccato» ci interrompe Serena, «ma è meglio che non sia una persona troppo difficile. Ieri sera ha provato a incollare dei fiammiferi e dopo dieci minuti ne ha avuto abbastanza e li ha fatti volare in giro per la sala!»

«Non puoi chiudere la bocca?» le dice Romeo. «Si dà il caso che mi sia capitata Fann e tu mi hai appena fatto scoprire.»

«Ops!»

Serena finge di cucirsi la bocca.

«Sono io il tuo Secret Santa?»

Sorride.

«No, non preoccuparti. Riceverai un regalo da qualcuno sicuramente più dotato di me.»

«Anch'io sono un po' negata. Non so fare niente con le mani.»

E subito posa lo sguardo sulle mie dita.

«Suoni il pianoforte?»

«Come fai a saperlo? In realtà non l'ho più suonato da quando sono a Lille, ma sì.»

«Si vede, hai le dita lunghe e sottili.»

È stupido, ma adesso non so più dove mettere le mani.

Le infilo sotto il tavolo e ridacchio in maniera sciocca.

«Se avessi visto le mani del mio prof di piano, avresti cambiato idea.»

Erano incredibili. Erano così solide che sembravano fatte per spaccare le noci, ma quando cominciava a suonare si muovevano con una leggerezza quasi irreale.

«Magari non è incompatibile» risponde lui scherzando.

«Chi lo sa…»

Rimaniamo a chiacchierare tutti e quattro per un po', sto quasi per proporre un altro giro, ma Ines dice che è ora di andare. Vuole studiare ancora, e io farei bene a seguire il suo esempio.

Sono le quattro e mezzo, ha ricominciato a nevicare e la luce del giorno si è quasi dissolta.

Intorno a noi, le decorazioni natalizie sono tutte accese. Con i fiocchi di neve che cadono il paesaggio è da fiaba.

Mi infilo il berretto e mi stringo la sciarpa intorno al collo, pronta a sfidare il freddo.

«È stato supercarino, magari possiamo rivederci?» propone entusiasta Serena, attaccandosi al braccio di Romeo. «Sbrighiamoci a tornare a casa, cucciolo. Non sono una tipa da neve!»

Detesto quel nomignolo.

Davvero.

Poi lo lascia e decide di darci un bacio. Romeo si china verso di me per imitarla, e anche se sono alta, devo tirare su un sacco la testa.

Le nostre guance si sfiorano.

Caspita, ha un buon profumo.

Devo sforzarmi di non chiudere gli occhi.

Sto delirando, meglio che mi dia una calmata.

Indietreggio, sorrido a tutti e prendo a mia volta sottobraccio la mia coinquilina per farla muovere. La neve sui marciapiedi ha risentito a malapena del viavai dei pedoni, è ancora morbidissima.

«*Home sweet home!*» canticchio.

«Quella tipa è fantastica» dichiara Ines, entusiasta.

«Trovi?»

«Sì, non fare la gelosa.»

Mi stringo nelle spalle.

«Se lo dici tu.»

«Gelosa!»

«Niente affatto!»

«Sì, sei gelosa e posso capirlo: è carino.»

«Ines!»

Scoppia a ridere e insieme attraversiamo la strada.

«Lei, però, è ancora meglio! Non sono abituata a incontrare ragazze più belle di me» dice per scherzare.

«Così per una volta provi che cosa vuol dire essere al mio posto.»

Si ferma sul marciapiede.

«Ma sei matta? Tu sei bellissima, Fann! Guardati i capelli, la pelle color del latte, le guance rosate! Sembri una bambola russa!»

«Senza forme» aggiungo, abbassando gli occhi sul mio seno minuscolo.

«Mah… Se io fossi un ragazzo, mi piaceresti!»

E ricomincia a camminare.

«Oh, aspetta un attimo» dico. «Guarda questo *temporary store*!»

Davanti a noi c'è una vetrina come non ne ho mai viste, espone solo oggetti di Natale: orsetti da appendere, stelle, renne di legno, schiaccianoci, gnomi di peluche, Babbi Natale in ceramica, in *paillettes*, in resina… È tutto magnifico.

«Ah, no!» mi blocca Ines. «Abbiamo già tutto a casa, e anche la tua adorata associazione non ha bisogno di altro.»

«Non fare la guastafeste, dai, entriamo!»

La trascino per un braccio all'interno del negozio e mi fermo di colpo quando un profumo di pan di zenzero, e in particolare di cannella, mi riempie le narici.

Sì… adoro questo posto!

Mi metto a guardare ovunque, su ogni scaffale, in ogni cassetto mezzo aperto. Anche Ines si lascia coinvolgere. È un paradiso per grandi e piccini!

Mi sto chiedendo come farò a non comprare nulla quando mi imbatto in un quadro splendido. È uno di quei paesaggi alla Rousseau: una giungla, con fiori di un rosso incredibile, frutti maturi, animali selvatici e, su ogni albero, una spessa coltre di neve che con il peso fa flettere le foglie. In basso, a lettere dorate, la scritta: NATALE SULLA MIA ISOLA.

Il mio cuore si mette a battere velocissimo.

Adesso so quale sarà il mio Secret Santa per Romeo.

Foresta, uccelli esotici posati sui rami, vegetazione scintillante, il blu dell'oceano Pacifico…

Gli regalerò la sua isola in una palla di vetro.

11
dicembre

Gabin è passato a prendermi verso mezzogiorno per andare a Bruges, poco dopo che ero rientrata da un negozio di hobbistica dove ho comprato tutto il necessario per la mia palla di vetro. Ho preso l'ultima sfera disponibile, al negozio non ne arrivano più. Non so in cosa mi sono imbarcata, non sarà per niente facile. Il commesso mi ha avvisato: bisogna essere meticolosi. E, si sa, la delicatezza non è la mia specialità! Sono uscita con un sacchetto pieno di foglie e muschio sintetico, pittura, pasta modellabile (che non so minimamente usare), alcuni utensili, materiali e minuscoli pezzi che dovrò maneggiare con una pinzetta. Ci sono perfino delle statuine di uccelli, così piccoli che vedendoli ho pensato che al negozio avessero svaligiato una fabbrica di modellini da costruire.

«Arriviamo tra dieci minuti» mi avvisa Gabin, tutto sorridente. «Siamo fortunati, c'è un tempo bellissimo.»

È vero, stanotte ha nevicato ancora, ma poi il cielo si è rischiarato e adesso è tutto azzurro. I miei genitori sono così convinti che al Nord non ci sia luce, che gli ho mandato due o tre foto, giusto per non sembrare una visionaria.

Sorrido a Gabin. Sono decisa a fare il possibile perché la giornata sia fantastica e compensi gli ultimi dieci giorni passati a litigare. Lui sembra di ottimo umore, da quando siamo partiti non smette di ridere e raccontare barzellette, e finora non ha fatto neanche un'allusione ai miei studi e all'associazione. Quando è così, è facile!

«Parcheggiamo all'autosilo t'Zand. Voglio essere sicuro di non avere problemi con la carrozzeria. Ti ho detto che l'ultima volta che sono venuto in Belgio qualche stupido mi ha rigato la portiera?»

«No! E lei sta bene, è sopravvissuta?» chiedo scherzosamente.

«L'ho portata da un amico di mio padre che fa il carrozziere. Me l'ha sistemata in un giorno.»

Gabin e la sua auto… Non si è nemmeno reso conto che lo stavo prendendo in giro.

«Non ti è ancora venuta voglia di prendere la patente?»

«No, a Lille non mi serve.»

«Già, anche perché poi ci sono io a scarrozzarti!»

Inarco un sopracciglio ed evito di dirgli che dal 1804 esiste un'invenzione fantastica: il treno! Non sempre in orario, ma molto pratico, e con il vantaggio di portarti pressoché ovunque. E pare che anche con l'aereo io abbia una buona dimestichezza.

Gabin entra nell'autosilo, e da una rapida occhiata mi rendo subito conto che quasi tutto il dipartimento del Nord della Francia dev'essersi dato appuntamento in Belgio. C'è una quantità impressionante di macchine con la targa 59. Bruges non è troppo lontana dalla frontiera ed è forse una delle città più belle delle Fiandre belghe. Quando ci si viene, bisogna essere preparati a sentir parlare tanto in francese quanto in fiammingo.

Parcheggiamo, e dopo dieci minuti ci ritroviamo in una grande piazza in cui stanno facendo dei lavori. Sono le due, il mio stomaco fa rumori di ogni tipo.

«Hai fame?»

«Sono affamatissima! E non vedo l'ora di mangiare le patatine!»

Perché io amo le patatine, in ogni forma: grandi, piccole, croccanti, molli, fritte in olio o al sego, alla francese, all'americana o alla belga! Se volete mettermi di buonumore, datemi delle patatine. E Gabin lo sa meglio di chiunque altro.

«Secondo te perché sono voluto venire in Belgio?» dice facendomi l'occhiolino e cingendomi il collo con un braccio. «Su, ogni tuo desiderio è un ordine!»

Non abbiamo voglia di infilarci in un ristorante, sono pieni e la gente è fuori in coda, così ci compriamo un grosso cartoccio da asporto, a cui Gabin aggiunge un hamburger, e andiamo a sederci su una panchina lungo il fiume Reie.

In cielo non c'è nemmeno una nuvola a tenere compagnia al sole, e anche se mi piacerebbe sdraiarmi sull'erba (la neve, però, è ancora ovunque) me la godo al massimo, senza sentirmi in colpa per non essere a casa a studiare, come invece sta facendo Ines. Gli esami di metà anno cominciano domani nel primo pomeriggio, e passare una giornata intera senza la testa immersa nei libri non potrà che essere superproduttivo.

O, almeno, mi sono convinta così. Ho bisogno di tirare un po' il fiato.

Rimaniamo lì per un po', a guardare le barche su cui i turisti visitano la città dai canali, fra le anatre che sguazzano nell'acqua fredda. Il luogo è romantico, con gli alberi ricoperti di neve, il muretto in pietra che si innalza sulla riva, le case sull'altra sponda con i frontoni a gradoni, ma Gabin non sembra emozionarsi e non fa altro che parlare delle sue corse d'auto, della Porsche che comprerà suo padre, di quella che anche lui vorrebbe prendersi. È sempre stato così, concentrato solo su quello che gli interessa e su nient'altro. Ma perché prima non mi dava fastidio? Non lo so… Allora dico a me stessa che siamo qui ed è già qualcosa, lo ascolto senza aprire bocca, anche se a un certo punto, persa nei miei pensieri, perdo il filo.

«Quindi, che ne dici?»

«Cosa?»

«Andiamo a bere una birra al 2be Beer Wall o no?»

In *The Vampires Diaries* bevono whisky a ogni occasione. In Belgio e nel Nord della Francia c'è la birra. Ci sono abituata.

«Okay!»

Ci infiliamo in centro e, come ogni volta che vengo qui, mi si illuminano gli occhi. Bruges è incredibile, unica, si ha l'impressione che il passato medievale sia ancora palpabile. Gli edifici in mattoni rossi, i vicoli in pavé, i piccoli ponti in pietra, le mura e le porte della città ci proiettano direttamente in un'altra epoca.

Camminiamo per alcune centinaia di metri e arriviamo

nel cuore della Cité, sulla piazza del Burg, dove si trovano il Municipio, l'immensa Torre civica e una serie di palazzi storici.

I turisti fanno la coda per salire sui calessi trainati dai cavalli, per visitare la basilica e i musei intorno, per comprare un panino. È pieno di gente, e capisco il motivo.

È la prima volta che vedo Bruges sotto la neve, nel periodo che precede il Natale, ed è favolosa! Di una bellezza strabiliante.

«Wow...»

«Cosa?» mi chiede Gabin.

«È bellissimo.»

Alza le spalle.

«È Bruges.»

«Hai l'aria disincantata, come se ci trovassimo in un paesino qualunque!»

«Ci sono già venuto spesso, tutto qui.»

Be', io non riesco a sentirmi così. Questa città è semplicemente meravigliosa. E adesso, nel periodo natalizio e con tutta questa neve, è la fine del mondo. Mi viene voglia di cantare a squarciagola *We Wish You a Merry Christmas*!

«Quindi che si fa?» gli chiedo, piena di entusiasmo. «Non siamo obbligati ad andare subito a berci una birra, che ne dici? Mi piacerebbe salire in cima alla torre. Vedere i tetti innevati di Bruges dev'essere incredibile! E poi c'è anche il Museo delle Patatine fritte, sarebbe divertente!»

Gabin fa un'espressione imbarazzata.

«Be', in realtà al 2be Beer ci sono alcuni miei amici, gli ho detto che li avremmo raggiunti.»

Devo fare uno sforzo per impedire che mi si spenga il sorriso.

«Alcuni amici? Non dovevamo passare la giornata solo noi due?»

«Sì, ma loro sono qui, così mi sono detto che potevamo andarci per un'ora, giusto il tempo di berci una birra o due insieme.»

La giornata deve andare bene, la giornata deve andare bene...

Così mi trattengo e ricaccio indietro la delusione.

«Okay, come vuoi.»

«Grande! Vieni, è per di qui!»

Mi prende per le spalle e imbocchiamo una strada affollata, costeggiata da bar, cioccolaterie, ristoranti e... dallo stupefacente Museo della Tortura. Ci sono andata una volta con i miei genitori, una settimana in cui sono venuti a trovarmi: si trova al piano seminterrato e all'interno l'odore è già di per sé un supplizio, un misto insopportabile di chiuso, fogna e muffa.

Il 2be Beer è poco più in là, in uno splendido edificio fiammingo, con alte finestre dalle vetrate reticolari, pietra scolpita a merletti e una torretta altissima. Ci infiliamo in un portone e percorriamo un passaggio che aveva lasciato mio padre a bocca aperta.

Il bar si trova più avanti sulla destra, e lungo i muri, in una successione di vetrine, sono esposte su ogni lato centinaia di birre diverse. Sono tutte quelle prodotte in Belgio. È piuttosto impressionante, e nessun turista vuole perdersi lo spettacolo.

C'è talmente tanta gente che si fa fatica a vedere a più di

un metro di distanza. Ci apriamo un passaggio tra la folla e spuntiamo su un balcone in ferro battuto che si affaccia sul canale.

In basso, l'acqua scorre lentamente, con le ninfee e i cigni per nulla impauriti. È affascinante e terribilmente romantico, non resisto.

«Ci facciamo una foto?» propongo a Gabin.

Fa una smorfia.

«Ci stanno aspettando…»

«Solo una o due!»

Lo tiro per un braccio, prendo il telefono e, dando le spalle al parapetto, ci bombardo di selfie. Gabin sorride, impaziente, lo sguardo sempre rivolto verso il bar. Ci rinuncio.

«Dai, andiamo!»

All'esterno ci sono diversi tavoli, e in uno tre ragazzi ci guardano arrivare sganasciandosi dalle risate.

«Be', vecchio mio, non sapevo che avessi la passione per le foto» ironizza uno dei tre. «Avevi proprio un'espressione da scemo!»

«È il suo lato da playboy dilettante» dice un altro.

I famigerati amici di Gabin. Come temevo, non ne conosco nessuno. Lo prendono ancora un po' in giro, poi si spostano avvicinando due sedie.

«Accomodatevi! Cosa volete bere? Una Stout per te e una Blanche per la tua tipa?»

Gabin risponde di sì al posto mio, non mi va di metterlo a disagio, ma capisco subito che aria tira. Questi tizi sono venuti qui solo per bere e se ne fregano di tutto quello che hanno intorno e della bellezza del posto. Non mi hanno nemmeno chiesto come mi chiamo, e francamente non ha nessuna importanza: so già che non mi piacciono. Beviamo la nostra birra e filiamocela.

Le cose, però, non vanno esattamente così. Gabin è già alla terza birra, mentre io non ho ancora finito la mia. Parlano di auto, del loro ultimo viaggio in Olanda (innaffiato da cannabis e alcol), discutono di ragazze come se io non fossi lì, e Gabin non sembra minimamente intenzionato ad andarsene. Sono stufa. Ma non sono il tipo da fare scenate, quindi mi allungo verso di lui e gli sussurro all'orecchio che vado a fare un giro.

Mi ascolta a malapena.

Allora mi alzo, e nessuno fa caso al fatto che me ne vado.

Cammino a passo infuriato per le strade di Bruges. La giornata non è affatto come l'avevo immaginata, io che mi ero perfino riproposta di fare uno sforzo per recuperare la mia assenza di questi ultimi giorni. Se avessi saputo che avrei dovuto starmene a guardare Gabin che sbevazzava con i suoi amici, non avrei certo perso tempo. Non sono solo arrabbiata, sono anche triste. Io e Gabin non abbiamo più niente in comune. Niente di niente.

Entro nel primo negozio che mi trovo davanti e decido di finire i regali di Natale. Tanto vale approfittare del fatto di essere qui.

Vado in giro fino alle cinque, poi torno da Gabin. Non si sono mossi, ma sono in condizioni preoccupanti.

«Ah, sei qui!» mi dice lui, con una voce irriconoscibile. «Credevo che ti fossi persa!»

«È quello che speravi, vuoi dire» lo prende in giro uno degli altri, ridendo come uno stupido.

«Vieni, baby, ti faccio provare una birra super. Io intanto finisco la mia.»

«Mi sai che hai già bevuto abbastanza. Dai, forza, andiamocene.»

«Oh, è arrivata questa!» grida il più sbronzo di tutti. «Pensa di essere tua madre!»

«Gabin…» ripeto, in tono più fermo.

Per fortuna gli è rimasta una parvenza di lucidità.

«No, raga, devo proprio andare, la mia tipa domani ha gli esami.»

Si alza vacillando, e nel tentativo di riprendere l'equilibrio per poco non rovescia il tavolo.

Non è assolutamente in condizioni di guidare e io non ho la patente. Siamo messi male, non ci sono treni né pullman, quindi non abbiamo che due alternative: chiamare un taxi o dormire qui.

«Non ci resta che prenotare una camera come due piccioncini…» propone lui, con voce strascicata.

«Chiamo un taxi.»

«Dai… un hotel a cinque stelle con i petali dei fiori e lo champagne…»

Mi lancia uno sguardo ammiccante, ho capito il messaggio, ma ora come ora, con lui in queste condizioni, non sono certo bendisposta.

Provo con la prima opzione e chiedo dei numeri di telefono al cameriere. Faccio una quindicina di telefonate, ma nessun autista accetta di arrivare fino a Lille.

Quindi, anche se mi scoccia davvero, trovo un hotel a due passi da lì. Mi costa un occhio della testa, mentre Gabin meriterebbe di dormire in un pollaio, gli si schiarirebbero le idee.

Una volta in camera (troppo bella e romantica per la coppia pietosa che formiamo), Gabin si sdraia senza svestirsi e si addormenta di botto russando.

Lo guardo a lungo senza muovermi, prima di prendere il telefono per avvisare Ines via messaggio. La sua risposta suona come una frustata.

Ma che cosa aspetti a lasciarlo, quello scemo?

Adesso devo andare. Ti aggiorno per domani.

E non saltare gli esami per colpa sua, eh? Se hai bisogno me lo dici e trovo qualcuno che venga a prenderti.

Non preoccuparti, me la cavo. A domani. 😘

😘

Mi sdraio accanto a Gabin, disgustata da questa giornata, disgustata dal suo comportamento e dalla mia vita che va a rotoli. I pensieri negativi mi vorticano nella testa. Sto quasi per piangere ma mi trattengo, non ne vale la pena. Poi finisco per addormentarmi, non sono nemmeno le otto.

Proprio una gran bella giornata…

Quando riapro gli occhi, svegliata da una mano che mi accarezza la pancia, la stanza è immersa nel buio. Non ho nessuna idea di che ore siano, ma Gabin è incollato a me, l'alito che sa di alcol. Visto il modo in cui mi tocca, deve aver ripreso pieno possesso del suo spirito e delle sue voglie. Lo allontano delicatamente, ma lui insiste. Le sue dita cercano di passarmi sotto la maglietta, così lo afferro per il polso.

«Smettila…»

«Dai… non farmi il muso, sto meglio e ho troppa voglia di coccole.»

Coccole? Spero stia scherzando!

«Ho detto di no.»

Fa finta di non sentirmi, diventa più insistente, mi prende per le anche e mi si struscia contro.

«Baby… non mi lascerai mica così, eh? Ho bisogno di te.»

Mi raddrizzo di colpo, accendo la luce e lo spingo in fondo al letto.

«Cos'è che non ti è chiaro nella parola "no"? Non voglio fare niente con te, non voglio le tue coccole, anzi, non voglio proprio che mi tocchi. Non sono affatto dell'umore giusto.»

«Parli come una vecchia che ha una relazione da trent'anni» borbotta.

«No, parlo come una che se ne va in piena notte se non la smetti. Siamo qui per colpa tua, quindi lasciami dormire.»

Mi sdraio di nuovo e gli do le spalle.

«Che rottura che sei! Non ti ho portato a Bruges perché finisse così...»

«Hai detto proprio bene...»

«Dai... oggi pomeriggio ho un po' esagerato, ma comunque non è morto nessuno. Era solo qualche birra.»

Inutile rispondergli, non è in grado di capire.

«Ne parliamo in un altro momento. Domani ho gli esami di metà anno, ho bisogno di riposarmi.»

«*Bullshit!* Stai solo perdendo tempo con quella roba, te l'ho già detto. Fai come vuoi, ma quando ti renderai conto di aver fatto una cavolata, tornerai da me per dirmi che avevo ragione, e io me la riderò!»

Si alza in piedi infuriato e va a chiudersi in bagno sbattendo la porta.

Spengo la luce e mi sdraio di nuovo, le lacrime agli occhi e il cuore in fiamme.

Non può più andare avanti così.

12
dicembre

Rientriamo a Bruges alle dieci del mattino in un silenzio di tomba.

Appena arriviamo sotto casa mia, esco dall'auto e Gabin riparte facendo stridere le gomme.

Ho un miliardo di pensieri negativi in testa, li ho avuti per tutta la notte, per tutto il viaggio, e mi chiedo anche se Gabin si sia reso conto che tra noi è finita… Da ieri sera non gli ho più rivolto la parola. In hotel è andato a fare colazione come se niente fosse, mentre io non sono riuscita a buttare giù nemmeno un caffè. Oggi è un giorno importante, devo smettere di pensare a tutto questo.

Quando infilo la chiave nella serratura, la porta si apre di colpo su Ines.

«Ah, meno male, temevo che non riuscissi a tornare in tempo. Stai bene? Come ti senti?»

Appoggio la borsa a terra e sospiro.

«Come qualcuno che ha bisogno di un litro di caffè, di un buon bagno e di paracetamolo. E anche di un po' di calma.»

«Mi spieghi bene cos'è successo?»

Lo faccio. È costernata.

«Ma che stupido, davvero. Riesce a pensare a qualcos'altro che non sia se stesso?»

Le rispondo di getto: «Sì, alla sua auto. Senti, non prendertela, mi chiudo in bagno per cercare di far passare il vuoto, poi provo a studiare una o due ore prima di uscire».

«Vuoi che lo facciamo insieme?»

Inarco un sopracciglio sorridendo.

«Mi stai proponendo di strofinarmi la schiena?»

«Sì, nei tuoi sogni!»

Ma ho capito cosa intende e le rispondo seria: «È gentile da parte tua, Ines, ma credo di aver bisogno di chiudermi in una bolla. Stasera, se ti va».

«Okay!»

Mi rifugio in bagno, scelgo una playlist sul telefono e attivo il Bluetooth prima di far scorrere l'acqua.

Ho la testa come un pallone.

Mi accorgo che in questo momento non c'è niente che vada bene, e che per completare il quadro ci mancherebbe solo che non passassi gli esami e deludessi i miei genitori. Di sicuro mi sono messa a studiare un po' troppo tardi, e non mi sono preparata come avrei dovuto, ma faccio una promessa a me stessa: se passerò gli esami di metà anno, non prenderò nessuna decisione affrettata, rifletterò seriamente su quello che voglio fare della mia vita.

Quando la vasca è piena, mi immergo nell'acqua e chiudo gli occhi.

Adesso devo solo schiarirmi le idee.

Quando io e Ines usciamo dalle prime due ore di esami, ho la strana sensazione di non aver avuto grandi difficoltà. Mi sembrava tutto così logico che a un certo punto ho cominciato a dubitarne. Ma parlando in metropolitana con la mia coinquilina e altri studenti, scopro di non aver scritto chissà quali sciocchezze.

«A quanto pare sei meno fuori strada di quanto pensi» dice lei facendomi l'occhiolino mentre ci avviciniamo all'uscita del vagone.

«Calma, aspettiamo i risultati. Cioè non prima della ripresa delle lezioni!»

«E se andrai bene in tutto, cosa farai?»

I pensieri della mattina tornano al galoppo.

«Non lo so… Mi affiderò all'evidenza.»

«L'evidenza? "Ciò che si impone alla mente con una tale forza che non abbiamo bisogno di nessun'altra prova per conoscerne la realtà"» recita a memoria la definizione del dizionario. «Non è male come concetto, l'evidenza. Così come mi sembra "evidente" che devi dare un taglio alla tua relazione con Gabin.»

Sospiro.

«Non mi è ancora venuta voglia di parlarne… E comunque tu scendi fra un minuto, mentre io continuo fino a Wazemmes. Vado all'associazione.»

Mi fa un sorrisino storto che non lascia presagire nulla di buono.

«Ma non avevi detto che ci non saresti andata durante gli esami di metà anno? Oppure per caso hai appuntamento con un altro genere di evidenza?»

Alzo gli occhi al cielo.

«Ines, ti avviso, se pronunci un'altra volta quella parola, mi viene la nausea!»

«Okay, ma quando lo vedi, salutalo da parte mia e digli che adoro i suoi occhi! A stasera!»

Ines scende dalla metro correndo e le porte si chiudono dietro di lei. Su questo non mollerà mai la presa, è sicuro come l'oro. Detto ciò, comunque ha ragione: nel primo colloquio con Élise avevo avvisato che non sarei andata durante la settimana degli esami. All'associazione, però, mi sento utile, e poi dovrò pur far vedere che ho preso sul serio la mia idea del Secret Santa!

Raggiungo il minimarket solidale sorridendo, e quando vedo la folla sul marciapiede per poco non mi blocco. Sono in anticipo di quindici minuti, eppure ci sono già in fila un numero impressionante di studenti. Il doppio rispetto alle altre volte. Passo tutti in rassegna nella speranza di vedere Romeo, ma mi sa che a lui piace spuntare a sorpresa…

Entro e vedo che Mathilde e Hassan, i due studenti volontari, sono già arrivati e sono intenti a sistemare alcune cassette di frutta e verdura sugli espositori dietro il bancone. Stesso supplizio dell'ultima volta: è dicembre e si indossa il berretto di Natale. Stavolta lo so, così ne tiro fuori uno dalla borsa e me lo metto.

«*Hello!*» li saluto. «C'è tanta di quella gente, fuori!»

«Non dirlo a Élise» risponde Hassan. «Ha ricevuto solo

la metà delle derrate che ha ordinato… Aspettava il resto per oggi, ma non si è presentato nessuno.»

«Ah, caspita!»

«Un problema con la centrale d'acquisto che fa le consegne. Élise dovrà mandare via alcuni studenti iscritti, e lei ne soffre.»

La cerco con lo sguardo, è al telefono in fondo al negozio.

«Per quante persone ce n'è?»

«Soltanto per venti» risponde Mathilde, asciugandosi la fronte.

«Ma… fuori ce ne saranno almeno una cinquantina.»

Mathilde si stringe nelle spalle.

Siamo messi male…

«Fann!» esclama Élise dietro di me. «Sei passata così o alla fine sei riuscita a liberarti?»

Sorride, ha i capelli tutti arruffati.

Mi tolgo il cappotto e lo appoggio sul bancone.

«Vengo a dare una mano! E mi sembra di capire che sia il giorno giusto.»

«Be', direi di sì… Su, dai, apriamo fra cinque minuti, tutti intorno a me!»

Con Mathilde, Hassan, Anthony, il tesoriere, e Véronique e Pierre, due pensionati volontari, ci accalchiamo tutti davanti a lei.

«Come sapete, oggi la situazione è critica: abbiamo ricevuto solo venti cestini per quarantotto richieste, senza contare le persone che non si sono iscritte. Speravo in un'altra consegna per le 17, ma sono le 16.55 e quindi è inutile aspettarla prima di domani mattina. Io mi incarico di spiegare la situazione e di fare in modo che gli iscritti possano recuperare le loro cose più tardi. Visto il gran numero di studenti là fuori, finiremo sicuramente il gel doccia, il dentifricio, gli assorbenti e la schiuma da barba. Fann, potresti andare al supermercato a comprare quello che manca? Abbiamo un conto aperto, li avviso che passi.»

«Sì, certo, con piacere. Quanti di ognuno?»

Fruga nella tasca e tira fuori un pezzo di carta.

«Tieni, ecco la lista, e grazie, così non devo correre. Su! Tutti ai propri posti, si apre.»

Mentre alza la serranda elettrica e gli studenti entrano uno alla volta, corro al supermercato a comprare quello che manca. Ma, arrivata alla cassa, quando vedo il totale (centotrentacinque euro per dodici flaconi di gel doccia, diciotto dentifrici, dieci bombolette di schiuma da barba e venti pacchi di assorbenti), e ripenso a quello che sono capace di spendere solo per il parrucchiere, non riesco a dire alla cassiera che vengo da parte dell'associazione. Così tiro fuori il mio bancomat e pago.

Esco dal negozio come se niente fosse e mi affretto a tornare al minimarket.

Ovviamente sul marciapiede c'è ancora gente, e quando entro dalla porta principale incrocio Romeo, che sta scendendo le scale.

«Ah, eri già qui?» gli chiedo, sorridendo.

Sorrido sempre quando lo vedo. Lo fa anche lui, ma in modo più discreto.

«Sì, avevo bisogno di un paio di cose per il mio Secret Santa.»

«Dei fiammiferi ubbidienti?»

Cucciolo mi fa la linguaccia, una cosa che trovo superdolce.

«Aspetta, ti aiuto!»

Mi si avvicina e prende due dei tre sacchetti che ho in mano, per portarli all'interno del minimarket. Quando entriamo, sentiamo delle urla venire dalle corsie.

Due studenti stanno litigando per un dentifricio. Ci avviciniamo per guardare.

«Ehi!»

«Smamma! L'ho visto io per primo! E poi, con quei tuoi denti cariati, mi sa che ormai non ne hai più bisogno!»

Non ci posso credere…

«Sei davvero un idiota, te l'hanno già detto?» ribatte quello che voleva prendere il tubetto.

«Chi prima arriva meglio alloggia, amico!»

«Solo che *io* sono arrivato per primo!»

«In tal caso ognuno pensa per sé. Saluti!» A quel punto si dirige verso la cassa.

«Che succede?» chiede Anthony.

Il tipo a cui si rivolge non è né alto né grosso, ma fa comunque la sua scena. Quello, però, sembra infischiarsene allegramente e l'atmosfera si surriscalda di nuovo.

Anthony alza il tono della voce e tutti si ammutoliscono.

«Ti avevamo già avvisato» dice allo studente con in mano il tubetto di dentifricio. «È l'ultima volta che fai una cosa del genere. Qui siamo solidali, non ci calpestiamo gli uni con gli altri.»

Lui fa una risatina malvagia.

«Perché credete che la vita sia come quella dei personaggi delle fiabe? Se non ci si batte, non si ottiene nulla!»

«Battiti pure, se vuoi, ma contro le persone giuste.»

«Ah, ma andatevene al diavolo!»

Abbandona il suo sacchetto della spesa e se ne va. Non posso crederci.

«Fattene una ragione» mi dice Romeo, ironico, «gli scemi esistono anche tra i poveri. E lui è un habitué. Sembra che abbia un sensore, viene solo quando mancano le cose.»

«Non mancano più, sono appena andata a comprarle…» rispondo.

«È uno stupido, e la stupidità non fa distinzioni sociali.»

Un po' turbata, passo i sacchetti a Anthony e mi metto un po' in disparte, guardando con aria dispiaciuta lo studente ridicolizzato in pubblico dall'altro.

«A proposito» mi dice Romeo, «vorrei chiederti una cosa.»

«Sì?»

«Vieni.»

Mi guida nel corridoio verso l'ingresso, ai piedi delle scale.

«Potresti darmi il numero di Ines?»

Ha gli occhi che brillano, e io sono devastata.

«Cosa?»

«Mi chiedevo se potessi darmi il numero di telefono di… Ah, aspetta» si ferma, vedendo la mia faccia. «Non è per me, è per Serena.»

Sono consapevole di avere l'aria interdetta, ma sbatto comunque le palpebre.

«Serena?»

«Sì… A quanto pare si è presa una cotta per Ines.»

Rimango a bocca aperta per la sorpresa. Ma non per molto. Uno più uno fa due, quindi…

«Lei non è la tua ragazza?»

«La mia ragazza?»

Scoppia a ridere.

«Non sono così pazzo, e soprattutto Serena non è una che apprezza i tipi pelosi!»

«Oh…»

Sono sollevata. Ma perché mi sento *così* sollevata?

Romeo si china per guardarmi dritto negli occhi.

«Pensavi che stessimo insieme?»

Ovviamente faccio un'espressione ingenua. Probabilmente la più stupida possibile.

«Sì! Sembravate così carini…»

Ma cosa mi tocca dire!

«E invece no…»

Scuote la testa sorridendo e guarda l'orologio.

«Oggi c'è troppa gente, e in più mancano i cestini… Torno domani, stasera ho un appuntamento con i libri. Me lo mandi via SMS?»

«Ma certo!»

«Grazie!»

Si gira verso l'uscita, poi, all'ultimo momento, si volta a guardarmi, un sorriso agli angoli della bocca.

«A proposito, io preferisco le bionde.» E se ne va.

Fa caldo, qui.

Torno a casa intorno alle sette e mezzo.

Sorpresa, trovo davanti alla porta un mazzo di fiori.

Sorpresa, ma non stupita.
So da chi arrivano.
Li raccolgo e leggo il bigliettino attaccato.

*Non c'è nulla che i fiori
non possano sistemare.
G.*

Entro e per poco non lancio un urlo, vedendo Gabin seduto sul divano. Appoggio i fiori sul mobile all'ingresso e mi giro verso di lui.

«Come sei entrato?»

«Mi ha aperto la tua coinquilina, è uscita a fare una commissione. La prima sorpresa era il mazzo davanti alla porta, la seconda sono io!»

Si alza per venirmi incontro e baciarmi, ma io indietreggio.

«Su, baby, so di essermi comportato come uno stupido, ma io e te ci amiamo.»

Sono calma, troppo calma perché lui non si preoccupi, eppure sembra completamente sereno e sicuro di sé. Il ragazzo più tranquillo del mondo.

Lo guardo dritto negli occhi.

«Mi inviti a passare la giornata a Bruges e ti sbronzi con dei tipi che io nemmeno conosco. Rischi di farmi saltare gli esami di metà anno e la sera ti senti autorizzato a toccarmi come se niente fosse, e in più ti arrabbi perché io non ci sto. E ovviamente tutto questo senza scusarti neanche una volta.»

Si passa una mano fra i capelli e accenna un sorriso.

«Dai, Fann, non farne una tragedia. Mi farò perdonare. Ho rovinato Bruges, ma sai una cosa? Ti propongo un weekend a Londra, noi due, in un hotel di lusso come piace a noi, con una piccola crociera con cena sul Tamigi. Sarà il tuo ricordo più bello.»

Lo guardo senza dire niente, la mascella più contratta che mai.

«Cosa ne dici?» insiste.

«Che sei totalmente fuori strada.»

Aggrotta la fronte.

«Preferisci Amsterdam, Stoccolma o Roma? Dimmi, andiamo dove vuoi.»

Non capisce proprio niente…

«Non andiamo da nessuna parte insieme, Gabin. Tra noi è finita.»

«Cosa? Ma che stai dicendo? Solo per Bruges?»

Sospiro, esasperata nel vederlo andare a sbattere contro il muro in questo modo.

«Non abbiamo più niente in comune, Gabin. Forse non te ne sei accorto, ma è così. Quello che faccio non ti interessa, e a me non interessa quello che fai tu. Non siamo mai d'accordo su niente, ci rimbecchiamo di continuo, siamo disconnessi.»

All'improvviso i suoi occhi lanciano saette.

«Disconnessi? Mi prendi in giro? Io e te veniamo dallo stesso mondo. Io lo so. Sei tu che ti sei dimenticata di non essere nata con dei bifolchi che hanno bisogno di assistenza per cavarsela!»

«Smettila, dopo un po' sei fastidioso, ripeti sempre la stessa solfa.»

«E tu hai la merda negli occhi!»

Non ne posso più dei suoi pregiudizi e delle sue volgarità da quattro soldi.

«Adesso è meglio se te ne vai, Gabin, non ho voglia di litigare con te per l'ennesima volta.»

«E se io non volessi andarmene?»

Mi giro e spalanco la porta dell'appartamento.

«Non ti lascio altra scelta.»

«Quindi fra noi finisce così? Dopo tutto quello che abbiamo vissuto?»

Non sono cattiva e spero sempre di non esserlo, per questo non rispondo alla sua domanda. Quello che abbiamo condiviso non aveva niente di profondo né di eccezionale. Ci divertivamo senza pensare ad altro che a noi, e siamo sempre stati superficiali l'uno nei confronti dell'altra.

«Gabin… non ci diamo più niente… È meglio smetterla, prima di farci del male.»

«Adesso sei tu che me ne stai facendo!» sussurra con rancore. «D'altronde cos'altro posso aspettarmi da te? Come tutti i ricchi, prendi e quando trovi qualcosa di meglio butti via!»

Le sue parole hanno l'effetto di un montante.

«Come puoi dire una cosa del genere? È del tutto falso.»

«Ti sei messa con me perché così avevi l'impressione di essere più forte e di aver bisogno di aiutarmi. Ma adesso che hai la tua sciocca associazione io non ti basto più e vuoi dimostrare di valere più degli altri!»

Il mio cuore comincia a battere all'impazzata. Quello che ha appena detto è orribile.

«Vattene, Gabin, è meglio.»

«Certo! Ti saluto, *baby*.»

Esce come una furia dall'appartamento, lasciandomi tremante davanti alla porta ancora aperta. A quel punto la richiudo e mi ricompongo.

Ho appena fatto la cosa migliore per noi.

Per me.

Non ho nessun rimpianto.

13
dicembre

«Sono proprio negata! Dimmi la verità, hai mai visto qualcuno negato quanto me? Uno scimpanzé ubriaco se la caverebbe cento volte meglio. Credo che lascerò stare e gli farò una collana con la pasta, è più al mio livello.»

Dal divano in salotto, Ines stacca gli occhi dai libri e si gira verso di me inarcando un sopracciglio.

«Si direbbe che tu e la perseveranza siate una cosa sola.»

A differenza sua…

Alle quattro, appena finite le lezioni, Ines si è messa a studiare per gli esami di domani. Questa ragazza è una macchina, non molla di un centimetro. E io? All'inizio volevo giusto rilassarmi un po', così ho cominciato a preparare la palla con la neve per Romeo. Ma non avevo fatto i conti con la mia manualità disastrosa. Sono disperata. Dopo (quanto?) più di un'ora, provo a creare con la pasta modellabile dei mini tronchi d'albero per la foresta tropicale. È una carneficina.

Eppure, in linea di principio, il lavoro è semplice: si apre la sfera a metà, si incollano le decorazioni sulla base, quindi si aggiunge la neve artificiale e si riattaccano le due parti. Si gira la palla ed ecco fatto!

Ma in concreto a che punto sono? Ho sistemato su metà della base in legno il muschio sintetico che ho comprato. L'altra metà la coprirò di *paillettes* dorate, per fare la spiaggia, e di *paillettes* blu, per l'acqua. Ho pensato di applicarle alla fine su uno strato di colla, in modo che tengano bene. Ma prima devo costruire la foresta tropicale, fissare gli uccelli, i fiori… E, viste le mie doti, mi sa che fra dieci anni sarò ancora qui.

«Non somigliano a niente» mi lamento. «O meglio, sì: a cacche di riccio.»

«Perché? Hai mai visto delle cacche di riccio?» chiede Ines stupita.

«Certo! Dai miei nonni, nel Sud della Francia, ce ne sono un sacco nel loro terreno, e posso dirti che la mattina non ti conviene correre a piedi nudi nell'erba.»

Ines fa una smorfia.

«Affascinante.»

«Sai, se avessi una supercoinquilina che mi aiuta, me la caverei mille volte meglio» dico con noncuranza, mentre stendo un pezzo di impasto sul tavolo.

Al contrario di me, Ines è brava con i lavori manuali. Quando mi ha visto comprare tutto questo armamentario, mi ha raccontato che al liceo faceva un sacco di gioielli con la pasta modellabile. Quindi posso fidarmi di lei.

Sorride e butta il raccoglitore davanti a sé. Tra l'altro, il tavolino rotondo è cosparso di fogli A4, non so come faccia a studiare tutto contemporaneamente. Per molte cose Ines Abad resta un mistero per me!

«Okay, hai vinto!» esclama. «Ti faccio vedere come si fa, così diventi la regina dei baobab!»

«Non ci sono baobab a La Réunion.»

«Invece sì! È l'unica cosa che so di quest'isola. Non ce ne sono tanti, ma ce ne sono.»

Adesso sono io a corrugare la fronte.

«Come fai a saperlo?»

«Ieri sera mi ha chiamato Serena e me ne ha parlato.»

Mi sforzo di rimanere impassibile. Ho detto a Ines che Serena voleva il suo numero e che Romeo glielo avrebbe dato, ma non ho aggiunto che il motivo era che Serena aveva delle mire su di lei. Preferisco che si spieghi da sola. Detto questo, sono molto curiosa di sapere cosa si sono raccontate.

«Ammetto che il collegamento fra le due cose mi lascia perplessa… Ti ha chiamato per parlare di baobab?»

«No, ha chiamato così, tanto per parlare, e per propormi di uscire a bere qualcosa insieme.»

«Ah? Non per fare una partita a Scarabeo? Sono stupita…» la prendo in giro, come aveva fatto lei con me e Romeo.

Ines finge di non sentire.

«Dovresti usare questa per fare la corteccia del legno» mi dice, mostrandomi una specie di pinzetta da manicure che giace abbandonata sul tavolo. «Fai dei piccoli buchi e delle scanalature. E poi lavora direttamente sul piano cottura, così eviti di rompere un pezzo mentre lo sposti.»

Ubbidisco e imito ogni suo gesto. Non viene una cosa miracolosa, ma nemmeno brutta. Faccio progressi.

«Sei mai stata attratta da una ragazza?» mi chiede lei all'improvviso.

Bene! A proposito di progressi…

«No, e tu?»

Domanda nient'affatto innocente.

«Non lo so… Ci sono ragazze che trovo davvero sexy, ma non mi sono mai immaginata con nessuna di loro. O meglio… non ho mai immaginato di baciarle sulla bocca!»

«E Serena?»

I suoi occhi verde profondo si allargano. Rimane a bocca aperta.

«Che c'è? Stiamo parlando di lei e di colpo mi chiedi se non sono mai stata attratta da una ragazza! Cerco il collegamento…»

Poi, come se niente fosse, aggiungo un ramo al mio albero deforme.

Lei si passa una mano fra i capelli, nella sua zazzera ricciuluta e un po' selvaggia che fa impazzire tutti, e si lascia sfuggire un sospiro da spezzare il cuore.

«Siamo rimaste al telefono più di due ore, ti rendi conto? Il mio cellulare era così stufo che ha riattaccato da solo.»

Se mi rendo conto? Non proprio, io non reggo mai più di quindici minuti, e anche in quel caso sotto tortura.

«Due ore per invitarti a uscire a bere qualcosa insieme? Stai scherzando?»

«Ma no, abbiamo parlato di un sacco di cose. Della sua isola, di cosa significherebbe per lei diventare medico, della sua famiglia. Abbiamo discusso di mille argomenti, abbiamo così tanti punti in comune! Anche lei da adolescente ha fatto l'esame come educatrice. Adora il sole, il mare, le passeggiate nei boschi e fare dolci… La trovo fantastica. In effetti *è* fantastica! E ha anche lontane origini nordafricane, pensa.»

«Tutto questo in una sola volta?» la prendo in giro.

Sospira, contenta.

«Sì!»

«E quindi pensi di essere attratta da lei?»

Domanda retorica, la risposta mi pare ovvia.

«Ti sembrerebbe strano, visto che ho sempre preferito i maschi?»

«No. Sei libera di trovare attraente chi vuoi.»

«Non mi era mai capitato prima… Sai, credevo davvero di essere innamorata di Mehdi. Venivamo dallo stesso ambiente, ci conoscevamo praticamente da sempre, ero sicura che fossimo fatti l'uno per l'altra e non mi vedevo con nessun altro se non con lui.»

«La vita è piena di sorprese!» esclamo, ripensando a quello che mi ha detto a proposito di Romeo.

E la cosa mi turba.

Un po'.

Molto.

Troppo.

«Serena ti ha detto espressamente che è interessata a te?»

«No, ma mi ha rivelato che le piacciono le ragazze e… sai, non è così diverso che con i maschi, credo. I segnali sono gli stessi. Ah, accidenti, non so più a che punto sono!» conclude con aria melodrammatica.

«Neanch'io» borbotto, vedendo che ho appena rotto l'unico ramo del mio albero. «Sono proprio negata…»

Sorride, prende un pezzo di pasta modellabile e lo arrotola fra le dita come se non avesse fatto altro nella vita.

«Secondo me non lo amalgami abbastanza bene, per questo non tiene.»

E *oplà!* Gli dà una forma, lo appoggia sul piano, fa delle scanalature con lo stuzzicadenti e aggiunge un ramo che sembra più vero di uno in natura.

Metto il broncio.

«Sono sicura che ci riuscirai anche tu.»

«Lo spero, altrimenti ho preso tutta questa roba per niente.»

Ines mi sorride e mi guarda in modo strano.

«Che c'è?»

«Continuiamo a parlare di me, ma tu… non mi hai raccontato una parola su Gabin dopo che gli hai detto che tra voi era finita.»

«Perché non c'è niente da raccontare.»

«Ma… sei sicura?»

Sospiro.

«Sai, era già nell'aria da un po'. Credo che non abbia sorpreso nessuno.»

«Lo ami ancora, nonostante tutto?»

È strano, è una domanda che non mi sono posta, come se la risposta fosse di un'evidenza assoluta. Rispondo continuando ad amalgamare la pasta modellabile.

«No… e mi chiedo se io sia mai stata innamorata di lui.»

Annuisce.

«Ho preso una cotta, ero davvero attratta da lui. Come tu e Mehdi, apparteniamo allo stesso mondo. Io e lui abbiamo la vita facile, possiamo fare tutto quello che vogliamo, non ci preoccupiamo più di tanto del futuro. Ma credo di essermi accorta che, anche se ci divertivamo (almeno all'inizio), non era sufficiente, non mi bastava a sentirmi davvero soddisfatta. Gabin non mi ha mai reso migliore. Credi che sia egoista a dire una cosa del genere?»

«No, nient'affatto. Sai quello che ho sempre pensato di lui. Ma al di là di questo credo che stare con qualcuno non voglia dire solo divertirsi. Ognuno di noi ha bisogno di vivere nuove sfide, di provare ad andare al di là di se stesso…»

«… di imparare dall'altro» la interrompo. «E io non avevo più niente da imparare da Gabin, la verità è questa. Credo di essermi detta a un certo punto che, se fossimo rimasti insieme, ci saremmo resi infelici perché eravamo diventati così diversi l'uno dall'altra. Ci ho messo del tempo a capirlo, ma, ecco…»

Mi sorride.

«A me invece sembra che sia successo piuttosto in fretta. E aggiungerei che è cominciata quando hai incontrato il nostro Romeo!»

Una più categorica di lei non esiste.

«Stai fantasticando.»

«Come no?… Hai perso la testa per lui dall'istante in cui l'hai visto in biblioteca.»

«Sciocchezze! Non ho "perso la testa", ho solo pensato che avesse degli occhi meravigliosi. Lascia perdere la tua sindrome da principessa delle fiabe, a scatenare tutto è stata la mia voglia di lasciare l'università e fare altro. Poi ci si sono messi l'associazione e i problemi della vita reale. Oggi, con il senno del poi, quello che ho vissuto con Gabin mi sembra così superficiale.»

«Quando invece con il nostro Romeo Fosforescente potrebbe andare così bene!»

«Non hai proprio intenzione di mollare, eh...»

«No, perché vedo quello che tu non vedi: ti piace. E fin dall'inizio.»

Sospiro.

«Non ci credi? Aspetta e vedrai!»

Si alza con un balzo, corre in camera sua e torna con una rivista, che apre su una doppia pagina. Test: *Qual è il vostro partner ideale?*

«Spero che tu stia scherzando» le dico.

«No. E per il disturbo rispondo anch'io come se mi piacessero le donne. Dai!»

1. Sogni di innamorarti...

■ In un cinema?

♥ In un bar?

★ In una biblioteca?

«Io in un bar tropicale, tu in una biblioteca» decide, visto che la risposta è già data.

Sgrano gli occhi. Guarda che caso!

2. In amore ti piacciono gli uomini o le donne che...

♥ Hanno il senso dell'umorismo?

★ Sono maturi/e?

■ Sono responsabili?

«Io le donne che dimostrano di essere mature, e tu?»
«Ehm… quelli responsabili.»
«Okay.»

3. Non sei contrario/a a un partner o a una partner che è…

★ Sicuro/a di sé?
■ Strano/a?
♥ Di La Réunion?

«Eh? Ma che domanda è? Mi sa che ti stai inventando tutto di sana pianta.»

Solleva la rivista per farmi leggere.

«Su, decidi.»

«Ma…»

«Okay, di La Réunion! E anch'io!»

Non ci credo…

4. In amore sei più il tipo…

♥ Stressato/a dalla vita?
★ Super a tuo agio?
■ Incapace di vedere quello che è evidente?

«Bene, per te risposta tre, e per me stressata dalla vita.»

«Sì, ma rispondi sempre al posto mio! E quella cosa di La Réunion te la sei inventata!»

«Perché ti conosco benissimo. E no, assolutamente, è tutto vero!»

Mi fa l'occhiolino.

5. Sei felice quando...

■ Sei con i tuoi amici?

♥ Sai esattamente cosa ti sta per succedere?

★ Devi fare una palla di neve per il tuo futuro ragazzo/a?

Scuoto la testa sorridendo.

«Ma dai...»

«Lo so, risposta tre. E per me, la due!»

«Non sei credibile...»

«Attenta!»

6. Non puoi sopportare un/una partner che...

★ Ha il senso dell'umorismo di un ufficiale giudiziario?

■ Ha il QI di un mollusco?

♥ È un alternativo / un'alternativa?

«Ti direi QI di un mollusco.»
«Okay. Anche per me risposta due! Ultima domanda.»

7. Ti vedresti bene con...

♥ Un/a funzionario/a del fisco?

■ Un artista / Un'artista?

★ Un medico?

«No, non rispondere» dice, prima che io apra bocca. «Lo so! Medico! Come me, del resto.»

Non posso fare a meno di ridere. Guarda che test…

«Dai, adesso vediamo i risultati.»

Finge di fare i calcoli, perché ovviamente è tutto inventato, poi si schiarisce la gola.

«Per me» e legge:

★ La vostra partner ideale è più grande di voi ed è in grado di darvi la maturità che state cercando. Vi regalerà serenità e sicurezza.

Vi piace l'esotico, quindi o verrà da un'isola lontana oppure le piacerà molto viaggiare. Dato che avete bisogno di sicurezze, farà una professione legata alla salute.

La vostra partner ideale è alta, mora e con i capelli lunghi!

«Ma guarda!» esclama.

«Sciocchezze… Su, buffona, adesso leggi i risultati del mio test.»

Si schiarisce di nuovo la gola.

♥ Il vostro partner ideale ha la vostra stessa età e vi dimostrerà che potete avere fiducia in lui in qualunque circostanza. Dal momento che avete le fette di salame sugli occhi, si rivelerà a voi solo grazie a una superamica che, invece, lo avrà capito fin dall'inizio.

Vi piace l'esotico, quindi o verrà da un'isola lontana o gli piacerà molto viaggiare.
Toh, come me! Dato che avete bisogno di sicurezze, farà una professione legata alla salute.
Ma guarda!

Il vostro partner ideale è alto, moro, con i capelli ricci e gli occhi azzurri!

«Ecco!» conclude, chiudendo la rivista. «È inoppugnabile, indiscutibile, inamovibile: tu e Romeo Supernova siete fatti l'uno per l'altra.»

Sono morta dalle risate!

«Non sei credibile…»

«Eh, lo so… dovrei scrivere questo genere di test. Immagina la mia futura targhetta: "Ines Abad. Sociologa e ideatrice di test d'amore".»

«Avresti un successone!»

Guardo la palla di vetro sul tavolo, i due ridicoli salsicciotti di pasta modellabile e dico a me stessa che dovrò impegnarmi un po' di più, sia che Ines abbia ragione (ammetto che… no, non lo so) sia che non ce l'abbia.

«Mettiamo un po' di musica?»

«E poi studiamo?»

«Okay!»

Ines fa un sorrisino, poi si alza per accendere la televisione. Va su YouTube e sceglie il primo titolo che compare tra i suggerimenti: *All I Want for Christmas Is You*. Cos'altro, se no?

Le note si elevano e diamo il via al massacro che farà esplodere le orecchie dei vicini. Io e Ines ce ne freghiamo, non riusciamo mai a resistere a un duetto!

Mi alzo, Ines si infila un berretto di Babbo Natale, io una ghirlanda come collana, e ci mettiamo davanti allo schermo a cantare a squarciagola!

14
dicembre

I giorni degli esami di metà anno si somigliano tutti, o quasi.

Svegliarsi presto, fare colazione presto, stressarsi presto e… stamattina uscire in ritardo e correre fino alla metropolitana, per evitare di perderla e rischiare di aggiungere altri cinque minuti a quelli già accumulati.

Non ho sentito suonare la sveglia, e siccome Ines mi aveva avvisato che sarebbe uscita alle sette e mezzo per passare in biblioteca, in casa non c'era nessuno a farmi una lavata di capo. E oggi è il giorno più importante per gli esami. Mi sono alzata, mi sono vestita e via di corsa, senza lavarsi né pettinarsi.

Orario di arrivo in aula magna: 8.58.

«Buongiorno» mi dice la sorvegliante all'ingresso. «Altri due minuti e non l'avremmo fatta entrare.»

Come se non lo sapessi…

Non rispondo e le allungo la mia carta d'identità.

«Si sbrighi, sono già tutti seduti.»

Annuisco, guardo il foglio appeso alla porta per cercare il numero di posto che mi è stato assegnato ed entro.

È tutt'altro che pieno, ci sono sedie vuote un po' ovunque. Il secondo anno c'è una bella selezione, e se i miei genitori non avessero insistito, sarei anch'io tra gli assenti.

Il clima è sempre quello: una buona metà degli studenti indossano un berretto o un maglione a tema natalizio. *Merry Christmas and happy exams!*

Ines mi fa un cenno, il caso vuole che io sia a due posti da lei, uno dei quali vuoto.

«Mi hai fatto preoccupare, credevo che non venissi. Ti ho lasciato tre messaggi.»

«Non mi sono svegliata, e poi non ho avuto il tempo di guardare il telefono. Me la sono vista brutta, due minuti in più e il drago all'entrata non mi avrebbe fatto passare.»

Il prof di Statistica è sulla pedana in cattedra proprio davanti a noi, con la sua aria un po' affettata, vestito, cravatta, camicia bianca e mocassini tirati a lucido.

Solo la pettinatura stride un po': i capelli più lunghi, che lui si tira di lato per nascondere la calvizie, sono leggermente in disordine.

Batte nel microfono facendolo fischiare. Allora è proprio un vizio! E poi via con la solita tiritera di regole, che ascoltiamo per l'ennesima volta dall'inizio della settimana. A ogni esame, è sempre uguale.

«Stiamo per distribuirvi le copie, vi ricordo che sono anonime, quindi è inutile che vi facciate passare per Einstein, Ahmed Sylla o per il re degli illusionisti Houdini. Abbiamo bisogno solo del vostro numero di matricola, su ogni foglio, divisori compresi. E anche i cuoricini non sono obbligatori.»

Risata generale.

Si gira e segna un'ora sulla lavagna, a caratteri cubitali.

«Non potete lasciare l'aula prima che sia trascorso metà del tempo che avete a disposizione. Se finite prima, contatevi i capelli, ma in silenzio, per favore.»

Altre risate fra i presenti.

«E, per vostra informazione, qualunque tentativo di imbrogliare potrà essere sanzionato con cinque anni di interdizione a sostenere gli esami» conclude il prof. «Speriamo che i vostri berretti di Natale abbiano tenuto in caldo le vostre fervide idee. Buona fortuna a tutti.»

Un sorvegliante posa davanti a ognuno di noi una copia in bianco con all'interno l'argomento dell'esame. Lancio una rapida occhiata: sono essenzialmente esercizi di analisi riguardo a sondaggi d'opinione o dati prelevati sulla base di campioni X o Y.

Odio questa materia, ma visto che devo...

Io e Ines usciamo dall'ultimo esame alle quattro, e credo di avere il cervello ancora più annebbiato di quando sono arrivata. Due ore di esame, due ore di pausa pranzo e studio, altre due ore di esame... Sono esausta, come se avessi corso una maratona.

In metro con Ines ripercorriamo le domande. Lei cerca di rassicurarmi, ma ho l'impressione di aver sbagliato tutto. Non ho restituito nemmeno un foglio in bianco, ho anche scritto parecchio, ma ho la sensazione che fossero solo parole vuote... La cosa che mi sorprende è che questa prospettiva mi esaspera. Spero di non essere stata bocciata. Perché? Per non dover fare gli esami di riparazione per convalidare il semestre, oppure per poter continuare gli studi? È ancora troppo presto per dirlo, ma voglio essere onesta con me stessa: da un po' di tempo, il dubbio c'è.

Il treno arriva a Lille-Flandres, Ines è in prima fila, pronta a scattare.

«Un uccellino mi dice che se arrivo in ritardo il mio capo me la farà pagare.»

«La situazione non è migliorata?»

«Io ci provo a ignorarlo, ma lui è lì un giorno sì e uno no, e mi osserva. A volte ho l'impressione che stia preparando un rapporto su di me, non lo so… Insomma, mi infastidisce.»

Appena le porte si aprono, si fionda fuori.

«A stasera!»

Io me la prendo comoda, e all'altezza della Grand'Place non resisto alla voglia di chiedere notizie a Romeo e trovo un pretesto per scrivergli.

Hello! Solo per dirti che Ines e Serena sembrano aver legato.

Ehi, ciao! Così pare! 😁

I tuoi esami vanno bene?

Alea iacta est! E tu?

Appena uscito. *Alea iacta est!*

Siamo proprio due poliglotti!

Mi sa che è l'unica cosa che so dire in latino! La mia metro sta per fermarsi a Lille-Flandres, sei in zona?

Yep!

In realtà, sono quasi arrivata a casa. Ma lui non deve mica saperlo, no? Mi fermo in mezzo al marciapiede, pronta a fare inversione a U.

Ci beviamo una birra?

Ancora? Mi sa che è il più nordico degli abitanti di La Réunion. La cosa non mi impedisce di sorridere come un'oca.

Ci sto, ti raggiungo in piazza!

Non corro, volo, e non mi chiedo nemmeno perché. Me ne infischio, la vita è bella e basta.

Arrivo a Lille-Flandres con il fiatone, Romeo è già lì, mi aspetta accanto a Romy, la nuova dea della città, un busto di donna color giallo acceso che troneggia davanti alla stazione. È la nuova paladina di Lille, una Gioconda contemporanea di cinquecento chili. Niente male!

«Stavi facendo conversazione con lei?» scherzo.

«Sì, ma non è una gran chiacchierona e mi guarda dall'alto in basso, così ho lasciato perdere. Mi sa che preferisce gli uomini in giacca e cravatta.»

Io, invece, preferisco quelli con il suo look.

Un giorno Gabin ha detto che si vestiva come un pidocchioso, con abiti di seconda mano. In realtà Romeo è talmente ben fatto che può permettersi di indossare tutto quello che vuole. Oggi ha un semplice paio di jeans e un parka aperto su un maglione nero.

E io mi sento tutta sottosopra.

È colpa di Ines, della sua insistenza e del suo test truccato.

«Andiamo?» mi dice, allargando le braccia.

Ieri c'era bel tempo, con un freddo secco, oggi invece il cielo è coperto e l'aria è umida. Stamattina, uscendo, mi sono dimenticata di prendere la sciarpa, così mi tiro su il bavero del cappotto e me lo stringo al collo per ripararmi.

«Tieni» mi dice lui.

Mi porge un foulard grigio a quadretti.

«Grazie...»

Me lo avvolgo intorno al collo e non posso fare a meno di sentire il suo profumo. Lo stesso che mi aveva turbato quando ci siamo baciati sulle guance...

Queste mie reazioni eccessive cominciano a infastidirmi, anche se mi sforzo di restare calma.

Passiamo davanti a uno stand di birre del Nord, Romeo si ferma e mi chiede cosa voglio.

«So che non siamo venuti qui per questo, ma... una cioccolata calda? Poi, quando mi sarò scaldata, potrò prendere una birra!»

Il tizio la vende in un contenitore di vetro che gira di continuo. È bella scura, e densa. Cento calorie al centilitro, come minimo! Romeo annuisce e ne prende una per ciascuno.

«Vieni, mettiamoci qui» propone.

Il posto preferito da tutti gli abitanti di Lille: i bordi della fontana.

Ci sediamo, tutt'intorno a noi c'è fermento. È mercoledì, c'è gente ovunque, a ogni stand, davanti a ogni attrazione, famiglie, coppie, gruppi di studenti. La ruota panoramica è piena da scoppiare, gira senza fermarsi quasi mai. La coda è impressionante.

«Ci sei già salita?» mi domanda Romeo.

«No, mai.»

«Vuoi andarci? Ho vinto due biglietti con Wéo.»

«Il canale televisivo locale?»

«Sì! Un po' per caso. Ho cliccato per curiosità, e *oplà!* Allora, che ne dici?»

Guardo la ruota, guardo Romeo e gli faccio un sorriso immenso.

«*Yes!* Ma prima compro le caldarroste, perché vista la coda che c'è mi sa che dovremo aspettare un bel po'! Sei sicuro che siano posti gratuiti?»

«Sì, non preoccuparti, non dovrai usare il tuo libretto di risparmio!»

E, soprattutto, evitare di ridere nervosamente.

«Le caldarroste vanno bene?»

«Ci sto!»

Mi accompagna a uno stand a forma di locomotiva a vapore con i colori del Natale. Rosso, verde e bianco! Dal comignolo esce anche il fumo! E, contrariamente alle altre bancarelle, non c'è quasi nessuno. Le *gaufres liégeoises* e le frittelle sono molto più popolari.

«Un cartoccio grande, per favore» chiedo al venditore, che ha le mani nere di fuliggine.

«Subito!»

Solleva ciò che dovrebbe nascondere il motore della locomotiva e rivela una lastra metallica annerita con dei buchi, dove cuociono decine di castagne scoppiettanti, e sotto, del carbone di legna incandescente.

«Il profumo è incredibile» fa notare Romeo.

«Il profumo della vita! Vedrai, sono buonissime!»

«Okay, okay… non vedo l'ora di provarle.»

E lì, all'improvviso, nel momento più inopportuno, mentre sto facendo un sorrisone al venditore, esplode una castagna e mi colpisce in faccia.

«Oh… oooh!»

Polpa di castagna. Ovunque. Sulle guance, fra i capelli, sul cappotto, sul foulard di Romeo. Sputacchio e alzo gli occhi verso di lui, un po' disorientata. Labbra strette, fronte corrucciata, lui si sforza di non ridere.

«Mi dispiace» dice il caldarrostaio continuando a mescolare nella padella. «È una castagna felice! Era un po' troppo contenta di vederla, deve scusarla.»

Eh? Ma che sta dicendo?

E stavolta è Romeo a scoppiare. A ridere.

«Dovresti vedere la tua faccia!»

«Non è divertente.»

«Sì, invece, un sacco.»

Fingo di mettere il broncio, mentre la scena è davvero divertente, e mi pulisco i vestiti, le guance…

«Aspetta, ti aiuto.»

Con il sorriso ancora sulle labbra, Romeo allunga la mano per togliermi i pezzi di castagna dai capelli.

«Non ti muovere, ne hai un pezzo sulle ciglia.»

Mi immobilizzo e lascio che mi sfiori con la punta delle dita.

Ho il cuore che va a mille.

«Ecco» dice con voce dolce. «Come se non fosse successo niente!»

«Per il disturbo, gliene metto un po' di più!» interviene il caldarrostaio. «Faccia attenzione, sono bollenti.»

Pago e prendo il cartoccio.

«Grazie!»

Mentre gli ultimi raggi di sole svaniscono, ci allontaniamo per raggiungere la coda davanti alla ruota panoramica. Romeo sembra apprezzare le castagne salterine e si mette sistematicamente le bucce in tasca per non buttare a terra niente.

«Hai sempre voluto fare il medico?» gli domando di punto in bianco.

Fa una smorfia.

«Volevo fare il botanico o lo zoologo. Ero affascinato dalla foresta tropicale.»

«Cosa ti ha fatto cambiare idea?»

Si gira verso di me con un sorrisino.

«Vuoi dire in che momento un bambino o una bambina decidono che hanno voglia di giocare al dottore?»

Mi metto a ridere.

«Scherza pure, ma io volevo fare l'ospedale!»

«Ah ah, avevi davvero senso pratico.»

«Tremo alla sola vista di un ago, non sarebbe stata una buona idea! E tu, invece?»

Sospira.

«Non lo so... Immagino che le materie scientifiche come Biologia e Geologia siano all'origine della mia passione per la Medicina. E anche il mondo in generale, credo. Un giorno ti rendi conto che la povertà è ovunque e che ci vogliono persone che si facciano carico delle conseguenze.»

«Ti piacerebbe lavorare in una ONG?»

«Idealmente, sì. Magari in Madagascar. Il sessanta per cento della popolazione rurale vive sotto la soglia di povertà, con un euro e novanta al giorno. L'accesso alle cure è limitato.»

Non sono stupita di sentirglielo dire, ha un'anima buona, l'ho capito quasi subito.

«Dato che vorresti andare in Madagascar, perché non sei rimasto a studiare a La Réunion?»

«Perché qui c'è più scelta e anche perché volevo viaggiare un po'. Senza contare che, se non fossi venuto, non ti avrei mai incontrato!»

Sbatto le palpebre.

«E tu, qual è la tua storia con la Sociologia?» mi domanda.

Per poco non inizio a ridere nervosamente. La mia risposta sarà molto meno onorevole della sua. Perché non sapevo che altro fare? Perché non avevo nessuna ambizione in particolare? Perché ho scelto la prima cosa che mi è venuta in mente? Ovviamente rimango un po' sul vago.

«A differenza tua, io non ho una vocazione e, a essere onesta, non so ancora cosa voglio fare nella vita né se sono sulla strada giusta…»

«Aiutare gli altri ti viene bene» dice, come se fosse un'evidenza.

«Credi?»

«È quello che pensa anche Élise.»

«Davvero?»

«Certo. Ti impegni, sei umana, generosa…»

«… e single» mi lascio sfuggire, senza rendermi conto di aver pensato ad alta voce.

Troppo tardi… Mentre la coda avanza, Romeo si ferma.

«Non stai più con Gabin?»

«No…»

«Ah, mi dispiace…»

«Non importa, non eravamo fatti l'uno per l'altra, è meglio così.»

Gli occhi di Romeo si illuminano.

Perché? Come devo interpretarlo? Compassione? Felicità? Una prospettiva?

Non lo so. Non lo so ed è… frustrante!

«Sai come si dice» scherza, «meglio soli che male accompagnati!»

«Oppure bisogna trovare l'anima gemella.»

«Anche!»

Finalmente arriviamo alla cassa.

«Due posti, per favore» dice Romeo consegnando i suoi biglietti vincenti.

«È vietato mangiare a bordo» ci avverte il giostraio.

Romeo chiude il cartoccio sopra le ultime castagne e se lo mette in tasca.

«Andate pure!»

Avanziamo sulla passerella di metallo prima di salire su una cabina, l'uno accanto all'altra. Ho contato, faremo tre giri.

Fa così freddo che comincio a tremare.

«Ho finito i foulard» mi dice Romeo sorridendo.

Be', ci sarebbero le tue braccia…

Basta! Sono irrecuperabile…

Ma ci penso, un sacco. Allora mi irrigidisco un po'.

Chiudo il bavero per darmi un contegno e mi metto le mani in tasca. In pochi secondi siamo su. Romeo infila una mano in tasca e tira fuori il cartoccio di caldarroste, che ormai non sono più così calde.

«Che fai?»

«Le mangio.»

«Ma… ci hanno detto che è vietato.»

«Ma non ci vedono!»

Rimango a bocca aperta.

«Ah, questa è buonissima!»

E poi, *oplà*, butta giù la buccia.

«Ehi… sotto ci sono le persone, non puoi farlo!»

«Certo che posso!»

E lo rifà.

«Romeo! Ma… perché fai così?»

«Perché almeno ti sciogli un po', hai l'aria tesa. Ah, eccone un'altra!»

E giù la buccia, stessa traiettoria della precedente.

«Smettila, non sono affatto tesa!»

«E invece sì! E poi è biodegradabile.»

Continua il suo cinema anche quando siamo quasi tornati giù. Muoio di vergogna all'idea che si faccia beccare, poi scoppio a ridere vedendo che fa il pagliaccio e lancia le bucce in diagonale, guardando altrove, come se niente fosse. Andiamo avanti così per due giri, finché non ha finito tutto il cartoccio.

Al terzo giro la ruota si ferma per permettere agli altri passeggeri di salire. Ci ritroviamo in cima, le persone sulla Grand'Place sono minuscole.

La città si stende davanti a noi, la torre con il campanile, gli edifici illuminati, i comignoli da cui esce il fumo.

«È bello» dice semplicemente Romeo.

«E c'è ancora un sacco di neve sui tetti…»

Trascorrono alcuni lunghi secondi prima che lui ricominci a parlare.

Ha la voce bassa, quasi impercettibile, come se parlasse a se stesso.

«Quest'anno ho fatto due begli incontri.»

Lo guardo, la bocca socchiusa in una domanda silenziosa. I suoi occhi non abbandonano l'orizzonte.

«La neve e te…»

Io e la neve…

Non riesco a dire nulla, sta succedendo qualcosa.

Qualcosa che non avevo previsto che potesse accadere tanto presto.

Caspita… mi sto innamorando.

15
dicembre

«Quando? Come? Perché è successo? Per due occhi azzurri? Per una testa di capelli neri e folti? Per due gambe lunghissime e un viso non rasato? Non ci si può innamorare così!»

Ho la testa nel pallone, ma Ines mi guarda incredibilmente divertita e finisce tutto d'un fiato il suo bicchiere di spremuta d'arancia, prima di appoggiarlo con un colpo sul tavolo.

«Perché era scritto così e i pianeti erano perfettamente allineati? Non c'è bisogno di farla troppo complicata. Fra voi c'è un *bzzz*!»

Un *bzzz*?

Sono sempre stata una persona ragionevole, razionale e realista. Non credo alle cose che fanno *bzzz*! Anche se mia madre (e fa davvero ridere) le chiama "le tre R" e sostiene che la prima, la ragionevolezza, non è mai destinata a durare, perché prima o poi finiamo tutti per separarcene. Be', guarda un po'!

Per quanto mi riguarda, si direbbe che quel momento sia arrivato.

La ragione mi sta abbandonando, o almeno sento che sta per succedere.

Controllati, Fann, controllati!

«Sai che ti dico? Farò come se non fosse così. Sono appena uscita da una storia, non posso lanciarmi a piè pari in un'altra dopo solo tre giorni!»

«E perché no? Hai un codice deontologico? Una linea di buona condotta? Devi dare l'esempio? La vita è fatta per essere vissuta, non per mettersi i bastoni fra le ruote da soli» chiosa Ines.

La guardo inarcando un sopracciglio.

«Immagino che tu stia parlando per te, giusto? Con Serena stai vivendo o stai girando in tondo?»

Lei fa un'espressione contrariata.

«Io, girare in tondo? Allora non mi conosci per niente! Prima di tutto, sono una tipa risoluta, e poi ho perso la testa per quella ragazza. E io mi assumo sempre le mie responsabilità! Anche se la cosa mi stupisce ancora...»

Mi rabbuio e mi alzo per mettere la tazza nel lavello.

«Non è che io non voglia assumermi le mie responsabilità, è che lo trovo completamente folle. Tutto qui. Come si può innamorarsi così in fretta?»

«Si chiama alchimia perfetta, mia cara! Ma rallegrati, probabilmente la cosa è reciproca. Su, dobbiamo essere in facoltà fra un'ora e non mi sono ancora fatta la doccia. Un consiglio: smettila di pensare» aggiunge, scomparendo nel corridoio. «*Carpe diem!*»

Mi siedo e appoggio i gomiti sul tavolo sospirando.

Certo, come no.

Finiamo gli esami alle quattro. Va tutto come ieri, Ines scappa al lavoro e io mi chiedo se sia meglio tornare a casa per riposarmi un'ora o andare direttamente all'associazione. Durante gli esami, Élise ha mandato un messaggio al gruppo: per chi può fermarsi, stasera ha organizzato un aperitivo di Natale, con anche una piccola sorpresa.

Ho le farfalle nello stomaco, e non è per l'idea di distribuire i cestini o bere qualcosa.

Associazione = Romeo = impennata di ormoni = cuore che galoppa come un cavallo impazzito.

Finirò per morire.

Ho pensato tutto il giorno a quello che provo per lui. Con i fogli degli esami davanti, mentre scrivevo e rileggevo i miei elaborati… Non mi stupirebbe di trovare il nome di Romeo scritto da qualche parte, fra la teoria del *free rider* di Mancur Olson e l'analisi della vaccinazione antinfluenzale tra gli anziani.

Accidenti… detesto sentirmi così.

Anzi, no, lo adoro.

Lo trovo talmente… e se… Mi irrigidisco.

Magari il mio sentimento non è ricambiato!

«Aaah! Pensa a qualcos'altro!» grido a tutto volume, facendo sussultare la ragazza che mi sta passando accanto in quel momento.

«Scusa, parlo da sola.»

Abbozzo un sorriso imbarazzato, poi guardo il cielo, mi sa

che fra poco verrà giù. Così mi decido, vado all'associazione per tenermi occupata, è più saggio.

Attraverso il campus e raggiungo la metro.

La linea è diretta e in quindici minuti sono a Wazemmes.

Quando arrivo piove a dirotto e sono fradicia, i capelli incollati alle guance e il berretto più inzuppato di uno straccio per pavimenti. Non voglio pensare a come sarà il mio mascara.

Acquazzoni del genere si hanno solo qui nel Nord!

Una ragazza che non ho mai visto prima è in attesa davanti all'ingresso. Ha più o meno la mia età, è piccola, mora, con i capelli corti, grandi occhi azzurri e il viso molto pallido, me ne accorgo anche se è già calata la sera.

Come me, è senza ombrello. È in anticipo di un'ora e non è in uno stato migliore del mio.

«Ciao, hai già suonato?»

«No, non è ancora l'ora» risponde lei, con un leggero accento slavo.

«Sì, ma non importa, puoi salire nel *foyer*, e poi non puoi restare fuori con questa pioggia. Entriamo insieme. È la prima volta che vieni?»

Annuisce e si mette a tossire.

Sta tremando. Mi sa che è qui già da un po'.

Suono al citofono.

«Sì?» dice Anthony nell'altoparlante.

«Sono Fann!»

Un *bip* e la porta si apre. Mi infilo all'interno, la ragazza ha un attimo di esitazione.

«Vieni! Ti assicuro che puoi entrare. Se vuoi puoi anche bere una cioccolata calda.»

I suoi occhi sembrano illuminarsi, si decide a seguirmi.

«Mi chiamo Fann e faccio la volontaria qui alla ASS di Lille.»

«Io sono Radana.»

Al primo piano, Anthony appoggia sul tavolo alcune grosse borse del discount e… oh! C'è un grande abete ancora nella sua confezione proprio davanti alla portafinestra.

Quindi è questa la sorpresa.

«*Hello!*» esclamo, togliendomi il berretto. «Sono un po' in anticipo.»

«Ciao, Fann! Sei venuta con la pioggia.»

«Sì. Ti presento Radana, stava aspettando davanti all'entrata.»

«Ah! Dovevi citofonare» le dice Anthony.

Fa per avvicinarsi, ma indietreggia di colpo perché lei allunga il braccio in avanti per stringergli la mano.

«Radana Nováková, sono iscritta.»

Sorpreso, Anthony ricambia la stretta.

«Okay, nessun problema, sei la benvenuta. Siete entrambe fradicie. Vado a cercarvi qualcosa con cui asciugarvi. Non restate così, levatevi i cappotti! Potete appenderli qui» aggiunge, indicando un appendiabiti attaccato al muro.

Mentre ce li leviamo, lui sparisce in cucina e torna con degli asciugamani di spugna.

«Hai scelto la giornata perfetta per venire» dice a Radana. «Dopo la distribuzione dei cestini, berremo un bicchiere tutti insieme e decoreremo l'albero!»

Radana mi guarda, un po' smarrita.

«Questo è il *foyer* con il centro di accoglienza, il minimarket è al piano di sotto. Gli studenti si trovano qui per giocare a carte, fare giochi di società o semplicemente parlare e bere un caffè.»

«D'accordo, ma non voglio disturbare.»

«Non disturbi nessuno» interviene Anthony. «Al contrario. Be', adesso vi lascio, devo fare una telefonata. Élise arriva tra poco. Non esitate a prepararvi qualcosa di caldo da bere, c'è tutto quello che serve!»

Entro in cucina e scaldo del latte per le cioccolate. In un barattolo ci sono dei biscotti, prendo anche quelli.

Quando torno, Radana è seduta accanto al termosifone, sotto la finestra. È quasi raggomitolata, sembra intirizzita dal freddo.

«Stai bene?»

«Ho un brutto raffreddore» risponde, mentre le passo la tazza. «Grazie.»

E la pioggia non deve aver aiutato…

«Hai un bell'accento, da dove vieni?»

Tira su con il naso e alza su di me i suoi occhi esausti.

«Repubblica Ceca.»

«Parli benissimo francese, da quanto tempo sei qui?»

«Solo un anno, ma l'ho imparato all'università di Praga.»

Beve un sorso e chiude gli occhi, tremando.

«Sembri davvero malata, sei stata da un medico?»

«Sì, sì, è solo un raffreddore» ripete. «Anche tu studi?»

«Facoltà di Sociologia, secondo anno, e tu?»

«Chimica, master di secondo livello. Studio il trasporto dei pesticidi nei terreni e il rischio di contaminazione delle falde freatiche.»

A un miliardo di anni luce dalle mie aspirazioni.

«Non sapevo che esistesse un posto del genere» riprende lei nel suo francese perfetto. «Me ne hanno parlato alla segreteria della facoltà. Avevo paura di venirci.»

Non sono la più adatta per dirle che la capisco, che prendere quella decisione deve essere difficile, ma voglio che sappia che qui nessuno la giudicherà.

«Ci sono molti studenti nella tua situazione, anche stranieri. Questo è un posto sicuro per tutti. Nessuno ti farà domande.»

«Sai, i miei genitori mi pagano gli studi e l'alloggio, ma… il resto è difficile, non posso chiedere di più.»

«Ehi… non devi giustificarti. Se sei qui, è per una buona ragione.»

Mi sorride e ricomincia a tossire. Stavolta ancora più forte, tanto che devo prenderle la tazza dalle mani.

«Sei sicura di stare bene?»

«Sì, sì. Ho avuto una, come si dice da voi? Una bronchite? Tossisco ancora, ma va meglio.»

Non insisto, sento che la metto a disagio.

«Ti hanno spiegato come funziona il minimarket solidale?»

«Non ancora.»

Élise lo farebbe meglio di me, ma cerco comunque di darle tutte le informazioni necessarie sul negozio, sul *foyer*, e sugli aiuti che potrebbe ricevere. Quando ho finito, Radana appare più rassicurata.

Non c'è bisogno di avere un super QI per capire che la ASS per lei è provvidenziale. Gli studenti vengono qui quando sono con l'acqua alla gola.

Lancio un'occhiata fuori dalla finestra, piove ancora parecchio e c'è molta meno gente delle altre sere. Solo venti persone, tra cui gli studenti che parteciperanno al Secret Santa.

Romeo è così alto che emerge su tutti, anche se è mezzo nascosto sotto il cappuccio.

Ecco, sto sorridendo.

Viste le poche prenotazioni, stasera finiamo prima del previsto. Élise mi spiega che parecchi studenti francesi sono già tornati a casa per le feste.

Con la stessa squadra vincente dell'altra volta ci ritroviamo nel *foyer* per decorare l'albero e bere qualcosa.

Anche Radana ha deciso di restare, il che mi rassicura, perché ha l'aria davvero esausta… Non so dove abiti, ma non ho intenzione di lasciarla rientrare da sola.

Romeo mi si avvicina con un bicchiere di vino frizzante. Per via della pioggia, ha i capelli ancora più ricci del solito.

È uno schianto…

E ha un sorriso più grande del mio, non ci credo!

«Ehi, grazie!»

«Sembri preoccupata, o mi sbaglio?»

«Mmm… È per Radana, la ragazza nuova. È da un po' che la osservo, si regge a malapena in piedi.»

Si gira per guardarla, è seduta su un divano e parla con uno studente, o meglio, più che altro lo ascolta. Fa fatica a tenere gli occhi aperti e tossisce sempre di più.

«Si è fatta visitare da un medico?»

«Così mi ha detto.»

Poi guardo le borse con le decorazioni appoggiate sul tavolo. Sono quasi vuote, tutti hanno contribuito ad abbellire l'abete.

«Siamo gli unici a non aver messo ancora niente! Vieni?» gli dico.

Romeo mi segue, più divertito dal mio entusiasmo che da altro. Ho capito che il Natale e le profusioni di palle e ghirlande non sono la sua passione.

Infiliamo entrambi le mani nella borsa e le nostre dita si sfiorano. Vengo colpita da una scarica elettrica immediata, siamo quasi alle scintille.

Bzzz, direbbe Ines Abad.

«Oh, scusa, mi dispiace!» dico, tirandomi indietro.

«Non è niente. Ho preso uno gnomo proprio brutto. Tocca a te!»

Rovisto all'interno della borsa e tiro fuori un cuore rosso con una cordicella dorata per appenderlo.

«Un cuore per Natale?*» mi prende in giro lui. «Che carino!»

Ci avviciniamo all'albero e appendiamo ognuno la sua decorazione. Poi Romeo si gira a guardarmi soddisfatto, proprio nel momento in cui una ciocca di capelli mi cade di traverso sul viso.

Fa un gesto istintivo: la sposta con delicatezza e me la fa scivolare dietro l'orecchio.

---

* Ma... si direbbe il titolo del romanzo dell'anno scorso! Sarà un caso? Non credo proprio, no!

Non respiro più.

«Hai le guance tutte rosa» sussurra, accennando un sorriso.

È a causa tua…

«È il vino! Il vino!»

Penso che non ci creda minimamente.

Mi guarda dritto negli occhi per diversi secondi, senza dire nulla, poi si sofferma sulla mia bocca.

Le labbra mi si schiudono da sole, ho come la sensazione che stiano andando a fuoco.

Il suo sorriso svanisce.

Credo che ognuno di noi abbia vissuto almeno una volta nella vita un momento in cui il tempo sembra fermarsi, e proprio in quell'istante ci si ritrova con l'unica persona che conta.

Per me quel momento è adesso.

Non sento nemmeno più il rumore dei bicchieri che tintinnano, le risate e le conversazioni animate.

Intorno a me tutto diventa sfuocato, ormai vedo solo i suoi occhi profondi, azzurri, accesi di desiderio.

Il battito del mio cuore accelera.

Mi manca l'aria.

Ho voglia di baciarlo.

Romeo abbassa lentamente la testa verso di me.

Sta per succedere. Sta per succedere…

«Chi mette la stella?» grida all'improvviso Élise. «Romeo! Sei tu il più alto! A te l'onore!»

Non sono nata nell'epoca in cui si si ascoltavano i vinili, eppure sarei pronta a scommettere che il rumore di un disco che gracchia è esattamente quello delle parole di Élise in questo momento.

Tutto si ferma.

Romeo solleva la testa, sorride, e come se niente fosse prende la stella che Élise gli passa.

Deve essere un campione di autocontrollo, perché altrimenti non vedo come potrebbe...

L'abete è alto due metri, ma Romeo e le sue lunghe braccia raggiungono la cima senza nemmeno bisogno di mettersi in punta di piedi.

Acclamazione generale.

«Oooh!»

Mentre sono tutti girati verso il re della foresta e la sua bella stella dorata, mentre la magia del Natale non è mai stata così intensa nonostante sia solo il quindici dicembre, la mia attenzione viene attirata da Radana. Si è appena alzata, il corpo chiaramente senza equilibrio.

Mi avvicino a lei, che nel frattempo si è appoggiata alla parete, con le guance rosse e gli occhi sfiniti.

«Ehi... sembra che tu stia davvero male.»

«Mi gira un po' la testa, ma passerà. È per il vino. Puoi dirmi dov'è il bagno?»

«Sì, è al piano di sopra: quello accanto alla cucina è fuori servizio. Ti accompagno.»

Faccio attenzione che salga bene i gradini davanti a me. Non sono tanti, ma sono irregolari. E traditori.

Radana si regge al corrimano, la vedo sempre più febbricitante.

«Stai bene?»

«Sì… io… no…»

E come in una brutta scena di un film al rallentatore, la vedo lasciare il corrimano, perdere l'equilibrio e cadere all'indietro con le braccia aperte.

Cerco di tenerla, ma mi trascina giù con lei.

Bum.

16
dicembre

È mezzanotte passata quando l'internista del pronto soccorso mi dice che posso andarmene.

Per me niente di grave, ho avuto fortuna. Sono rotolata con Radana in un volo spettacolare giù per le scale, ci siamo ritrovate in fondo ai gradini l'una aggrovigliata all'altra. Risultato: un bel bernoccolo sulla fronte, un piccolo taglio e un livido enorme che mi prende quasi tutta la coscia sinistra. Nessun trauma, per quanto risulta dalle radiografie. In compenso, la faccia con cui mi presenterò più tardi agli esami è tutta un'altra storia…

Ovviamente proprio il giorno in cui ho più prove.

Radana non è stata altrettanto fortunata. Quando è arrivata l'ambulanza, vedeva tutto offuscato e non riusciva a stare in piedi. Io posso uscire, mentre lei è ancora sotto osservazione, e le notizie che si sono degnati di darmi sono minime: "La stanno visitando".

Dalle nove di ieri sera, quindi…

Quando arrivo in sala d'attesa con il mio prezioso foglio

di dimissione, Romeo ed Élise sono ancora lì. Appena mi vedono, saltano in piedi.

«Come va?» mi chiede Élise.

«Bene, grazie. Ho solo questo grosso cerotto sulla fronte e una gamba tutta blu, ma niente di rotto. È stata più la paura che il male.»

«Che sollievo. Hai notizie di Radana? Nessuno ci ha detto niente.»

«Purtroppo so poco» rispondo. «Mi hanno riferito soltanto che ha fatto una radiografia alla testa e che, cito, "è in buone mani".»

«Okay, cercherò di saperne di più. Ho già detto che nel caso la ASS di Lille avrebbe fatto da garante per lei. Non so se è assicurata. Torno subito, aspettatemi qui. Vi riaccompagno a casa.»

Guardo Romeo, non ha detto una parola e ha l'aria tesa, tiene la mascella contratta.

«Tu, tutto bene?» gli chiedo.

Annuisce, ha gli occhi un po' lucidi. Poi alza la mano lentamente per spostarmi i capelli e osservare l'orrendo cerotto che mi hanno messo sulla fronte. Mi lascio sfuggire una risatina nervosa.

«Vuoi visitarmi, per fare un po' di allenamento?»

Ma non sorride.

«Ti ho visto salire con Radana e un minuto dopo abbiamo sentito un grosso colpo. Ti sei rialzata quasi subito, ma ho avuto davvero paura per te. Cadute del genere, sulle scale, raramente sono senza conseguenze.»

«Sto bene, giuro…»

Mi prende la mano e la stringe forte.

«Sono contento che non ti sia fatta nulla.»

Uh! Ecco che ci siamo, tempesta intersiderale nelle vene, ho la pelle d'oca.

Poi, all'improvviso, spunta in sala d'attesa il primario che si è occupato di Radana.

«Le persone che sono venute con la signorina Nováková sono ancora qui?»

Élise sta parlando con la donna alla reception, ci raggiunge subito.

«Buongiorno, sono Élise Presle, presidentessa dell'associazione ASS di Lille. Radana è una nostra ospite, era da noi quando è caduta.»

«Sono il dottor Duchatel, ho visitato io la signorina Nováková. Mi ha chiesto di aggiornarvi sulle sue condizioni. La caduta non lascerà conseguenze, a parte qualche ematoma, in compenso gli esami hanno mostrato una carenza di vitamine, non giustificabile con l'influenza. Penso che questa ragazza non si alimenti a sufficienza. Per sicurezza la terremo sotto flebo fino a domani. Per caso vive in un luogo umido?»

Ci guardiamo. Ovviamente nessuno di noi lo sa.

«Sentite» conclude, «lascio che ve ne occupiate voi, ma sarebbe interessante saperlo, per trattare al meglio la sua tosse: sembra più allergica che virale. La trasferiremo in una camera al primo piano, potete venire a trovarla durante l'orario di visita.»

«Rimarrà in ospedale a lungo?» domanda Élise.

«Ipotizziamo di farla uscire domani a fine giornata, se tutto va bene.»

«D'accordo, grazie, dottore. Può darle il mio numero di telefono? Le dica di non farsi problemi a chiamarmi se ha bisogno di qualcosa.»

Lui annuisce, prende il biglietto da visita e scompare dietro la porta.

Élise si gira verso di noi, ha le occhiaie marcate, ma è sorridente.

«Bene! Per stasera abbiamo finito, vi riporto a casa.»

«È fatta, *we dit it*, hurrà, hurrà!»

Ines esce dall'aula magna ballando.

Lo sapevo, gli esami hanno avuto la meglio su di lei, a furia di usare la testa le si è bruciato il cervello. C'era da aspettarselo…

«Chi non lavora stasera? Iooo! *Fiesta!*»

Ricomincia a ballare.

Sono ancora un po' fuori uso dopo l'ultima, orribile nottata.

«Allora, pensi di avercela fatta?» mi chiede lei, con espressione più seria.

«Vedremo.»

Perché, in realtà, non ho nessuna voglia di fare pronostici. Potrei essere passata come no, non lo so.

«Sono sicura di sì!» esclama lei.

Guardo il telefono e trovo un messaggio di mia madre, che aspetta mie notizie con impazienza, e altri tre di Élise. Li leggo subito.

Hello, Fann, Radana è uscita alle tre, sta bene. Solo medicine e un po' di riposo! Tu tutto okay?

Volevo anche avvisarti che Mathias non ci sarà il ventiquattro, e lo sostituirà Radana.

Domenica ci sei? Per il mercatino alle Halles di Wazemmes, l'ASS avrà uno stand per vendere cioccolatini. Anthony si travestirà da Babbo Natale per farsi fotografare con i più piccoli. Abbiamo bisogno di folletti volontari!

Rispondo, con il sorriso sulle labbra. La mia faccia da folletto di Natale! Ahahah!

Hello, sono contenta per Radana. Grazie per avermi dato sue notizie! Fantastico per il ventiquattro, sarà davvero carino. Per domenica, non ho ancora preso i biglietti del treno, vedo se riesco. Magari ce la faccio!

Mi sa che non ho tutta questa fretta di rientrare a casa dai miei…

«A proposito» mi dice Ines quando arriviamo alla metro, «ieri sei tornata tardi e mi sono dimenticata di dirti che, visto che stasera non è di guardia e domani non lavora in ospedale, ho invitato Serena a mangiare da noi per festeggiare la fine degli esami.»

«Okay, nessun problema.»

«Perché non inviti anche Romeo?»

Sussulto, come ogni volta che sento il suo nome.

Non ce la faccio più. Questa storia comincia a diventare stressante…

«Dici?»

«Certo! Lui viene con la sua migliore amica e io con la mia!»

«Ehm… tecnicamente io non vengo, sono già lì.»

Ines ride, più allegra che mai, e mi tira per un braccio saltellando.

Che bambina!

Facciamo un po' di spesa, Ines si è messa in testa di preparare la fonduta savoiarda. Così poi dovremo tenere aperte le finestre per tre giorni! Ma chi se ne importa, adoro il formaggio.

Rientriamo a casa, e mentre lei decide di mettersi a pulire come una maniaca compulsiva, io faccio una videochiamata ai miei, con un giorno d'anticipo.

Risponde mio padre.

«Allora, tesoro, questa settimana di esami?»

«Credo di aver fatto del mio meglio.»

«Sono sicura che è andata benissimo!» esclama mia mamma in sottofondo.

Mio padre gira la webcam verso di lei, è di spalle, sta trafficando in cucina.

«Tua madre vuole provare a fare i *churros*, ma per il

momento, a parte la puzza di olio bruciato, non sta venendo fuori niente.»

«Ehi, linguaccia! Non ho ancora cucinato niente.»

«Non ho tutta questa fretta di assaggiarli» sussurra mio padre.

Scoppio a ridere. Il mio talento mediocre in cucina lo devo a mia madre. Il novanta per cento dei suoi esperimenti culinari è un fallimento...

«Be', che sensazioni hai?» mi chiede mio padre.

«Non lo so... In alcune materie ho l'impressione che sia andata bene, in altre no.»

«Hai pensato a cosa farai al rientro in gennaio, se passerai il semestre?»

Mi schiarisco la gola. Vorrei dirgli che le cose si stanno evolvendo, anche se non so bene dove mi porterà tutto questo, ma preferisco non farlo, perché significherebbe parlare di Gabin e... di Romeo.

«Non ancora, papà.»

«Okay, e la tua esperienza all'ASS?»

«Molto istruttiva e formativa, e il gruppo è davvero super. Mi hanno proposto di partecipare a una vendita benefica di cioccolatini, domenica. A te e alla mamma scoccerebbe se non vi raggiungessi subito?»

«Basta che tu sia qui il ventiquattro!» esclama mia madre.

Parliamo altri cinque minuti, di tutto e di niente. Poi riattacco.

Sono le sette, ho mezz'ora di tempo per prepararmi.

Okay, e adesso la domanda cruciale.

Cosa mi metto?

Serena e Romeo si presentano alle 19.45.

Il tegame per la fonduta è sul tavolo, il pane è tagliato a pezzetti, la birra è in fresco e la carne dei Grigioni attende pazientemente in frigo.

Per l'occasione – e di sicuro ho esagerato – mi sono fatta uno chignon a treccia, senza sapere se reggerà più di un quarto d'ora se mi muovo troppo. Mi sono truccata un po', ma non sono riuscita a nascondere il bernoccolo che ho sulla fronte, e per stare comoda ho messo un paio di leggings neri e un maglione oversize in lana rosa pallido.

Romeo è da urlo. Indossa una semplice maglietta bianca – perché, si sa, dicembre è in estate – e un paio di jeans un po' logori che potrebbero sembrare molto *basic* se non gli facessero delle gambe e un sedere favolosi! Onestamente devo stare attenta a dove guardo.

Questo tipo mi fa davvero perdere la testa, e ora che l'ho ammesso mi sembra di non riuscire più a trattenermi. Quando si china per darmi un bacio, mi sento tutta sottosopra.

Aiuto…

«Casa vostra è supercarina!» esclama Serena mentre ci sistemiamo in sala. «Costerà un sacco!»

Incrocio lo sguardo di Ines, sa che siamo su un terreno scivoloso. Apro la bocca per rispondere, ma lei mi anticipa.

«In due non così tanto, e poi abbiamo degli aiuti.»

Degli aiuti, sì, certo… Peccato che la casa non sia convenzionata.

«Anche tu lavori?» mi chiede Serena.

«Ehm… no, sono fortunata.»

«Figo! Cosa fanno i tuoi nella vita?»

Incrocio lo sguardo azzurro di Romeo, aspetta la mia risposta. Lui mi ha parlato dei suoi genitori, io no. Ho fatto di tutto per evitarlo.

Deglutisco.

«Ehm… mio padre lavora come consulente legale, mia madre ha una società di e-commerce.»

Una società talmente conosciuta che milioni di persone usano la sua app per rivendere vestiti, libri e tutto ciò che non desiderano più. Sono pronta a scommettere che anche loro ce l'hanno sul telefono…

«Avere un avvocato in famiglia è sempre utile!» scherza Serena.

«A proposito, ho avuto notizie di Radana» dico a Romeo, per cambiare argomento. «È stata dimessa oggi.»

Annuisce.

«Lo so, prima sono passato dall'associazione. Una delle studentesse mi ha detto che la sua coinquilina se n'è andata e che a prendere il suo posto sarà Radana. Trasloca stasera.»

Ovviamente ripenso a quello che ha detto il medico riguardo al luogo in cui Radana viveva, e al fatto che era in parte responsabile del suo stato di salute.

«Il suo appartamento era così terribile?»

«Pare di sì. Sembra che Élise non credesse ai propri occhi quando ha riaccompagnato Radana a casa. Era tutto pieno di muffa alle pareti, non c'era aerazione, le finestre sottili come carta velina e niente riscaldamento.»

«C'è gente che affitta case del genere?»

«Scherzi?» interviene Serena. «Dovresti vedere cosa mi hanno proposto quando sono arrivata a Lille… e anche a prezzi folli!»

Ines e Romeo rincarano la dose, hanno vissuto la stessa esperienza, mentre io ho visto il mio appartamento, mi è piaciuto e i miei me lo hanno comprato. Non ho mai dovuto sbattermi.

Faccio del mio meglio per apparire impassibile, ma il mio silenzio mi tradisce. Incrocio lo sguardo di Romeo, intenso, incuriosito.

«Ho fame!» esclamo, per cercare un diversivo.

«Vi avviso, il primo che fa cadere nella fonduta un pezzo di pane deve fare penitenza» ci avverte Ines.

Scommettiamo che sarò io?

Ci sediamo a tavola e, neanche a dirlo, muovo le forchette della fonduta tanto male quanto sono scarsa a preparare i dolci!

Che fatica, per tutta la cena! Ma è Romeo il primo a far cadere il pezzo di pane, quando ormai abbiamo quasi finito di mangiare.

«Tutto nudo sulle scale!» si mette a canticchiare Ines, battendo le posate sul tavolo.

Per poco non mi va di traverso il cibo. Vuole farmi morire?

Romeo mi guarda con un sorrisino agli angoli della bocca che non sono in grado di decifrare, e Serena finge di fare una smorfia.

«Risparmiatemi lo spettacolo, vi prego!» esclama.

«Sì, ma una penitenza ci vuole!» decreta Ines, più maliziosa che mai.

E a quel punto… chi fa cadere il pezzo di pane nel formaggio? Io!

«Va bene, allora, visto che nessuno vuole togliersi i vestiti, preparatevi per una bella partita di Twister!» decide Ines.

Io e Romeo ci guardiamo, sgomenti.

La odio. Perché mi fa questo? Non sono pronta ad aggrovigliarmi con Romeo. O almeno, non così.

Ma non posso evitarlo… In un secondo, il tavolino viene spostato contro il muro, il divano spinto indietro di un metro e il tappeto di Twister sistemato sul pavimento. Be', non ho altra scelta…

Ovviamente l'arbitro è Ines. Comincia Romeo: mano destra sul tondo rosso, mano sinistra su quello giallo.

«Tocca a te, Fann!» esclama Ines.

Faccio girare la freccia. Piede destro sul tondo giallo, piede sinistro su quello rosso.

Per il momento ce la caviamo, ma dopo un paio di turni Romeo si ritrova con la faccia rivolta al soffitto, le gambe piegate e le braccia larghe, nel tentativo di non toccare il tappeto con il sedere. Mi irrigidisco, finora ho fatto il possibile per evitare di sfiorarlo, ma ormai occupa quasi tutto lo spazio.

«Fann» dice Serena. «Mano destra sul tondo rosso.»

E poi mano sinistra sul tondo verde.

Le odio. L'hanno fatto apposta.

Devo scavalcarlo.

Mi ritrovo in una posizione esattamente contraria rispetto a quella di Romeo, con la faccia rivolta verso il tappeto, solo che sul tappeto c'è la sua, di faccia, a meno di dieci centimetri dalla mia! Se l'avessi saputo, avrei evitato di mangiare tutto quel formaggio…

Romeo sembra molto divertito, le ragazze scoppiano a ridere e io… soffoco. Impossibile non guardargli le labbra.

«Secondo te quanto resistono così?» domanda Serena.

«Meno di cinque minuti?» le risponde Ines.

«Scommettiamo?»

«Dai! Intanto devo assolutamente farti vedere una cosa.»

«Ah?»

«La *djellaba* che ho ereditato da mia nonna, vieni?»

«Ehi!» protesto, vedendole uscire dalla sala.

Romeo non mi molla con gli occhi.

«Quanto tempo pensi di riuscire a rimanere in questa posizione?»

Con la tua bocca così vicina? Ancora dieci secondi. Sicuramente meno…

Mi guarda le labbra, ormai non fa altro… Ha la più pallida idea dell'effetto che mi fa?

Sì, ce l'ha, ne sono certa.

«Non so se te ne sei accorta, ma sembriamo due scemi…» dico, non sapendo come comportarmi.

Sento il suo respiro caldo sulla pelle, deglutisco.

«Io invece trovo che siamo perfetti…» risponde con voce roca allungandosi un po' verso l'alto.

Più vicino alla mia bocca, più vicino alla mia lingua, alla mia voglia di mangiarmelo.

«La fonduta era una montatura» mormoro, con il fiatone.

«Un agguato…»

È così vicino che lo vedo sfuocato. Sto per andare a fuoco, ormai è questione di secondi. Che poi, perché aspettare?

Al diavolo.

«Romeo…»

«Sì?»

«Sai che sei una vera rottura?…»

Pulsione, desiderio, parti del corpo che cominciano a tremare meccanicamente e il cuore che finirà per esplodermi a furia di battere così veloce, mi lascio andare e appoggio le mie labbra sulle sue.

Se si aspettava un contatto leggero si sbagliava, non riesco a controllarmi, ho aspettato troppo a lungo.

Romeo non prova nemmeno a trattenersi. Si siede, mi mette una mano dietro la nuca e mi divora. È in preda alla febbre. E anch'io. Non ci curiamo del fatto che possano tornare Ines e Serena. Ormai non ci siamo che noi.

Mi abbandono a quel bacio. Completamente.

Ed è il migliore della mia vita.

17
dicembre

Quando sono tornata dal Canada con i miei genitori, sapevo cosa mi sarebbe mancato di più: le bufere di neve che ci tenevano rinchiusi in casa per giorni, lasciandosi dietro distese di un bianco così immacolato che le strade, i prati e i giardini sembravano non essere mai esistiti. Stanotte ha nevicato ancora, e le strade di Lille sono di nuovo deserte.

Perché questo clima mi mette sempre di buonumore? Non lo so, credo risalga a tanto tempo fa, ma andando a letto ieri sera e aprendo gli occhi stamattina, avevo già il sorriso sulle labbra, un sorriso che ha un nome: Romeo.

Mi stiro e sospiro di benessere.

Romeo e Fannette…

È pura follia!

Quando ieri sera Romeo se n'è andato, ero sulla mia nuvoletta, da cui non sono più scesa. Ho lasciato Ines e Serena da sole, mi sono chiusa in camera mia e ho rivissuto cinquecento volte la scena di quel bacio straordinario, il più originale della mia vita, il più intenso, e anche il più atteso.

E Twister all'improvviso è diventato il gioco più bello del mondo.

Ines e Serena ci hanno lasciato da soli in salotto, ci siamo seduti sul divano e non abbiamo fatto altro che baciarci. Mi sono sentita così bene tra le sue braccia… Avevo l'impressione che al mondo non ci fosse nulla di più importante di quello che stavamo condividendo. E quando è venuto il momento di andarsene con Serena, so che Romeo sarebbe voluto restare, tanto quanto io avrei voluto che rimanesse.

Non so nemmeno perché abbiamo resistito.

Guardo il telefono, è presto, sono solo le sette e mezzo. Ines sarà ancora nel pieno del sonno, così mi alzo e vado in sala in punta di piedi. L'odore di formaggio è ancora così intenso che non posso impedirmi di fare una smorfia. Appena svegli è davvero forte! Apro un po' la finestra, metto via quello che è rimasto sul tavolo e faccio colazione. Poi vado a prendere la palla di neve di Romeo, più motivata che mai a finirla, e anche come si deve.

Ho terminato l'albero dell'altra volta, l'unico che ho fatto finora. È cotto, dipinto e somiglia a una talea marcita, ma mi faccio coraggio dicendo a me stessa che, se ne aggiungo altri due o tre, insieme a un sacco di verde, il tutto sembrerà meno patetico.

Sarà perché il mio cuore è pieno di *paillettes* che mi metto a modellare come un'artista? Certo! Il secondo albero, che fabbrico a tempo di record, viene molto meglio del primo. Creo un bel po' di ramificazioni, aggiungo uno spesso strato di fogliame incidendo sottili nervature, plasmo piccoli frutti rossi e riesco persino a trovare il modo di modellare un tronco tagliato su cui decido di incollare uno dei piccoli uccellini che ho comprato. Non mi accorgo minimamente del tempo che passa, tanto che dopo quasi due ore l'insieme somiglia finalmente a qualcosa e non mi resta che cuocerlo e incollarlo. È davvero un bell'albero.

Trenta minuti a centodieci gradi e il gioco è fatto!

Sono così fiera di me stessa e così persa nei miei pensieri che non sento aprirsi la porta della stanza di Ines.

«Che carina, con la sua pasta modellabile!»

Alzo gli occhi su Serena sobbalzando e lascio cadere il mio bell'albero sul tavolo. Il tronco si spezza in due.

«Oh, no, il mio albero...»

Serena si avvicina, mortificata.

«Scusa! Non volevo spaventarti.»

«Non preoccuparti, pensavo fossi andata via con Romeo.»

«Sì, e poi sono tornata...»

La guardo un po' meglio, indossa uno dei pigiami di Ines. Meglio non chiedere... A quanto pare non sono l'unica ad aver concluso la serata in bellezza.

«È rotto-rotto?»

«Sì... Provo a rincollarlo, vediamo. Altrimenti ne farò un altro.»

Oh, no... questo era venuto benissimo.

«Cosa stai facendo?»

«Una palla di vetro con la neve.»

Guarda gli oggetti e gli attrezzi sparpagliati sul tavolo.

«Sembra la foresta tropicale di un cartone animato.»

La guardo di traverso, non troppo sicura che il suo sia un complimento.

«Per il Secret Santa mi è capitato Romeo...»

«Davvero?»

«Giuro. Visto che la vostra isola gli manca, ma al tempo stesso adora la neve, vorrei fargli una palla con un mix delle due cose. Ma non sono la persona più dotata del mondo...»

Serena si siede, impressionata.

«Al contrario, è venuto benissimo. Non è realistico al cento per cento, ma devo dire che funziona!»

«Ho passato un bel po' di tempo su internet e sui siti di botanica per cercare di fare le foglie simili a quelle vere. Questo dovrebbe essere un tamarindo, anche se non gli somiglia troppo...»

«No, è carinissimo» dice lei prendendo delicatamente tra le mani il primo albero che ho fatto, quello sbilenco. «Sicura di riuscire a rincollare l'altro?»

«Vediamo! Alla peggio ne farò un altro, e poi devo comunque aggiungere gli uccellini, il muschio, la sabbia...»

«Romeo sarà molto colpito.»

«Credi?»

«Certo! Ci conosciamo da poco più di un anno, e la prima volta che ci siamo visti, quando gli ho detto che ero anch'io di La Réunion, ho pensato che stesse per mettersi a piangere, tanto era contento di avere un pezzo di isola qui. Per lui è stata durissima lasciare la famiglia, gli amici e le sue abitudini, ha fatto fatica ad abituarsi alla Francia e alle persone. È tutto così diverso rispetto a casa nostra...»

Mi si stringe il cuore...

«Gli farai davvero piacere...» mi rassicura Serena.

«Già all'opera?» dice Ines comparendo sulla porta.

Wow! Non l'avevo mai vista con i capelli così, tutti arruffati. Si direbbe che le sia esploso un petardo sulla testa. Non ho intenzione di chiederle come ha passato la notte, ma mi sa che è andata alla grande!

«C'è un po' di caffè?» chiede sbadigliando.

«In cucina.»

Prima che esca dal salotto, Serena le afferra la mano.

Si sorridono.

Sono così carine, così bene assortite, che anch'io sorrido.

«Cosa facciamo oggi?» chiede Ines tornando con una tazza fra le mani. «Ho visto che ha nevicato ancora un sacco.»

«Ti va di sciare?» le propone Serena.

Sgrano gli occhi, e anche Ines.

«Sciare? Ma dove?»

«Noeux-les-Mines, *my dear*!»

Non ne ho mai sentito parlare. Non conosco il posto e non sapevo nemmeno che nel Nord si potesse sciare.

«Non è lontano da qui, è al Pas-de-Calais, a tre quarti d'ora di macchina. È una pista di neve artificiale, ma secondo me, con la neve che è caduta stanotte, sarà tutto bianco e superpraticabile. Possiamo affittare gli sci direttamente lì, conosco un negozio che noleggia abbigliamento sportivo, troveremo sicuramente delle tute. Che ve ne pare? Ci portiamo dietro anche Romeo? Però è meglio se ci sbrighiamo, oggi sarà pieno di gente!»

«Dai!» rispondo entusiasta.

«Ah, non dimenticarti di cambiare il cerotto prima di andare!» aggiunge lei, quindi esce dal salotto.

«Agli ordini, dottore!»

Sui sedili dietro la macchina di Serena, io e Romeo ci sfioriamo le dita, ci sorridiamo e io appoggio la testa sulla sua spalla. Ha un profumo così buono… Ormai fra noi è ufficiale, e io ho le guance tutte rosa.

Lungo la strada, non posso fare a meno di guardare fuori dal finestrino. Il paesaggio è insolito per il Nord della Francia: c'è neve ovunque, le montagnette artificiali somigliano a montagne in miniatura generosamente spolverate di zucchero a velo, e gli alberi spogli sono coperti di brina.

«Hai visto?» dice Romeo mostrandomi il telefono.

Guardo le foto della stazione sciistica di Loisinord. La neve e l'erba artificiali mi mettono un po' tristezza. Lui ride.

«Dovresti vedere la tua faccia! Ti assicuro che per la prima volta va benissimo. Non sono pronto a schiantarmi.»

Scoppio a ridere.

«Io sì! E ti prenderò anche in giro.»

Si vendica facendomi il solletico, poi mi rannicchio contro di lui.

Quando arriviamo alla collina di Noeux-les-Mines sono quasi le due del pomeriggio. Io e Romeo scendiamo dall'auto mano nella mano. Non c'è la folla che temeva Serena, ma soprattutto le piste di neve artificiale sono coperte di neve vera. Si direbbe una stazione sciistica a tutti gli effetti, con tanto di skilift e bar dove mangiare crêpe e bere cioccolata calda. E fa talmente freddo che, nonostante il sole, ho la punta del naso tutta rossa.

«Non so se te ne rendi conto» mi sussurra all'orecchio Romeo, «ma non ho mai visto così tanta neve in vita mia. Mi viene voglia di buttartici dentro.»

«Cosa? E perché me?» rispondo, fingendo di offendermi.

«Perché so già che tra noi due sarai la sola a non cadere!»

C'è da scommetterci!

«Chi ha già sciato?» chiede Serena avvicinandosi a noi.

Come previsto, io e Ines siamo le sole ad alzare la mano.

«Fantastico, così potete insegnarci! Andiamo, il negozio di noleggio è qui.»

Passiamo un gran bel momento quando Romeo deve provare gli scarponi. Ha il quarantasette, non ho mai visto piedi così grandi!

Se li infila, lotta per chiuderli e poi si alza, esitante.

«C'è davvero gente che paga tutti questi soldi per avere l'aria da scemo? E che lo fa ogni anno?» chiede con aria molto seria.

Rido e lo invito a seguirmi fuori, mentre le ragazze si preparano.

Ci sediamo su una panchina, in attesa di Serena e Ines. Metto i miei piedi accanto a quelli di Romeo: la differenza è enorme, io sono alta uno e settantasei ma porto solo il trentanove.

«E riesci comunque a restare in equilibrio?» mi prende in giro Romeo. «Non cadi mai?»

«E tu, invece, riesci a non inciampare con quelle zattere tutto il tempo?»

Ride, afferra i bordi del mio berretto a pompon e me lo tira sul viso.

«Ehi!»

Mi chino, prendo della neve e gliela lancio, prima di scappare via correndo.

È guerra aperta. In meno di dieci secondi, la neve vola in ogni direzione, nessuno può passare fra noi senza rischiare di essere colpito. Lo manco quasi sempre, ma all'ultimo lancio, *bum*, in piena faccia! Lui abbassa subito la testa e si mette le dita sugli occhi.

«Ehi… stai bene? Ti ho fatto male?»

La mia ingenuità è la mia peggior nemica, dovrei saperlo…

Agile come un felino, Romeo mi afferra per le spalle e mi fa lo sgambetto. Mi ritrovo con la schiena nella neve, a braccia spalancate.

Lui scoppia a ridere.

«Chi la fa l'aspetti!» dice divertito, tendendomi la mano.

Gliela prendo.

E la tiro così forte che, complice l'instabilità dovuta ai due esoscheletri che ha ai piedi, perde l'equilibrio e cade a sua volta, giusto accanto a me. Faccia a terra. Ha la bocca piena di neve.

Gli sorrido.

«Dicevi?»

Romeo solleva la testa, sputa la neve e si gira a guardarmi sorridendo, appoggiato su un gomito.

«*Ex aequo*, si direbbe.»

Rido, mi allungo verso di lui e lo bacio dolcemente sulle labbra.

«In ogni caso, oggi non hai ancora finito di cadere! Andiamo?»

«Be', bambini, non siamo più capaci di camminare?» ironizza Ines uscendo dal negozio conciata come se dovesse venire giù da un valico: casco, maschera da sci e zaino.

«Romeo è scivolato per colpa dei suoi piedoni! E gli stavo dicendo che probabilmente non ha bisogno degli sci.»

Sorrisino di Romeo, che si alza, mi tende la mano e mi spolvera le spalle, prima di chinarsi e di mormorarmi qualcosa all'orecchio.

«Stai attenta che non ti trascini con me mentre cado, rischierei di seppellirti viva sotto il mio peso. E sarebbe un peccato, perché avevo previsto un approccio meno pericoloso fra noi due.»

Gli lancio uno sguardo infuocato.

«È un invito?»

«Perché uno solo?»

Puff! Esplosione di farfalle nello stomaco.

Mi allungo fino al suo orecchio per mormorargli a mia volta: «Li accetto tutti…».

E vediamo se dopo questa riesce a reggersi sulle gambe…

Scoppia a ridere, mi bacia e guarda verso gli skilift.

«Dai, vieni a umiliarmi sulla pista. Per il resto, aspettati delle sorprese!»

Non chiedo altro…

Ci dirigiamo verso gli impianti di risalita per i principianti. La prova dello skilift sarà esplosiva, me lo sento.

Spiego cosa bisogna fare, tenere i bastoncini in una mano, non sedersi sul piattello, ma farlo scivolare tra le gambe in modo da incollarselo sotto il sedere, e intanto reggersi alla fune con l'altra mano. Lasciarsi guidare, rimanere in equilibrio per tutto il tragitto e non piegarsi per nessun motivo.

Do l'esempio e vado per prima, tranquilla.

Mi guardo indietro, tocca a Romeo.

Lo vedo teso, ma non cade, contrariamente a Serena, che inciampa senza riuscire a spostarsi di lato, facendo quindi cadere a sua volta Ines.

Dopo un po', mentre io e Romeo siamo in cima alla pista, le vediamo arrivare. Serena regge, almeno fino al momento di lasciare la fune, poi… *ri-bum*! E dopo l'una, cade anche l'altra, in un capitombolo esilarante.

Ines si rialza, del tutto destabilizzata. Mi sa che non aveva previsto di cadere così spesso!

«Mi dispiace» si scusa Serena che, nonostante il berretto di traverso, ha sempre un grande stile. «Credo non sia proprio il mio sport…»

«Su, scendere sarà più semplice.»

«O più rapido, se cado» ironizza Serena.

Ognuna di noi si tira dietro il proprio apprendista: Ines il suo tesoro e io… il mio!

Romeo si rivela un bravo allievo. Cade diverse volte – in realtà decine di volte – ma si rialza sempre subito, tutto fiero quando riesce a scivolare per dieci metri senza finire a terra.

Dopo un'ora, lo spazzaneve non ha più segreti per lui, ormai scende solo così. Con le gambe lunghissime e le braccia in aria, assomiglia a una X ambulante.

Ma conta solo l'equilibrio, quindi evito di prenderlo in giro.

«Dovevi avvisarmi che avrei detto addio alle ginocchia» dice, quando arriviamo in fondo alla pista per la quinta volta. «Non le sento più.»

«È lo spazzaneve! Sta già andando via il sole, aspettiamo le ragazze al bar?»

«Sì!»

Ci sistemiamo sulla terrazza e, evviva! Niente birra, ma cioccolata calda e crêpe per entrambi.

E stavolta insisto per offrire io.

Dalla nostra postazione non ci perdiamo nemmeno un secondo delle gag di Serena, che si ostina a rimanere con il peso all'indietro, le gambe piegate, le braccia al cielo, finendo sempre con il sedere a terra. E lì vedo la pazienza sviluppata da Ines come educatrice di attività parascolastiche, perché non molla un secondo e spiega, spiega e spiega ancora… Tra un capitombolo e l'altro, Serena le ruba un bacio. Anche da lontano, vediamo che si completano a vicenda, proprio come me e Romeo.

«Domani vai alla vendita benefica di cioccolatini?» mi chiede lui.

«Sì, e tu?»

Annuisce.

«Penso che sarò il folletto meno credibile dell'universo.»

«Io vengo solo per quello!»

Sorride, tende la mano e mi pulisce l'angolo della bocca con il pollice.

«Hai i baffi.»

Mi passo la lingua sulle labbra. Romeo segue il movimento, poi incrocia il mio sguardo.

«Sei bella.»

Sorriso a trentadue denti.

«Grazie, anche tu non sei male.»

«Mi piacerebbe baciarti adesso…»

«E cosa te lo impedisce?»

«La voglia di sapere che ne hai voglia.»

Gli sorrido. Furbetto!

«Ne ho voglia.»

Mi stringe dolcemente le guance con le mani, si allunga verso di me e mi schiude le labbra con le sue, unendo il suo respiro al mio, senza lasciarmi dubbio sulla voglia che lo divora. È il bacio più dolce e torrido della mia vita.

E questo davanti a tutti. Il mio cuore non ha mai battuto così veloce.

«Mi piaci dal primo giorno» mormora.

«Anche tu…»

Mi passa un braccio intorno al collo e mi tira a sé sorridendo.

Non so cosa accadrà fra noi due, ma sono sicura di una cosa: non voglio perdermi niente.

18
dicembre

«Che carina!» dice Ines vedendomi fare il broncio davanti alla mia immagine riflessa.

Abito verde e collant a righe bianche e rosse, cintura nera con una grossa fibbia, colletto a punta, cappello da folletto, pompon attaccati con lo scotch ai miei stivaletti marroni… e cerotto rosa a pois gialli sulla fronte – non avevo altro. Lo specchio a figura intera che ho in camera è categorico: un altro piccolo sforzo e potrei partecipare ai campionati del mondo di ridicolaggine.

«Avrai un successone!» mi assicura lei ridendo. «I bambini faranno piazza pulita di tutti i cioccolatini, ci scommetto!»

Ieri sera, tornando dalla giornata sulle piste, io e Romeo siamo passati all'associazione a prendere i costumi per la vendita benefica di oggi. Élise ne aveva noleggiati diversi, ne aveva anche per noi.

«Dovresti farti altre lentiggini» aggiunge Ines picchiettandosi le guance con la punta del dito. «Se vuoi te le faccio io.»

«Nessuno tocchi le mie lentiggini!»

«Fatti almeno le trecce!»

«Oh, ti supplico...»

«Dai, saresti troppo all'ultima moda! Aspetta, ti faccio le trecce a spina di pesce.»

Si fionda su di me, mi separa i capelli e in un attimo ha fatto.

«Sei seria?» dico, vedendo il risultato. «Sembro Pippi Calzelunghe...»

«Perfetto, così sarai piena di energie per la giornata! E non voglio rompere, ma... dovresti andare, altrimenti rischi di arrivare in ritardo.»

Guardo il telefono, sono le dieci.

Inizio delle ostilità: 10.30.

Okay, visto che devo...

Sulla metro, resisto ai sorrisi divertiti, agli sguardi sorpresi o costernati, mi nascondo più che posso nel cappotto e raggiungo Wazemmes sotto un freddo glaciale.

La neve di ieri ha tenuto, le panchine e i tetti delle auto ne sono ancora pieni. In piazza è stata ammucchiata lungo i marciapiedi, per lasciare spazio agli stand degli orticoltori. C'è la musica, i bambini si divertono e fanno pupazzi di neve mentre alcuni addetti del Comune addobbano un enorme abete davanti alle vetrate del mercato coperto. Quanto mi piace questo clima così particolare e che si trova solo alla fine dell'anno!

Cammino fino al mercato coperto e mi fermo di fronte al grande edificio *art déco* con la struttura in ferro, vetro e mattoni rossi. Non sono una grande esperta di architettura, ma c'è poco da dire, fa la sua figura, e in questo periodo è ancora più bello. Attraverso i vetri si vedono le lucine che lampeggiano, le ghirlande luminose e i rami di agrifoglio e abete attaccati un po' ovunque.

Dentro c'è fermento.

Le feste sono appena cominciate e nelle corsie c'è una folla pazzesca, famiglie e bambini dappertutto. Le solite bancarelle alimentari sono già prese d'assalto, i caffè al centro del mercato, il bar degli *smoothies*, ma anche gli stand con i giochi in legno, e quelli di dolci e tè. C'è così tanta gente che fatico a trovare lo spazio dell'ASS. Poi li vedo, in un angolo, accanto al minimarket equo e solidale. Davanti c'è una fila impressionante di bambini in attesa.

Mi affretto a raggiungerli e scopro un'adorabile piccola struttura in legno con un bancone, il registratore di cassa dell'associazione e, dietro, una poltrona, alcuni scaffali pieni di cioccolatini e dei cuscini per terra. Sembra la casa di Babbo Natale, è fantastica! E su un divano rosso e oro, con accanto due bambini, c'è Babbo Natale in persona. A Anthony manca qualche chilo, ma si è imbottito la pancia per essere più credibile. Si è colorato le guance di rosa, indossa una barba bella folta, piccoli occhiali a mezzaluna sulla punta del naso e un berretto con un grosso pompon. Niente male!

Su un cartello è scritto in grande: UN PACCHETTO DI CIOCCOLATINI COMPRATO = UNA FOTO CON BABBO NATALE. E così sono invasi dalle persone.

La stampante fotografica noleggiata dall'associazione inizierà a fumare prima del previsto se la fila non cala.

Élise mi viene incontro mascherata da Mamma Natale, con i ricci biondi che le escono da un cappello verde. Ma il top sono le sue scarpe rosse con le zeppe. Sono favolose, anche se mi domando come faccia a rimanere in piedi.

«Ehi, Fann! Anthony ha appena iniziato con le foto! Sei incantevole! E adoro le tue trecce!»

Mi viene voglia di ridere. Incantevole come un folletto, è la prima volta che me lo dicono!

«Math, Hassan e Radana sono già qui. E c'è anche Ionut, te lo ricordi, lo studente rumeno? È lui a fare le foto. E fra non molto arriverà anche Romeo. Non pensavo che ci sarebbe stata tutta questa gente. È incredibile! Uno dei nostri partner ci ha donato cento chili di cioccolatini sfusi, temevo che avremmo fatto fatica a venderli, ma con questa folla sarà più facile del previsto! Anche se probabilmente ci sarà un calo nel pomeriggio.»

Al momento, la folla è davvero impressionante.

Mathilde e Hassan sono dietro al bancone e lavorano come una catena di montaggio. Anche loro hanno l'aria ridicola con i costumi da folletti. Math ne indossa uno uguale al mio, con in più i piercing e i tatuaggi, mentre Hassan ha la versione maschile, con i pantaloni verdi, la tunica rossa, berretto e cinturone nero.

«Dov'è Radana?»

«Dietro lo stand, abbiamo allestito uno spazio tranquillo dove sta riempiendo i sacchetti di cioccolatini.»

«Vado a mettere giù le mie cose e arrivo!»

Quale sarà il mio compito? Sorpresa!

Raggiungo Radana in una specie di ripostiglio a cielo aperto. Si è seduta davanti a un tavolino rotondo e sta riempiendo i sacchetti con aria concentrata. Sorrido vedendo i tre o quattro incarti di cioccolatini che ha lasciato cadere per terra. L'ho sempre detto: il cioccolato è vita!

«Ciao! Sei arrivata da tanto?» le chiedo appendendo il cappotto.

«Oh, ciao! Venti minuti fa.»

Il suo accento mi fa subito sorridere.

«Ti senti meglio?»

«Sì, grazie... Non ho più avuto modo di scusarmi con te. Avrei potuto farti male cadendo.»

«Oh, no, Radana, non c'è bisogno di scusarti. Non hai nessuna colpa» rispondo prendendo una sedia per mettermi vicino a lei. «E non mi sono fatta niente.»

Guarda il cerotto che ho sulla fronte.

«Be', sì...»

«Non è nulla! Devo tenerlo meno di una settimana. Romeo mi ha detto che ti sei trasferita in un nuovo appartamento. Ti trovi bene?»

«Sono lì solo da sabato, ma Théa mi piace, è gentile.»

«La Théa del Secret Santa, quella con i capelli viola?»

Annuisce.

«Super!»

Segue un momento di silenzio, così prendo un sacchetto vuoto e lo riempio di cioccolatini.

«Scusa se te lo chiedo, ma... hai bisogno di qualcosa per l'appartamento, per sentirti un po' più a casa tua?»

Radana ha gli occhi azzurrissimi, e quando li solleva verso di me brillano intensamente.

«È una situazione così umiliante...»

Sono mortificata.

«Radana, non volevo metterti a disagio, mi dispiace.»

«No, non sei tu… In realtà, ho bisogno di tutto. Di vestiti, di scarpe, anche di una spazzola. La muffa del mio vecchio appartamento ha rovinato tutto. A dire il vero, non ho quasi più nulla, ho buttato via ogni cosa.»

Cerco di restare impassibile, ma sentire queste parole mi fa davvero imbestialire.

«Mi dispiace…» ripeto, senza riuscire a dire di meglio.

«Quando sono venuta qui, non pensavo che sarebbe stata così dura… I miei genitori mi aiutano già un sacco, ma in Francia la vita è molto più cara rispetto alla Repubblica Ceca. Non posso chiedere di più alla mia famiglia.»

Me lo aveva già detto, e il fatto che debba giustificarsi ancora mi rende triste.

«Che numero hai di piede?»

«Credo che da voi sia il trentanove.»

«Come me! Ti andrebbe se ti prestassi dei vestiti e delle scarpe?»

Mi fissa, colta alla sprovvista.

Vorrei dirle che potrei regalarglieli, o anche comprargliene di nuovi, se preferisce, ma al di là del fatto che poi dovrei giustificare la mia situazione, ho paura che possa sentirsi ancora peggio. Élise mi ha spiegato che gli utenti dell'associazione detestano essere compatiti, e io non vorrei mai che Radana pensi che lo sto facendo con lei. Perché, a dispetto di tutto quello che ha detto Gabin su di loro, le persone come Radana non dovrebbero ispirarci pietà, ma ammirazione. Per il loro coraggio, valgono cento volte più di quelli come me e Gabin.

«Vuoi prestarmi i tuoi vestiti?» ripete lei, come se non avesse capito.

«Abbiamo più o meno la stessa taglia e lo stesso numero di scarpe, e sinceramente non mi darebbe nessun fastidio, anzi.»

«Ma… cosa vuoi in cambio?»

«Oh, niente.»

Vista la sua sorpresa, capisco che, prima di trovare l'associazione, Radana non poteva contare su nessuno. E ci sono centinaia di studenti come lei. È una cosa che mi fa davvero stare male, vorrei solo aiutarla a uscire da questa situazione, nient'altro.

«Non so cosa dire…» mormora.

«Di' solo di sì! E se un giorno verrò nel tuo Paese e sarò in difficoltà, correrai in mio aiuto!»

Si passa una mano fra i capelli e sorride.

«D'accordo.»

«Posso portarti due o tre cose domani all'associazione. Ci sei?»

«Certo.»

«Super! Basta che arriviamo un po' prima. Be', adesso vado di là a vedere se hanno bisogno di me» concludo, alzandomi in piedi. «Prendo i sacchetti che hai preparato.»

«Fannette?» mi dice, prima che io sparisca dietro la parete di legno.

Mi giro a guardarla. Mi sa che è sul punto di piangere.

«Grazie di tutto.»

Sdrammatizzo facendole l'occhiolino e vado ad appoggiare i sacchetti dei cioccolatini sul bancone, da dove spariscono in un secondo.

«Ne mancano ancora!» esclama Élise. «Chi viene con me ad aiutare Radana?»

«Io» si affretta a rispondere Mathilde, stufa di fare la dea Kali davanti a tutta quella gente. «Fann, mi sostituisci tu?»

«Volentieri!»

Pare che tutti ne vogliano un sacchetto, anche a costo di dover aspettare a lungo.

«Ma cos'hanno di così speciale questi cioccolatini?» sussurro ad Hassan.

Piccolo sospiro disincantato.

«I cioccolatini niente, ma le foto con Anthony sono tutte una gag. Credo che i genitori li comprino solo per lui.»

Mi giro: alla sua destra è diligentemente seduta una bambina, che ha un dito nel naso alla ricerca di un ospite evidentemente difficile da trovare. Alla sua sinistra, c'è un bambino di circa tre anni che si ostina a cercare di strappargli via la barba. E Ionut scatta foto a ripetizione, qualunque cosa accada!

«Non c'è un bambino che si comporti normalmente» dice Hassan. «E sono solo le undici, la giornata sarà lunga…»

«Che vuoi, sono eccitati dalla magia del Natale!»

Vedo qualche foto e provo compassione per il povero Anthony. Poi la mia attenzione viene attirata da qualcosa, o meglio, da qualcuno, che entra nel mercato coperto lasciando interdette decine di persone.

Romeo…

Il cappello da folletto schiacciato sui capelli ricci, avanza il più dignitosamente possibile con un vestito che potrebbe andare bene al suo fratellino. I pantaloni verdi sono così corti che gli arrivano ai polpacci. Lui li ha nascosti sotto un paio di calze a righe, che bella idea! Quanto alla minuscola tunica rossa, assomiglia drammaticamente a un *crop top*. Adesso tutti possono vedere la sua pancia piatta! E ovviamente ha dovuto rinunciare a chiudere la cintura, che gli penzola lungo i fianchi. Okay, lo trovo sempre sexy, ma faccio fatica a non scoppiare a ridere.

«Non dire niente» mi previene lui.

Mi schiarisco la gola.

«Sei finito in una lavatrice e ti si sono ristretti i vestiti? A meno che… no, lo so! Babbo Natale ti ha detto che ormai nelle coppie non è per forza l'uomo a portare i pantaloni, e tu l'hai preso alla lettera e ti sei messo i calzoncini. È così?»

«Brava, fai la spiritosa. In ogni caso non mi tocca più niente, ho già superato la prova della metropolitana. Peraltro, ragazzina, se vieni là dietro con me ti faccio vedere chi porta i pantaloni» dice con fare ammiccante.

Pensiero ricorrente quando c'è Romeo nei paraggi: fa caldo, no?

A quel punto si china per baciarmi.

«Buongiorno…» mormora, contro le mie labbra.

E in quel preciso istante sentiamo un *clic!*

Ci giriamo, è la fotografa ufficiale dell'evento. Complimenti!

«Troppo carini!» esclama. «La metto sul giornale del quartiere!»

Io e Romeo ci guardiamo ridendo.

«Pronto a entrare nell'arena?»

Fa una smorfia.

«Il nostro compito?»

«Sbarazzarci di cento chili di cioccolatini, ossia quattrocento pacchi da duecentocinquanta grammi!»

«Un gioco da ragazzi! Su, andiamo.»

All'inizio ci alterniamo nei compiti, quasi senza pause. Poi, verso le tre del pomeriggio, quando la folla diminuisce e le bancarelle in piazza iniziano a chiudere, io e Romeo ci trasformiamo in venditori ambulanti, andiamo fra le corsie, all'esterno, e poi anche nei bar, non tralasciamo niente. Le persone comprano i nostri cioccolatini solo perché abbiamo un look pazzesco, o perché hanno pietà di noi... Siamo così bravi che alle cinque, quando il mercato al coperto chiude, fra due battaglie di palle di neve, qualche bacio rubato in strada e diverse cioccolate calde buttate giù a tutta velocità, ci rimangono solo dieci chili di dolci!

Il novanta per cento delle nostre scorte è andato.

Il tempo di mettere via tutto, ritirare lo stand e lasciare libero lo spazio e sono le sette.

Io e Romeo ci lasciamo cadere sul divano dell'associazione, sfiniti.

Élise e Anthony hanno organizzato una *raclette* e penso che, dopo la fonduta di venerdì, se continuo così finirò per trasformarmi in formaggio.

Andiamo via dall'ASS poco prima di mezzanotte. In metropolitana mi appoggio al petto di Romeo, seduto accanto a me, con un braccio intorno alle mie spalle.

Con i costumi che abbiamo, la gente ci guarda in modo un po' strano, ma noi non ce ne curiamo.

«È stata una bella giornata» mormora.

Sbadiglio, rischio quasi di slogarmi la mandibola.

«E anche estenuante…»

«Vuoi che ti riaccompagni da te?»

«Oh, no… perderesti l'ultima metro.»

«Ho le gambe lunghe, posso camminare.»

«No… non preoccuparti.»

Mi rannicchio contro di lui e mi rendo conto che non mi sentivo così bene con qualcuno da un sacco di tempo.

Così bene e basta.

Perché di Romeo mi piace tutto, la sua anima, la sua dolcezza, la sua semplicità e quello che mi provoca dentro: la voglia di fare qualcosa della mia vita.

Fa quello che Gabin non è mai riuscito a fare: mi rende migliore. Quando sono arrivata all'ASS, non ero sicura di niente, eppure Romeo mi ha aiutato a capire cosa desidero davvero.

Quello che voglio è sentirmi utile.

Quello che voglio è aiutare.

Quello che voglio è stare con lui.

Sospiro.

«Che c'è?» mi chiede.

C'è che stasera non voglio staccarmi da lui. Allora chiudo gli occhi.

Mi accarezza i capelli, non mi muovo più finché la metropolitana non si ferma alla stazione di Lille-Flandres. Lui proseguirà fino a Fives.

«Ehi… sei arrivata.»

Mi raddrizzo, lo guardo dritto negli occhi, senza muovermi, lascio che risuoni il *bip* e che le porte del vagone si richiudano.

«Che fai?» mi chiede, con la fronte aggrottata.

«Ti riaccompagno io.»

«Ma… poi non trovi più metro per tornare.»

Gli sorrido.

«Lo so.»

Lui strizza gli occhi, capisce.

Stasera non torno a casa.

19
dicembre

Immaginavo che l'appartamento di Romeo fosse in un palazzo, invece si trova all'ultimo piano di una vecchia villa nel cuore di Fives.

Spingiamo un grosso portone che dà su un cortile dove sono parcheggiate alcune auto, poi saliamo una scala di metallo. Il suo monolocale è un sottotetto e io ho il cuore che batte all'impazzata…

«È piccolo ma funzionale» mi dice invitandomi a entrare.

Una sola stanza con una cucina minuscola, un tavolo e due sedie, un divano a due posti e una botte tagliata in due come tavolino. In fondo, contro la parete, un letto sfatto e un comodino. Di fronte, una scrivania sommersa dai libri e dalle dispense di Medicina.

«È carino.»

«Il bagno è qui» dice guidandomi subito verso una porta. «Non è la fine del mondo, ma è pulito e c'è l'acqua calda!»

Si giustifica, fa tutto in fretta, come se avesse paura che lo giudichi.

Gli tocco un braccio.

«Sai, sono contenta di essere qui...»

«Anch'io...»

Ma è ancora un po' teso.

«Se hai voglia di farti una doccia, non esitare, gli asciugamani sono qui, nell'armad...»

Lo fermo, mettendomi in punta di piedi per appoggiare le mie labbra contro le sue.

«Scusa...» dico, staccandomi da lui.

Sorride.

«Ho visto aggressioni più sgradevoli. Non è che il tuo bacio ha un fratellino?»

È la prima volta che siamo davvero soli. Non dobbiamo trattenerci, o stare attenti a non farci sorprendere, così mi lascio andare.

Romeo se ne accorge, mi stringe ancora di più a sé, si fa più pressante.

«E quindi, questa doccia?» chiede, contro le mie labbra.

«Ne avrei davvero bisogno, ma mi piace così tanto baciarti...»

Allora ricomincia, poi scende con le labbra fino al mio orecchio.

«Anch'io, lo adoro...»

Si stacca, si prende un attimo di tempo per guardarmi, poi apre l'armadio a muro nel quale ci sono tutti i suoi vestiti. Tira fuori un asciugamano e una maglietta enorme.

«Per dormire.»

Un brivido mi scuote tutta.

Dormire con la sua maglietta, dormire con lui...

Mi sorride. Ha capito.

«Nel mobile sotto il lavandino c'è un asciugacapelli, se ti serve. Io sono di là.»

«D'accordo.»

«Oh, aspetta!»

Torna al suo guardaroba e prende una felpa con il cappuccio e un paio di calzettoni.

«Nel caso tu sia freddolosa.»

«Grazie!»

Esce, e io inspiro a fondo. Sopra il lavandino c'è del detersivo per il bucato a mano, faccio scendere dell'acqua, mi svesto velocemente e ci immergo la mia biancheria intima. Una volta strizzata è già quasi asciutta. La magia della microfibra.

La doccia mi fa bene. Mi infilo la maglietta, la felpa, i calzettoni dieci volte troppo grandi per me, poi mi districo i capelli come posso con il pettine di Romeo. Un po' di dentifricio sul dito per lavarmi i denti con le risorse disponibili, e via.

Quando lo raggiungo in sala, Romeo ha tirato su il piumone e sistemato i cuscini sul letto. Ha abbassato la luce e messo un po' di musica: *Hunky Dory*, un album di David Bowie che adoro. Mi aspetta sul divano guardando il telefono, sempre con quell'orribile costume da folletto addosso.

«Il bagno è libero!»

Si alza a piedi nudi, mi si avvicina e mi accarezza i capelli.

Il mio cuore finirà per esplodere.

«Ci metto un minuto. Non ho molto da bere, ma se vuoi da qualche parte dev'esserci del tè. Non farti problemi.»

Annuisco e lo guardo sparire dietro la porta.

Intorno a me, i piccoli dettagli che non avevo notato

quando sono arrivata. Il sacchetto di patatine iniziato e abbandonato sul bancone della cucina, i suoi orari attaccati con un magnete su una lavagnetta, la tazza vuota e un cucchiaio sul tavolo. Un paio di scarpe da corsa che spuntano da sotto il letto, un romanzo di Stephen King sul comodino e, accanto, una cornice con diverse foto.

Mi siedo sul letto per guardarle più da vicino.

È la sua famiglia. Riconosco subito i suoi fratelli in posa sulla spiaggia perché gli somigliano. C'è una foto dei suoi genitori: dalla madre ha preso i capelli ricci e dal padre gli occhi chiari. Sono davanti a un bar, il sorriso sulle labbra. Poi un'altra foto di Romeo mentre fa trekking: indica con un dito il Piton de la Fournaise.

«Hai fatto conoscenza con la mia famiglia?» mi chiede da dietro.

Mi volto, è in pantaloncini e maglietta, i capelli bagnati.

«Sembrate molto uniti.»

«Sì, è così. E tu, hai fratelli o sorelle?»

Sospiro. Non potrò evitare di parlare di me.

«Sono figlia unica.»

Poi mi riconcentro sulle foto.

«È il bar dei tuoi, quello della foto?»

«Sì, a Saint-Denis. La gente ci va a giocare a carte, a dadi, a parlare di calcio e a rivoluzionare il mondo.»

Mi si siede vicino e mi prende la mano.

«Devi essere stanca.»

Trattengo il respiro.

«No...»

«Tesa?»

«Un po'.»

«Anch'io…»

Abbasso gli occhi.

Sono sollevata che anche lui si senta come me.

Gabin era così sicuro di sé, sempre, e alla fine non avevo mai l'occasione di dire che volevo andarci più piano rispetto a lui.

Romeo è diverso.

«Mi agiti un po', Fannette Reynaud.»

Sorrido.

«Mi agiti tanto, Romeo Payet.»

Mi mette una mano dietro la nuca, dolcemente. Sollevo la testa per guardarlo davvero, rassicurata perché so di non essere la sola ad avere il cuore che batte così forte.

Romeo si china e si ferma a pochi centimetri dalla mia bocca. Il mio battito accelera, chiudo gli occhi schiudendo le labbra, come un segnale, l'autorizzazione che lui aspettava. Mi bacia, con dolcezza. Il suo alito sa di dentifricio. La mia lingua incontra la sua, i nostri corpi perdono l'equilibrio. La mia testa affonda in un cuscino, le braccia e le gambe si avvolgono intorno a lui. Non voglio più mollarlo, non voglio più lasciarlo andare via.

Romeo si tira su, mi accarezza il viso, mi guarda, si prende il suo tempo, mi fa provare tutto quello che nessun ragazzo mi ha mai fatto provare: sento che non c'è nulla di più importante di noi, che siamo uniti l'uno all'altra, che nulla è più importante di ciò che sta per fare. È bello, e so che mi rispetta.

Mi fido di lui.

Qualcosa dentro di me esplode, come un atomo durante

la fissione, irradiando un calore intenso nel mio ventre, nella mia carne.

Lo desidero così tanto.

«Aspetta» mormoro, contro la sua bocca.

Si ferma subito, la febbre brucia in fondo ai suoi occhi. Allungo una mano verso la mia borsa appoggiata sul letto e recupero una piccola confezione argento, che poi gli porgo.

Mi sorride, gli occhi più luminosi che mai.

Sono in fiamme.

I vestiti volano per la stanza, rimaniamo solo noi, i nostri respiri affannosi, la nostra voglia di condividere con l'altro quello che siamo, senza artifici, senza timori. Lui si abbandona e io mi concedo senza limiti, finché i nostri corpi si consumano.

Con la guancia appoggiata sul petto di Romeo, mi guardo le gambe piegate e la pelle d'oca che ho sulle cosce.

Ho freddo, ma non mi muoverei per niente al mondo.

Lui si accorge che ho i brividi e allunga la mano per recuperare il piumone caduto dal letto. Ci ricopre e mi stringe un po' più forte a sé.

«Mi dispiace… accendo raramente il riscaldamento. Io ormai mi sono abituato, non me ne accorgo più di tanto.»

«Non preoccuparti, sto bene.»

Mi incollo a lui e inspiro, sentendo il profumo ancora intenso del suo gel doccia, mischiato al muschio della sua pelle.

Sono così felice di averlo incontrato. Così felice di essere con lui stasera. Non vorrei essere da nessun'altra parte.

«Parlami di te» dice, accarezzandomi i capelli. «Non so quasi niente della tua vita.»

La domanda prima o poi doveva arrivare. Potrei, dovrei approfittarne per dirgli tutto di me, ma non adesso, ho paura di rovinare il momento. Scelgo di rispondere facendo la spiritosa.

«Ehm, vediamo… Sono nata nel Sud della Francia, ho fatto equitazione per tanti anni, ma ho dovuto smettere quando il mio cavallo è partito per la guerra.»

«Eh? Il tuo cavallo è partito per la guerra?»

«Sì, era un... cavallo di battaglia!»

La testa gli sussulta sulla spalla, si mette a ridere.

«Sei davvero matta! Ci ho creduto davvero!»

Lascia passare alcuni secondi prima di continuare.

«Che genere di infanzia hai avuto?»

Privilegiata, ecco quello che dovrei dire…

«Facile» rispondo, invece. «Genitori premurosi, attenti, presenti. Ero una bambina molto tranquilla e solitaria.»

«Non mi stupisce affatto. Io invece ero un diavolo, correvo dappertutto!»

«Non lo avrei mai immaginato, hai l'aria così calma.»

«Solo in apparenza!»

Il suo braccio si richiude intorno alle mie spalle, e io mi rannicchio un po' di più contro di lui.

«Quand'è che sei andato all'ASS per la prima volta?» chiedo, senza capire perché mi sia venuta fuori questa domanda.

E nel momento più inopportuno possibile.

Sotto il piumone, Romeo mi accarezza la spalla con la punta delle dita.

«Mi sono iscritto solo a settembre. Ci ho messo un po' a decidermi.»

«I tuoi sanno che ci vai?»

«No, e non ci tengo nemmeno a metterli al corrente.»

«Perché? Di cosa hai paura?»

Non un sospiro, non un secondo di tentennamento, la sua risposta è un'evidenza.

«Che si sacrifichino ancora di più, e sarebbe a spese dei miei fratelli, che non meritano di pagare le conseguenze delle mie scelte. Preferisco cavarmela da solo. Peraltro domani comincio un nuovo lavoro» dice, come per cambiare argomento. «In un bar del centro.»

«Oh, e perché?»

«Quello vicino al campus non aveva più bisogno dei miei servigi. In breve, in quello nuovo lavorerò tutti i giorni a pranzo e anche qualche sera.»

Tiro fuori un braccio dal piumone e mi metto a grattare il tessuto con l'indice. Chi mi conosce lo capisce subito: quando faccio così, c'è qualcosa che mi rode.

Ovviamente Romeo se n'è già reso conto.

«Che c'è?»

«E se restassi qui per le feste?»

«Ma i tuoi genitori?»

«Be', abbiamo passato diciannove Natali insieme, se ne faranno una ragione… E ho organizzato il Secret Santa, è normale che mi fermi qui. E poi… ho voglia di stare con te.»

Romeo si gira, i nostri visi sono l'uno di fronte all'altro.

«Non voglio che ti privi della tua famiglia, Fann.»

«Non sarebbe una privazione, ho davvero voglia di stare con te.»

Mi sorride.

«In questo caso… ne sono felice. Così vedrò a chi farai il tuo Secret Santa.»

Puoi dirlo forte!

Sospiro e sfrego la punta del naso contro quella di Romeo.

«Sono le tre del mattino, sarai sfinito domani per il tuo primo giorno al bar. E se dormissimo un po'?»

Solleva il braccio per premere l'interruttore sopra di sé e tira il piumone fino alle nostre spalle.

«Non russare, eh!» dice.

«E tu, niente puzzette!»

Scoppia a ridere.

«Non ci posso credere! Buonanotte, Fannette!»

«Buonanotte, Romeo, oh, Romeo…»

Senza muovermi, ascolto il suo respiro diventare sempre più regolare, finché non si addormenta profondamente.

Chiudo gli occhi, travolta dalla stanchezza.

Romeo è la persona che aspettavo, quella con cui voglio condividere tutto, anche ciò che nascondo per paura di essere giudicata.

Domani gli parlerò dei miei genitori, della nostra situazione economica e di come sono cresciuta, e lui capirà.

E se non capirà, gli dirò che sono innamorata di lui e che tutto il resto non ha nessuna importanza. Nessuna.

Chiudo gli occhi e mi addormento sorridendo.

«Cavoli, non abbiamo messo la sveglia!» grida Romeo saltando giù dal letto. «Sono le undici e un quarto e io ho appuntamento alle dodici.»

Mi tiro su, un po' frastornata, non abbiamo dormito molto…

Romeo fila in bagno ed esce cinque minuti dopo, già vestito.

Io ho appena il tempo di infilarmi i collant e il costume da folletto del giorno prima.

Faccio una smorfia, ma nella vita non si può avere sempre tutto!

«Prenditi il tuo tempo e rimani qui, se vuoi» mi dice. «Ti do le chiavi, devi solo lasciarle sotto lo zerbino. E comunque, a parte me e i proprietari, in cortile non entra nessuno.»

«Dov'è il bar in cui vai a lavorare?»

«Nella Vieux-Lille.»

«Allora ti accompagno» decido, facendomi la coda di cavallo. «Così torno a casa a cambiarmi.»

«In questo caso, andiamo! Non posso perdere tempo. Mi dispiace per il caffè!»

Mi bacia, poi usciamo dall'appartamento, accolti da un freddo pungente. Per fortuna non piove, è già qualcosa!

In metropolitana, ho tutti gli sguardi puntati su di me. A differenza di ieri, mi chiedo cosa impressioni di più le persone: se il mio costume o le mie occhiaie…

Scendiamo a Lille-Flandres e quasi corriamo fino al bar.

Arriviamo cinque minuti prima dell'appuntamento. Ci allontaniamo un po' dalla vetrina, poi lui si china a baciarmi.

«Grazie per ieri, penso che sia stata la serata più bella di tutta la mia vita.»

Ha i capelli arruffati, alzo la mano per cercare di pettinarlo un po'. È inutile, i suoi ricci fanno chiaramente quello che vogliono.

«Devo andare. Finisco alle tre, ci vediamo all'associazione?»

«Certo!»

Mi bacia ancora, come se non volesse staccarsi, poi si allontana definitivamente.

«A dopo! Ah» dice, girandosi, «non ho mai visto al risveglio una ragazza più bella di te.»

E scompare, lasciandomi sul marciapiede a ridere da sola.

Poi la mia attenzione viene attirata da un'auto in doppia fila. Un'auto che conosco bene.

È quella di Gabin.

Parte, mi passa davanti al rallentatore per guardarmi senza salutarmi e dà un gran colpo di acceleratore, che dovrebbe avere l'obiettivo di impressionarmi.

Una cosa è certa, ha visto me e Romeo insieme.

Alle cinque arrivo all'associazione appena un po' più riposata e piuttosto impensierita.

Ho chiamato i miei genitori per dargli la notizia che alla fine non tornerò a casa per Natale. Mia madre era molto contrariata, mi ha detto che lo aveva previsto. Ma non è vero, lo so. Non ha ancora comprato i biglietti dell'aereo, perché i miei non sono ancora sicuri di cosa vogliono fare.

Ho spiegato a entrambi perché restavo, o meglio… ho detto le cose a metà, parlando solo dell'associazione e del Secret Santa. Mio padre ha ridimensionato la cosa, si è rallegrato dicendo che avrebbero fatto un viaggio da innamorati, ma mia madre ha riattaccato in tono risentito. So che le passerà, che non è così grave, eppure odio le situazioni che mi fanno sembrare un'ingrata.

Stavolta, però, voglio pensare a me.

Gli studenti iscritti sono ancora meno di settimana scorsa, la maggior parte sono tornati a casa subito dopo gli esami. Così finiamo molto prima. Come al solito, ci ritroviamo nel *foyer* con Romeo e gli altri che si fermeranno per il ventiquattro.

Consegno a Radana con discrezione una borsa di scarpe e vestiti, poi annuncio a Élise e Anthony che ci sarò anch'io alla vigilia di Natale. Si dicono contenti quasi quanto Romeo e decidono che dobbiamo fare un brindisi per festeggiare.

A quanto pare qui al Nord qualunque scusa è buona per festeggiare, e io sono assolutamente d'accordo.

«È andato bene il nuovo lavoro?» chiedo a Romeo mentre siamo in cucina a posare dei bicchieri su un vassoio.

«È stato tosto, ma divertente. E poi il cibo è tutto un'altra cosa rispetto al bar del campus! Un giorno ti ci devo portare!»

«Non vedo l'ora. Poi ci vediamo a casa mia?»

Voglio assolutamente parlargli di me e dei miei genitori, essere più onesta possibile, come lui lo è stato con me. Perché adesso stiamo insieme.

«Sì, certo.»

«E ho detto ai miei che sarei rimasta qui per Natale, mia madre...»

Non faccio in tempo a finire la frase, vengo interrotta da Élise.

«Fann, c'è qualcuno per te!»

Aggrotto le sopracciglia.

«Qualcuno per me?»

«Sì, un ragazzo, è di là in sala.»

Un ragazzo?

Ho un cattivo presentimento.

E a ragione.

Quando entro in sala, in mezzo a tutti c'è Gabin, sulle labbra un sorriso immenso.

20
dicembre

«Che ci fai qui?»

Nessuno fa davvero caso a Gabin, gli studenti parlano fra loro mentre Élise e Anthony ci hanno dato il cambio in cucina, ma io sono assolutamente sospettosa.

Il fatto che Gabin sia qui, dopo avermi visto baciare Romeo stamattina, non è una coincidenza.

Il suo sorriso è più falso che mai, lo conosco bene.

«Be', che c'è? Non posso venire a salutare una vecchia amica?»

Inarco un sopracciglio.

«Certo, ma potevi venire a casa mia. Qui faccio la volontaria, non dovrei incontrare gli amici.»

«Ah, giusto, che stupido che sono. Ma immagino che la cosa non riguardi lui?» dice, voltandosi verso Romeo e sfidandolo con lo sguardo.

Romeo rimane dietro di me senza dire una parola, visibilmente teso.

A differenza di Gabin, non è il tipo da dare spettacolo e gliene sono grata.

Questo non è né il luogo né il momento adatto.

«Colpa mia, amico» continua Gabin con una risatina forzata. «Mi ero dimenticato che tu sei un utente dell'associazione. Devi scusarmi, visto che andate a letto insieme ho fatto un po' di confusione.»

Allerta massima. Stringo gli occhi.

«Vuoi fare una scenata?»

Gabin si passa una mano tra i capelli con aria rilassata.

«Ma no, vedi il male dappertutto. Te l'ho detto, sono venuto a salutarti, ma ammetto che ero curioso di vedere cosa ti attirasse tanto di questo posto. A parte gli studenti maschi…» aggiunge, in tono provocatorio.

«Adesso dovresti andartene, Gabin.»

«No, non subito, non ho nemmeno bevuto un bicchiere, mentre mi pare evidente che stiate per offrire il succo di frutta del supermercato. E non me lo perderei per niente al mondo!»

Poi si guarda intorno, alzando le sopracciglia.

«Dev'essere rassicurante per questi poveri studenti sentirsi come a casa, senza la famiglia…»

Il suo atteggiamento è insopportabile. Sto quasi per esplodere.

«Vieni di là» gli dico, prendendolo per un braccio e trascinandolo verso la scala che porta al piano superiore. «Perché sei qui? Cosa vuoi?»

Il suo sguardo diventa scuro di rabbia.

«È per lui che mi hai lasciato?»

«Assolutamente no. La nostra relazione era arrivata al termine, e lo sai bene quanto me.»

«E quand'è che te lo saresti detto? Quando ti sei resa conto che non ti servivo più, perché ormai avevi già preso tutto quello che c'era da prendere?»

«Come puoi dire una cosa del genere, Gabin? È falso... Io non mi sono mai servita di te.»

«Certo che sì, per avere una vita più divertente! Perché prima di me ti annoiavi a morte. Per te sono stato solo una distrazione, la ragazzina viziata marcia che prende, usa e getta via.»

«Senti chi parla! Perché vuoi sempre rovinare tutto?»

«Perché mi hai preso per uno stupido, ecco perché» risponde, nervoso. «Vuoi farmi credere che le cose siano successe per una fatalità, ma non è vero. Avevi semplicemente altre mire!»

A quel punto capisco che Gabin non ha il cuore infranto, è più che altro indispettito dalla situazione.

«Ti sbagli... Non ti ho lasciato per qualcun altro, ma perché fra noi non funzionava più.»

«E quand'è che ti è venuta quest'idea? In quale momento? Quando ti sei messa a giocare al cane da salvataggio? La tua sindrome da supereroina ti ha aperto gli occhi?»

«Non salvo nessuno, do semplicemente il mio contributo, come prima o poi tocca fare a ognuno di noi.»

Esplode in una risata maligna.

«Davvero? È quello che si dicono le ragazzine ricche come te per avere la coscienza pulita? E sta bene a tutti la tua compassione?»

Istintivamente mi guardo alle spalle per assicurarmi che nessuno lo abbia sentito.

Gabin strizza gli occhi.

«Non ci credo… Non gliel'hai ancora detto?»

«Gabin…»

«Sono più di quindici giorni che vieni qui, ti fai anche uno di questi pezzenti e non hai ancora detto niente? Cosa stai facendo, realmente? Uno studio sociologico sotto copertura? Gli hai fatto credere che anche tu non hai un soldo, per poterli studiare meglio e passare per una di loro? Ah no, dimenticavo, non è neanche per una causa tanto nobile, sei qui solo perché ti annoiavi e non sapevi cosa fare della tua vita!»

Gabin fa la parte dell'indignato, ma non ha nessuna morale, vuole solo ferirmi, e per farlo è pronto a qualsiasi bassezza.

«Smettila di dire scemenze!»

«Cosa? Io dico scemenze?» si mette a gridare, apposta per farsi sentire dagli altri. «Scommetto che qui tutti hanno sul telefono l'app di tua madre, perché nessuno di loro ha abbastanza soldi per comprarsi dei vestiti nuovi. Gli hai detto che, ogni volta che completano una transazione sul sito, arricchiscono la tua mammina? I tuoi genitori sono due multimilionari, Fann, e tu te la spassi con quelli grazie a cui i tuoi si sono fatti tutti quei soldi? E questo mentre loro muoiono di fame? Mi fai schifo!»

Impallidisco.

«Fann?»

Mi giro e vedo Élise, la fronte corrugata. E, alle sue spalle, Anthony e gli studenti dell'associazione che ci guardano sconcertati.

Ma è Romeo ad attirare la mia attenzione.

Non vedo nient'altro che lui e il suo sguardo duro e freddo.

«Adesso che sono tutti qui, di' la verità, Fann, forza!» esclama Gabin, più cattivo che mai. «Digli quanto sei ricca, digli che sei qui solo perché ti annoiavi nella tua esistenza di povera, piccola studentessa viziata dai suoi genitori! Digli che hai preso in giro me tanto quanto loro!»

«Ragazzo, adesso basta!» interviene Élise. «Faresti meglio ad andartene.»

«Ma certo, lei può sempre tornarvi utile, bisogna proteggerla. Ecco, vi siete proprio trovati!»

«Adesso vattene.»

Si intromette anche Anthony. Non è altissimo, e nemmeno molto grosso, ma basta il fatto che si tratti di un uomo perché Gabin rinunci.

«Sì, tranquillo, me ne vado, è meglio. E ovviamente buon Natale a tutti, banda di pezzenti!»

Mi sposta con una spallata, percorre la distanza che separa le due scale e scende i gradini di corsa, prima di sbattere la porta dietro di sé.

Mi manca il respiro.

«Stai bene?» mi chiede Élise.

Non rispondo, incapace di distogliere gli occhi da Romeo. C'è così tanta incomprensione nei suoi, e anche delusione, devo assolutamente parlargli.

Faccio un passo verso di lui, ma mi fermo, vedendo che mi volta le spalle. Prende il suo parka, se lo infila e si dirige a grandi passi verso le scale.

«Romeo, aspetta!»

Scendo gli scalini a rotta di collo per raggiungerlo e mi

ritrovo con lui sul marciapiede, sotto la pioggia, senza cappotto, intirizzita dal freddo, ma non mi importa.

Lo tiro per un braccio.

«Aspetta, per favore...»

«Per fare cosa? Devi proprio esserti divertita vedendo che ci affannavamo per cavarcela, mentre a te basta chiamare i tuoi per farti consegnare il caviale.»

«Non sono quel genere di persona, Romeo. A differenza di quello che ha detto Gabin, non ho mai avuto intenzione di servirmi degli iscritti dell'associazione per le mie ricerche... Volevo smettere di studiare, non sapevo più dov'ero. Devi credermi.»

Mi guarda sotto la luce incerta del lampione. C'è così tanta delusione sul suo viso.

«Romeo...»

«Mi hai mentito... Mi sento così stupido.»

Mi manca il respiro.

Lui scuote la testa.

«Torno a casa.»

Vorrei trattenerlo, spiegargli che si sbaglia, ma è inutile cercare di perorare la mia causa in questo momento, è troppo arrabbiato.

Grondante di pioggia, torno dentro e salgo a prendere le mie cose senza parlare con nessuno, senza affrontare gli sguardi interrogativi, poi esco dall'ASS.

Sono sull'orlo del baratro.

Mi sento soffocare.

Ho bisogno di stare da sola.

L'indomani, a mezzogiorno, non mi sono ancora alzata dal letto. Sono rimasta sveglia per buona parte della notte… facendomi violenza per non inviare messaggi a Romeo. Perché in realtà non ho il coraggio di sentirmi dire un'altra volta che sono una brutta persona.

Avrei voglia di urlare…

Odio Gabin per quello che ha fatto.

Non ho mai amato nessuno come Romeo.

E non voglio che tutto precipiti, non voglio…

Sento tre colpetti alla porta, poi Ines la apre lentamente.

Mi giro e mi nascondo sotto il piumone.

Non ho voglia di parlare.

«Be'… Da quando viviamo insieme non ti ho mai visto dormire così tanto. Sei malata?»

Non rispondo, e a quel punto sento i suoi passi sul parquet. Si avvicina al letto e mi posa una mano sulla spalla, sedendosi sul materasso.

«Fann, stai bene?»

«No…» borbotto. «Voglio morire.»

«Ti fa male da qualche parte?»

Mi lascio sfuggire un sospiro da spezzare l'anima.

«Il cuore.»

Impiega qualche secondo per capire.

«Ah, c'è un problema con Romeo?»

«Sì…»

Dato che non riesco più a respirare, tiro fuori la testa dal piumone, ho gli occhi gonfi.

«Ehi, tesoro, così mi fai preoccupare!»

«Credo che non mi voglia più vedere...»

«Ti ha detto così? Cos'è successo?»

Mi raddrizzo mettendomi a sedere, poi mi tiro le coperte fino al mento.

Quindi crollo e scoppio a piangere.

«Fa male, Ines, talmente male...»

«Oh, no!» esclama lei. «Vieni qui e raccontami tutto.»

Mi raggomitolo tra le sue braccia come una bambina. Ines è paziente e mi ascolta mentre le spiego la situazione fra un singhiozzo e l'altro.

Quando ho finito, la fodera del piumone è nelle stesse condizioni dei miei fazzoletti.

«È stato orribile. Gabin mi ha completamente smontato. È così ingiusto, io non ho mai visto le cose in quel modo, mai. Non ho deciso di andare all'ASS per fare qualche ricerca sociologica, non mi sono servita di nessuno. Volevo solo cercare di capire qual era la mia strada, e volevo aiutare... volevo solo aiutare, e sentirmi utile, te lo giuro.»

«Lo so, Fann, io c'ero quando hai deciso di andarci. Gabin è solo geloso e incattivito.»

«Se avessi visto lo sguardo di Romeo... era così deluso, amareggiato. Avevo intenzione di parlargli, avrei dovuto farlo prima... E in più ho detto ai miei che non tornerò per Natale, ma adesso come faccio a ripresentarmi all'associazione? Mi vergogno troppo.»

«Ehi, non serve a niente tormentarsi. Okay, hai nascosto

volutamente il fatto che i tuoi sono pieni di soldi, ma non eri nemmeno costretta a dire tutto. Io non penso minimamente che la presidentessa ce l'abbia con te. Non hai fatto niente di male, Fann, anzi, sei stata di aiuto e nelle ultime settimane eri sempre presente. Lei non ha cercato di chiamarti?»

Guardo subito il telefono, e in effetti dieci minuti fa è arrivato un messaggio di Élise, in cui mi dice di non esitare a richiamarla.

Annuisco.

«E lo farai?» mi chiede Ines.

«Certo, devo dare una spiegazione anche a lei…»

«Vedrai, andrà bene…»

«Con lei sì, ma con Romeo…»

Sospira.

«Si sente tradito, ma anche qui, tu non hai mai mentito, hai solo evitato l'argomento. Che io sappia non hai ucciso nessuno, la situazione non è così grave come sembra, non scherziamo. Tutti hanno il diritto di sbagliare, Fann, e sono sicura che Romeo alla fine capirà.»

Tiro su con il naso.

«Lo pensi davvero?»

«Oggi dovresti cercare di parlargli. Perché non lo raggiungi al bar alla fine del suo turno?»

Basta quell'idea per farmi scoppiare il cuore.

«Su, socia, non è ancora tutto perduto» prova a rassicurami Ines.

Incrocio le dita sperando che abbia ragione…

Alle tre, mi ritrovo davanti al bar dove lavora Romeo. Mi sono ripetuta nella mente cento volte quello che vorrei dirgli, ma ho dimenticato tutto, non so nemmeno come mi chiamo.

Alle tre e dieci finalmente esce e, vedendomi, si ferma.

«Ehi… Possiamo parlare?»

Rimane impassibile. Il suo sguardo è duro.

Ho lo stomaco sottosopra.

«Ti ascolto.»

Deglutisco. Non mi facilita il compito.

«Sono sinceramente dispiaciuta per ieri…»

«Immagino, sì.»

È così freddo.

«Ascoltami, io… Io non volevo ferire nessuno, e tantomeno te.»

«Be', missione fallita.»

«Lo so, mi dispiace… Volevo parlarti, avevo intenzione di farlo.»

«E non lo hai fatto.»

Le sue parole schioccano come un colpo di frusta.

«Mi hai mentito, abbiamo fatto l'amore, abbiamo dormito nello stesso letto, mi sono confidato con te e tu, tu mi mentivi.»

«Romeo, volevo davvero parlarti, ma non ho trovato l'occasione giusta. Devi credermi.»

«Eppure ieri sera te ne ho dato la possibilità.»

«Ammettere tutto in un momento del genere? A letto?»

«Sarebbe stato meglio che adesso.»

Sospiro.

«Capisco che sei arrabbiato. Ma all'inizio non volevo

essere giudicata per la situazione dei miei genitori, volevo farmi conoscere per quello che avevo da dare.»

«Sei completamente fuori strada! Credi che io sia infastidito per l'associazione? No... Io credevo di rappresentare ai tuoi occhi qualcosa di più di un semplice *iscritto* che bisognava proteggere dalla verità. Ma mi sbagliavo.»

«Ma tu *sei* più di questo!»

«Va bene, era chiaro che i tuoi genitori fossero in una situazione economica migliore di quella dei miei, ma questo non mi ha impedito di avvicinarmi a te, anche se in realtà ero lontano anni luce dalla realtà. Mi sono confidato con te e speravo che anche tu avessi fiducia in me, ma non è stato così» aggiunge, con voce piena di rimpianto.

«Ti sbagli...»

Si lascia sfuggire una risata amara.

«Dici? Be', le apparenze sono contro di te, perché in fin dei conti mi hai messo sullo stesso piano degli altri. Non volevi ferire il povero ragazzo che non ha un soldo!»

«Cosa? Ma non è vero, volevo solo essere prudente.»

«Prudente? Di' pure compassionevole, già che ci sei.»

«Smettila! Io non provo pietà per nessuno, semplicemente non sapevo come tirare fuori l'argomento. Tutto qui. Non sono i soldi che ho sul conto a definirmi. La ragazza che ti è piaciuta, questo è quello che sono.»

Mi fissa a lungo.

Visto che non dice niente, ci provo.

«Tu mi piaci, Romeo, perché complicare le cose?»

«Quindi, cosa facciamo? Rimaniamo insieme e giriamo il remake di *Lilli e il vagabondo*? Mi dispiace, Lilli, non ci sto.»

«Non ho intenzione di scusarmi perché la mia vita non è uguale alla tua.»

Mi guarda intensamente, lascia passare qualche secondo e poi assesta il colpo finale.

«Non mi richiamare.»

Lo seguo con gli occhi senza riuscire a fare un gesto.

Vorrei così tanto poter tornare indietro nel tempo…

Ma ho giocato tutte le mie carte e ho perso.

21
dicembre

Il cielo è grigio, come il mio cuore, nebbioso e senza luce.

All'inizio non volevo andare, poi ho deciso di raggiungere Élise all'ASS, perché lei ha insistito molto.

Evidentemente vuole parlarmi di quello che è successo lunedì sera…

E anch'io devo parlarle.

Cerco di non intristirmi, mi dico che forse Romeo ha solo bisogno di digerire la notizia.

In un certo senso sono arrabbiata anch'io, perché, è vero, non sono stata del tutto trasparente, ma non sono nemmeno disonesta.

Volevo prendere le mie precauzioni, preservare gli studenti dell'associazione, proteggermi da possibili giudizi e fraintendimenti. E non è mica un reato.

Sospiro ed esco dalla metropolitana.

Quando arrivo davanti all'associazione, vedo che la ghirlanda di Natale che ho ordinato dal fiorista è stata consegnata.

È attaccata alla porta e ravviva la strada con i suoi piccoli led luminosi e le palline di agrifoglio rosso acceso.

Con un peso sullo stomaco, schiaccio il pulsante del citofono.

Sono appena le due, mi aspettavo di trovare un paio di studenti nel *foyer*, ma a parte Élise non c'è nessuno.

È seduta in fondo al tavolo vicino alla finestra, con il telefono all'orecchio. Davanti a lei ci sono due tazze, un thermos di caffè e un piatto di biscotti di Natale.

Mi stava aspettando.

Mi fa segno di avvicinarmi, mentre termina la sua chiamata.

«Sì, perfetto. Rimaniamo d'accordo per oggi, fra le 18.30 e le 20.30. Grazie ancora per la vostra proposta, a dopo.»

Riaggancia e si alza per baciarmi, mentre io mi sto ancora sbottonando il cappotto.

«Sono contenta che tu sia venuta. Siediti. Vuoi un caffè?»

Annuisco, sono un po' a disagio.

Riempie una tazza e mi sorride.

«Stai meglio?»

«Sono davvero dispiaciuta per quello che è successo. Gabin è il mio ex ragazzo, non so cosa gli è preso per fare una scenata del genere. Ha detto solo sciocchezze. È vero che mi sentivo smarrita, ma non mi sono servita di voi...»

«Non ti devi giustificare. Non importa il motivo della tua presenza, sei qui solo da quindici giorni ma il tuo aiuto è stato prezioso.»

«Grazie... Mi dispiace, avrei dovuto parlarvi della situazione economica dei miei genitori.»

«E perché mai avresti dovuto? Se avessi bisogno di avere questo genere di informazioni prima di accettare una volontaria o un volontario, lo chiederei durante il colloquio. I soldi che uno ha sul proprio conto corrente o su quello dei genitori non riguardano l'ASS. Peraltro avevo capito che la tua famiglia era benestante già prima che il tuo ex venisse qui a sbatterci in faccia il suo rancore.»

Sgrano gli occhi.

«E come?»

«Pochi giorni dopo il tuo arrivo, qualcuno ci ha fatto una donazione molto generosa. Non è stato difficile intuire che si trattava di tuo padre, anche se lui non l'ha affatto menzionato. Stesso cognome e una banca del Sud della Francia. Poteva essere un caso, ma non ci ho creduto nemmeno un secondo. E poi le provviste e le decorazioni natalizie che ci hai portato, dicendo che si trattava di una colletta. Avevi dimenticato lo scontrino all'interno del carrello. Nessuno studente medio può permettersi trecento euro di spesa.»

«Oh…»

«E poi non abbiamo mai ricevuto la fattura del supermercato quella volta in cui sei andata a comprare i prodotti da toilette per conto dell'associazione, il giorno in cui non ci erano stati consegnati. Hai pagato tu.»

«Mi andava di farlo…»

«Non ne dubito. Non devi vergognarti della situazione finanziaria dei tuoi.»

Abbasso gli occhi.

«Ho commesso un errore… Avrei dovuto dirlo e avrei evitato questo dramma.»

Élise sospira, e in quel sospiro percepisco tutta la sua comprensione.

«Gli studenti iscritti se ne infischiano se sei ricca o povera. Per loro conta non sentirsi soli, ed è esattamente ciò che gli hai trasmesso ogni volta che sei venuta qui. Del resto ce ne freghiamo.»

Ho avuto tutta la giornata di ieri e tutta la notte per pensarci. Non mi ci vedo a tornare all'associazione dopo tutto questo.

Mi vergogno, e quello che è successo basta perché Romeo decida di non metterci più piede, se ci sono io. Lui ha bisogno dell'ASS, non voglio che la mia presenza gli impedisca di venirci.

«Non verrò più, Élise. Dopo la scenata di Gabin, non ho voglia di mettere a disagio le persone, non voglio che pensino che faccio la volontaria per i motivi sbagliati. E non voglio nemmeno rischiare che alcuni studenti non vengano più... per colpa mia. Il ventiquattro non ci sarò.»

«Ti sbagli. Noi abbiamo bisogno di te, gli studenti hanno bisogno di te. E non è soltanto perché ci hai regalato anche una magnifica corona natalizia» aggiunge, facendomi l'occhiolino.

«Oh, c'era lo scontrino anche lì?» riesco comunque a scherzare.

Mi fa un gran sorriso.

«No, ma è un gesto che sa di te. Ami far piacere agli altri, e se non avessi così tanto rispetto per gli iscritti, daresti cento volte di più. Ti ho visto con Radana, se avessi potuto l'avresti ospitata a casa tua, le avresti dato dei soldi. Ma non potevi sopportare il fatto che qualcuno qui avesse l'impressione che stessi facendo la carità…»

«È il motivo per cui non ho voluto parlare dei miei genitori.»

«Lo so.»

Allunga le braccia e mi stringe una mano tra le sue.

«Vorrei che tu fossi qui la vigilia di Natale. È importante, per te e per tutti quelli che hanno aderito con entusiasmo alla tua idea del Secret Santa.»

«Non tutti ne sarebbero contenti.»

«Parli di Romeo? È arrabbiato, ma gli passerà. Lasciagli il tempo di capirlo da solo. E come direbbe mia madre: è il suo karma. Il tuo è quello di fare ciò che ti detta il tuo cuore.»

È più forte di me, mi scende una lacrima sulla guancia.

«Tu cosa vuoi fare?»

«Venire…»

«Allora è deciso!»

Si riempie di nuovo la tazza di caffè e ci immerge un biscotto al cioccolato, che manda giù senza quasi masticare.

«A proposito, hai qualche impegno tra le sei e mezzo e le otto e mezzo?»

«Ehm… no, perché?»

A quel punto sorride.

Non lo avevo previsto, ma mi sono lasciata convincere e arrivo in Place Rihour all'ora concordata.

È quasi scesa la sera, perciò è tutto illuminato: l'arco che si apre sul villaggio di Natale di Lille, i piccoli chalet, le decorazioni sugli edifici, gli abeti e le ghirlande che formano un cielo stellato sopra le nostre teste.

Quando ci si viene per la prima volta, ci si riempiono gli occhi e le narici. Si sente ovunque odore di vin brulé e di frittelle! Fa bene, e in un attimo mi dimentico di avere il cuore pesante.

Percorro una delle corsie in cerca dello chalet dove mi aspetta Élise. Non è difficile da riconoscere, è quello che vende adorabili peluche bianchi come la neve e maliziosi folletti dell'Avvento con le orecchie a punta.

Lei è già arrivata. Ha pensato di venire a vendere qui gli ultimi chili di cioccolatini, convinta che sarebbe potuta andare ancora meglio che alle Halles di Wazemmes. È riuscita a trovare un'artigiana che ha accettato di condividere il suo stand con lei e, ovviamente, quando mi ha chiesto di aiutarla io le ho detto di sì.

Mi fa piacere e poi mi permette di pensare a qualcos'altro che non sia Romeo.

Anche oggi sono stata tentata di scrivergli cento volte. Mi sono mangiata le unghie, ma non ho ceduto. Voglio che capisca da solo che quello che abbiamo condiviso va al di là dei soldi e delle barriere sociali.

Lilli e il vagabondo, ma per piacere...

«Ah, eccoti!» si rallegra Élise dall'alto della pedana dello chalet. «Ti presento Tabita, è la titolare dello stand ed è lei a fabbricare questi deliziosi peluche.»

Le tendo la mano per salutarla con calore.

«Vieni dietro, ti apro.»

All'interno lo spazio è piccolissimo, c'è posto a malapena per noi tre.

I sacchetti dei cioccolatini sono esposti sul bancone, troneggiano accanto a peluche e folletti. In bella mostra c'è un cartello che recita:

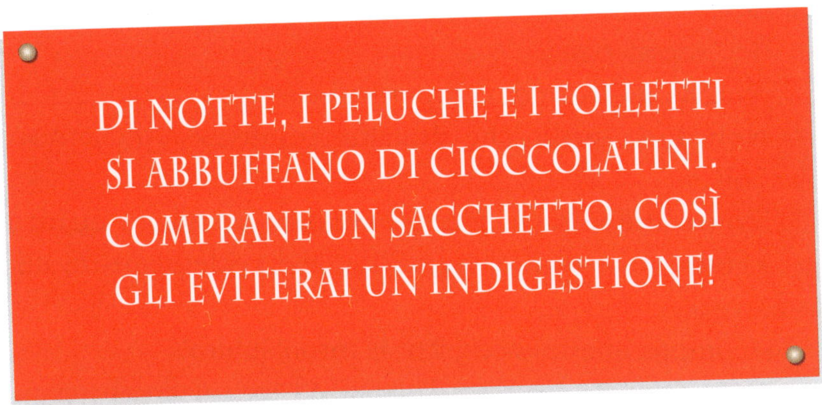

Be', si parte!

Dieci chili di cioccolatini significano cinquanta sacchetti da duecento grammi l'uno, e pare che facciano gola a tutti: dopo un'ora ne abbiamo già venduti più della metà. Élise è raggiante, i clienti sono conquistati e anch'io! Trascorro un bel momento pieno della magia del Natale, che rende le persone felici e spensierate.

Non penso quasi più a niente e mi sorprendo a recitare la parte della venditrice entusiasta, impegnata a far sparire gli ultimi sacchetti.

Ne sto dando uno a un bimbo di sei anni, quando il mio radar interno mi ordina di alzare gli occhi.

È lì, a meno di due metri, con tre suoi amici e una birra in mano. Romeo.

Mi vede e fa come se non ci fossi. Anzi, mi volta proprio le spalle.

Tutta la gioia che avevo provato fino a quel momento svanisce.

Be', adesso basta.

Non ha il diritto di comportarsi così.

Non dopo quello che abbiamo condiviso. Anche se ce l'ha con me.

Sto per uscire dallo chalet per andare a dirgliene quattro.

«Tutto bene?» mi chiede Élise, che evidentemente non lo ha visto.

«Compro questo sacchetto! E torno subito!»

Ne prendo uno a caso, lo apro ed esco dallo chalet per raggiungere Romeo e i suoi amici.

«Ciao!» esclamo con voce allegra. «Regalo cioccolatini! Se vi piacciono, li trovate a quello stand. Prendetene uno.»

«Fantastico» risponde uno di loro servendosi.

Faccio girare il sacchetto finché non arrivo a Romeo, esibendo volutamente un sorriso a trentadue denti.

«Cioccolatino?»

«No, grazie.»

«Dovresti, addolciscono le persone!»

Scoppiano tutti a ridere, pur non avendo la minima idea di chi io sia.

Romeo mi guarda senza battere ciglio, senza sorridere.

Che testardo!

«Te lo dico una volta, e sarà l'ultima: sono innamorata di te, Romeo Payet, ma non mi scuserò *ad vitam* per gli errori che ho commesso. Quindi, ecco qui: a Natale sarò all'associazione e spero che ci sarai anche tu, spero che ti sarà passata e che potremo riprendere le cose da dove le abbiamo lasciate. Se non ne sei capace, pazienza, ma sappi che ti sarai perso la più bella opportunità della tua vita.»

Poi giro sui tacchi e, accompagnata dalle esclamazioni dei suoi tre amici, faccio ritorno allo chalet, con la dignità di una regina.

Quando alzo gli occhi per cercare Romeo con lo sguardo, i quattro non ci sono più.

Rientro a casa verso le nove, abbattuta.

Speravo davvero di farlo reagire, di suscitargli un dubbio, un ripensamento, ma niente.

Non ho smesso un secondo di guardare il telefono. Romeo non mi ha inviato nemmeno un messaggio.

Lascio cadere la borsa all'ingresso e vado a stravaccarmi sul divano, pronta a spazzolarmi i quattro sacchetti di cioccolatini che ho comprato.

Ines esce dalla sua stanza, seguita da Serena, e viene verso di me.

«Ah, sei qui! Com'è andata?»

«Natalizio. Bambini e persone felici. Ovunque.»

«Okay. Sempre nessuna notizia da parte di Romeo?»

Scuoto la testa.

Serena mi fa un sorrisino, ovviamente sa di noi due.

«Tornerà sui suoi passi» dice.

«Non ne sono così sicura, l'ho visto al mercatino di Natale, la sua indifferenza era palpabile.»

«Recita una parte.»

Sospiro.

«Allora è un ottimo attore. Comincio a credere che mi sia fatta dei film a pensare che io e lui proviamo gli stessi sentimenti.»

Serena mi si siede vicino, i lunghi capelli neri che le dondolano all'altezza della vita.

«Sai, quando è arrivato, Romeo non aveva molti soldi da parte. La Francia non era la migliore idea del mondo, i suoi glielo avevano detto, ma lui aveva deciso di studiare qui e doveva cercare di andare avanti in qualche modo. Per venire ha dovuto chiedere un prestito, che gli è servito giusto per pagare il biglietto aereo, comprarsi un computer, versare la caparra dell'appartamento e i primi sei mesi di affitto. Dopo di che si è trovato in una situazione catastrofica. Il suo alloggio era misero, il riscaldamento una voragine, le prime bollette dell'elettricità gli hanno mangiato tutti i risparmi, e quello che gli mandavano i suoi non bastava.

«La verità, Fann, è che era così con l'acqua alla gola nei mesi invernali che mangiava un giorno su due, si ammalava sempre per il freddo che aveva in casa e faceva fatica a seguire i corsi. Ma nessuno lo sapeva. Non voleva che io andassi da lui, così alla fine ho capito la situazione da sola. Io ho la fortuna di avere dei genitori che possono pagarmi gli studi, quindi ho voluto aiutare Romeo. Lui si è infuriato, aveva l'impressione che lo stessi facendo per pietà, e soprattutto era dell'idea che nessun altro dovesse farsi carico di quella situazione. Che spettasse solo a lui farlo. Si è trovato un lavoro, ma non era sufficiente.»

«E l'ASS?»

«Ci ha messo mesi prima di accettare di andarci. Per lui era dura ammettere di aver bisogno di aiuto. L'associazione ha fatto da garante affinché potesse cambiare casa, senza chiedergli nulla in cambio, ma lui si è reso disponibile ogni volta che Élise aveva bisogno, ha lavorato varie ore per lei, e la sola cosa che ha accettato da me è stata una mano con le lezioni. Fann... Romeo è un tipo orgoglioso. Si batte per essere uguale agli altri e non mostrare che è in difficoltà. Scoprire la situazione finanziaria dei tuoi genitori lo ha riportato alla sua esperienza personale, al suo fallimento, sempre che ce ne sia stato davvero uno.»

«Ma per me non cambia niente.»

«Però per lui sì. Perché si sente quello in fondo alla scala. Tu non hai fatto niente di male, non eri costretta a parlargli dei tuoi genitori. Credo che Romeo stia nascondendo la testa sotto la sabbia, preferisce fare di te la cattiva. Questo lo rende meno vulnerabile.»

Abbasso gli occhi. Le sue parole mi riecheggiano dentro e mi invitano a non mollare.

Romeo non ha mai imparato a prendere la mano che gli viene tesa.

Io, però, non gli sto offrendo la mia mano, ma il mio cuore.

Serena mi lascia sola con i miei pensieri, mentre un nodo mi serra la gola e le lacrime mi offuscano gli occhi...

Ho voglia di scrivergli. Ho voglia di parlargli. Ho voglia di sentirmi meglio. Ho voglia di noi due...

Prendo il telefono senza riflettere.

La logica vorrebbe che non ti mandassi messaggi e che ti lasciassi ricrederti, ma ho un peso sullo stomaco dopo noi, dopo Gabin, dopo che mi hai detto che io e te non siamo fatti l'uno per l'altra, e questo peso continua ad aumentare.
Serena mi ha parlato, adesso sono meno arrabbiata, un po' ti capisco e, allo stesso tempo, non ti capisco proprio.
Se provi dei sentimenti per me, perché dovremmo sopportare una cosa del genere?
La vita è fatta per questo, la vita è fatta per essere vissuta, ed è con te che io voglio viverla.
Freghiamocene dei miei soldi, freghiamocene del fatto che tu ne hai meno... Voglio battermi per noi due, ma non potrò farlo da sola.
Ti amo, Romeo, è molto semplice, e se anche tu mi ami, allora il resto non conta...
Dammi un cenno, dimmi che non sono la sola a pensarlo.
Dammi un cenno, per favore.
Abbiamo il diritto di essere felici.

Rileggo il messaggio dieci volte, cento, e non riesco a mandarlo. Ho il cuore che batte a mille all'ora...

Ho paura...

Paura che non mi risponda.
Paura di soffrire ancora di più.
Faccio scivolare le dita sullo schermo.
Evidenzio il testo.
Cancello.
Che palle.

22
dicembre

Ieri sera ho finito i quattro sacchetti di cioccolatini che ho comprato. Li ho mangiati tutti in una volta, in camera mia, guardando *Love Story* imbacuccata sotto il piumone. Ho pianto tutto il tempo. È la storia d'amore più bella, ma anche la peggiore di sempre. Il film risale all'epoca in cui non era nata nemmeno mia madre, è almeno la decima volta che lo vedo e finisco sempre in lacrime. C'è da chiedersi perché mi infligga un supplizio simile…

Mi stiro nel letto e spingo via il piumone. Credo di avere la nausea. Così imparo a trattare il mio stomaco come quello di uno struzzo.

Mi alzo cercando di non calpestare i fazzoletti sparsi sul pavimento e sento delle note musicali soffocate che provengono dalla stanza di Ines. Prima, mentre lottavo per tirarmi su, ho sentito Serena che usciva per andare in ospedale. Sicuramente Ines non è più tornata a letto.

Non ricordo di averla mai vista così piena di energie. A differenza mia, da quando frequenta Serena ha ricominciato a fare sport ogni giorno, ha spostato i mobili di camera sua almeno tre volte, ha fatto le pulizie di primavera in tutto l'appartamento (anche se è appena iniziato l'inverno) ed esce quasi tutte le sere. Ma, soprattutto, e tanto meglio per lei, sembra improvvisamente non dare più peso alle angherie del suo capo. Saperla così felice mi dà un motivo per sorridere.

Preparo le mie cose, mi chiudo in bagno e mi faccio una doccia veloce. Élise mi ha convinto a restare qui per Natale, quindi ho tutto il tempo di terminare la palla di neve che avrei dovuto finire da giorni.

Mentre Ines è ancora in camera sua, io mi sistemo in cucina e tiro fuori tutto l'armamentario per fare il punto della situazione: un albero storto, uno rotto che non ho avuto il tempo di rincollare, e basta. Sono lontana, molto lontana dall'obiettivo...

Dato che Ines è già sveglia, metto un po' di musica sul telefono, riparo il tamarindo e comincio a plasmarne uno nuovo.

Ho sempre in testa Romeo, non so come reagirà quando gli darò il regalo. Magari non lo vorrà nemmeno...

Nel caso, pazienza, avrò portato a termine la mia missione e fatto le cose con il cuore.

Divido la pasta, do una consistenza ad alberi e rami, modello frutti e minuscoli fiori con la consapevolezza che, anche se il risultato non sarà indimenticabile, almeno si capirà cosa volevo creare.

Dopo un paio d'ore, metto tutto su una teglia e poi nel forno.

«Ehi... sei sveglia da tanto?» mi chiede Ines vedendomi vestita, mentre lei è ancora in pigiama.

«Un po', e tu, che ci facevi chiusa in camera tua?»

«Leggevo! Per puro piacere, pensa un po'. È il bello delle vacanze dopo aver finito gli esami di metà anno. Su, fammi vedere.»

Si avvicina per guardare dal vetro del forno.

«Non è male!»

«Sì, se hai un decimo per occhio.»

«Sei troppo dura con te stessa… E qui cosa stai facendo?» mi domanda, vedendo che sto arrotolando delle palline di pasta modellabile.

«Cerco di fare dei personaggi da mettere nella palla sulla spiaggia. Romeo e la sua famiglia.»

Anche senza guardare, intuisco che Ines sta sorridendo.

«Sei proprio innamorata, vero?»

«Se solo non fosse così… sarebbe meno complicato.»

«Certo, ma anche meno intenso! Dai, non abbatterti. Lui vedrà la palla di neve e si innamorerà follemente di te.»

«Mah… Mi sembra più facile che nevichi nel Sahara.»

Non voglio fare per forza la disfattista, ma insomma… siamo partiti male.

«Se fossi in te, non ci scommetterei…» ribatte lei.

Sospiro.

Un'ora dopo, tutto è modellato e cotto. Spero che Romeo non se la prenda per questo ritratto infedele della sua famiglia. Si direbbero dei folletti passati al vetriolo. Non somigliano a nessuno, ma pazienza, non saprei fare di meglio.

E adesso non mi resta che assemblare tutti i pezzi.

Apro la palla e comincio a stendere la colla sulla base per raffigurare la spiaggia e la riva azzurrognola. Ci sparpaglio sopra le *paillettes* blu, tolgo quelle in eccesso picchiettando sul retro della base e faccio lo stesso con le *paillettes* dorate, per la sabbia. Sto per rimettere sopra la palla di vetro, per vedere l'effetto che fa e… tragedia! Mi sfugge di mano e cade a terra rompendosi in mille pezzi.

Rimango senza voce, un freddo gelido che mi scorre nelle vene.

«Cos'è successo?» chiede Ines accorrendo in cucina. «Oh… hai rotto la palla di neve!»

«Grazie, non lo avevo notato…»

Mi viene da piangere, credo si veda dalla mia espressione. Il negoziante mi aveva avvertito: quello era l'ultimo pezzo, non ne sarebbero arrivati altri.

«Niente panico, ho la soluzione» mi dice Ines.

«E quale? Vuoi rincollare tutto? Lascia perdere, va bene così, è destino che il ventiquattro non vada all'associazione. Quando l'universo non vuole, non vuole.»

«E lasciare il povero Romeo senza il suo Secret Santa, mentre tutti gli altri avranno il loro regalo? Non ti muovere, torno subito!»

Sparisce in corridoio e si ripresenta con un barattolo di vetro per caramelle, riempito di tutto e niente.

«Lo avevo comprato per metterci delle frasette di incoraggiamento. Lo consigliavano in una rivista, per quando sei giù di morale, ma non l'ho mai fatto. Usalo tu.»

Prende un sacchetto di plastica e ci svuota dentro il contenuto.

«Guarda, è grande quasi quanto la tua palla di neve. Lo giri e… ta-daaa!» dice, mettendolo all'incontrario sul tavolo.

Ho ancora il broncio, e la parte superiore del barattolo è piatta, ma è comunque meglio di niente.

«Be'… grazie.»

«Non c'è di che! È sempre meglio avere una Ines a portata di mano!»

Se ne va ridendo, lasciandomi a montare la mia quasi palla di neve.

Ci passo gran parte della giornata, ma alle tre la foresta tropicale, i fiori e i frutti esotici sono incollati, gli uccellini sono attaccati ai rami, la sabbia e il mare sono al loro posto, la famiglia Payet riunita sulla spiaggia e il liquido con i fiocchi di neve versato interamente nel barattolo. Non mi resta che girare la base, immergere le figure all'interno, avvitare e… incrociare le dita sperando che tenga.

Ines è al mio fianco, smette di respirare, e anch'io.

Che tensione!

Uno, due, tre. Giro, immergo, avvito e…

«Oh, cavolo, tiene!» grido, rimettendo la palla sul tavolo. «E guarda, c'è neve dappertutto, è bellissima!»

Insomma, basta dimenticarsi che le figurine non sono proprio indimenticabili…

«Complimenti, adesso puoi aprire un negozio… O meglio… magari non di ritratti» mi prende in giro Ines, vedendo le figure dei Payet.

Anch'io mi metto a ridere, sembrano un incrocio tra esseri umani e orchi.

«Be', ti lascio, miss Rodin, ho ancora due o tre cose da fare prima di andare al lavoro. Tra poco ci sono le vacanze!» canticchia uscendo dalla cucina nel momento esatto in cui suonano alla porta.

Il che ci sorprende, perché per entrare nel palazzo bisogna suonare il citofono.

Ines va ad aprire e la voce che sento mi lascia pietrificata.

«Ciao. La porta era aperta, sono entrato senza suonare. Fann è qui?»

Oh, cavolo, Romeo!

Mi butto sulla palla di neve e la metto nel primo posto che mi viene in mente: il forno!

Solo dopo realizzo che, se Romeo è venuto qui, è perché vuole parlarmi. Inspiro a fondo, mi sistemo stupidamente i capelli e lo raggiungo, pronta ad ascoltare quello che ha da dirmi.

«Ciao!»

Sono un po' troppo allegra dopo tutto quello che è successo, ma la palla di neve mi ha riportato nello spirito natalizio. E ho perso leggermente il controllo.

Romeo mi guarda senza sorridere, l'espressione di uno che non sta bene con se stesso. Visto che ci guardiamo senza dire nulla, Ines si schiarisce la voce.

«Be', vi lascio, devo andare al lavoro!»

Con un'ora di anticipo.

Si infila in fretta e furia le scarpe da ginnastica, prende la borsa e il cappotto e sparisce. In un battibaleno.

«Entra» propongo a Romeo, indicandogli il salotto. «Vuoi bere qualcosa?»

«No, grazie, sono venuto solo per parlarti.»

Ovviamente ho il cuore che batte a mille all'ora…

Mi sistemo in fondo al divano, in modo da lasciargli lo spazio vicino a me, ma lui si siede sulla poltrona di fronte. Ci separa un metro abbondante.

Respira, Fannette, respira…

«Ti ascolto.»

Annuisce.

«Mi dispiace di aver reagito così male, ovviamente non eri obbligata a raccontare della situazione dei tuoi genitori a nessuno. Nemmeno a me. Mi sono fatto prendere dalla collera, ed è stato stupido.»

Avrei voglia di svuotarmi i polmoni per il sollievo, ma sembra che Romeo non abbia ancora finito, così annuisco, prudente.

«In realtà non hai fatto nulla di male» continua «e penso che, se fossi stato al posto tuo, avrei fatto lo stesso. Mi sarebbe piaciuto che me ne avessi parlato subito, ma hai preso la decisione giusta. E se ti preoccupi di come la vedono gli altri, credo che tutti gli studenti dell'associazione la pensino come me.»

«Élise mi ha rassicurato. Sai, non volevo ferire nessuno, anche se Gabin mi aveva avvisato che sarebbe potuta finire così. Solo che non sapevo che sarebbe stato per colpa sua.»

«È un cretino.»

«Non avrei mai creduto che fosse capace di una cosa simile.»

Su di noi cala ancora il silenzio, e ho voglia di tornare su un dettaglio importante.

«Mi dispiace di non avertene parlato subito. Tu hai pensato che fosse per una questione di fiducia, ma in realtà avevo solo paura che non capissi i motivi per cui volevo fare la volontaria. Io e te non ci conosciamo ancora molto bene, non sapevo come comportarmi né come avresti reagito…»

«Lo capisco, è comprensibile.»

E allora perché ha l'aria così tesa? Perché il fatto di parlarmene non sembra affatto risollevarlo?

«Spero che continuerai a venire all'ASS, abbiamo bisogno di persone come te.»

«Nell'"abbiamo" ci sei anche tu?»

«Certo, sono uno studente in condizioni disagiate» risponde, con aria distaccata.

Non è sufficiente.

«Sì, ma… lo studente e basta, cosa ne pensa?»

La sua mascella si irrigidisce. E anch'io. La cosa non mi piace.

«Fra me e te non può andare avanti» dichiara.

Il mio cuore sussulta, ma cerco di mantenere il controllo.

«E perché? Cosa ce lo impedisce?»

«Tutto, Fannette, tutto. Quando ti ho incontrato mi sono chiesto cosa ci facessi con un tipo come Gabin. Ma adesso che so ogni cosa, mi chiederei cosa ci fai con un tipo come me.»

«Un tipo come te?»

«Sei multimilionaria…»

«I miei genitori, non io.»

«Okay, i tuoi genitori sono multimilionari e io non ho un centesimo. Immagina come sarebbe. Vuoi uscire, fare un'attività, un weekend, qualunque cosa, e io non posso. Non posso, e allora paghi tu. Sono in difficoltà, vuoi aiutarmi, rifiuti di lasciarmi nei guai. Ho la mia dignità, Fann, per me non è possibile.»

Deglutisco.

«Capisco, hai la tua dignità e lo rispetto, ma tu provi dei sentimenti per me oppure no?»

Non risponde.

«Sai, basterebbe dire che non provi quello che provo io per te.»

«Appunto…» si lascia sfuggire.

Il mio cuore sta per scoppiare. Perché ci fa questo?

«Provo dei sentimenti per te, ma voglio che tu lasci perdere. Non siamo compatibili, non funzionerebbe.»

Scatto in piedi, ferita da quello che ho appena sentito.

«Chi l'ha deciso? Chi ha decretato che dovremmo essere uguali e avere la stessa storia per stare insieme? Facciamo come in *Love Story*? Chiamo i miei e gli dico che non voglio ereditare niente, che preferisco cavarmela da sola perché mi sono innamorata di un tipo che non sopporta l'idea che io sia nata ricca? Se lo faccio, diventiamo compatibili?»

Anche lui si alza.

«Non vuoi capire.»

«Perché è stupido, Romeo! Io e te formiamo una coppia perfetta. Vuoi che eviti le situazioni in cui potrebbe venire fuori che ho i soldi? Okay. Vuoi che ci mettiamo su un piano di parità? Okay. Niente è impossibile.»

Scuote la testa.

«Per quanti sforzi tu possa fare, non potrai mai rinnegare chi sei né da dove vieni.»

«E quindi? Ci salutiamo per rivederci fra venti o trent'anni, quando avrai una situazione professionale adeguata e non dovrai più vergognarti del tuo conto in banca? Non ho mai ascoltato niente di più ridicolo in tutta la mia vita, ti stai facendo divorare dall'orgoglio e non te ne accorgi nemmeno. Quando ci si ama, non conta nient'altro. E io ti amo, ne sono certa, e tutti i soldi del mondo non hanno nessun valore.»

«Per ora. Ma un giorno ti dispiacerà non poter avere lo stesso tenore di vita di prima e stare con qualcuno che deve sempre fare attenzione. Perché io non sarò mai ricco, Fann, e non voglio dipendere da nessuno. Né ora, né mai.»

«Che idiozie… E ti faccio notare che è un po' presto per pensare a una vita insieme. Non puoi sapere cosa ci riserva il futuro, né come andrà fra noi due. Allora iniziamo a fidarci l'uno dell'altra.»

Il suo sorriso è senza gioia.

«Sei così ottimista…»

Scuoto la testa.

«Qui l'ottimismo non c'entra niente.»

Gli prendo la mano, istintivamente.

«Romeo…»

Rimane impassibile. Non cambierà idea, glielo leggo negli occhi.

E io sono così sbalordita da questa situazione che sto per mettermi a piangere. Ma è fuori questione.

Lui è orgoglioso? Anch'io lo sono.

Stacco le dita dalle sue. Questa conversazione mi fa troppo male, devo chiuderla.

«Okay, non voglio discutere. Ma non contare su di me per dimenticare quello che c'è stato fra noi.»

«Non lo dimenticherò neanch'io...» mormora.

Ed è la cosa peggiore di tutte. Avrei preferito che non gli importasse, sarebbe stato più facile.

Segue un lungo, struggente momento di silenzio, durante il quale ognuno di noi sembra aspettarsi qualcosa dall'altro, un gesto, una parola.

Ma anche se i nostri corpi e i nostri cuori ci urlano di avvicinarci, nessuno dei due muove un passo.

Romeo guarda la porta d'ingresso.

«Devo andare... il mio turno comincia alle quattro e mezzo.»

«D'accordo. Immagino che ci rivedremo il ventiquattro.» Per farti un regalo in cui ho messo tutto ciò che provo. Ed è talmente brutto che nessuno crederà mai che possa arrivare dall'erede di una coppia di multimilionari, dovresti esserne contento...

Annuisce.

«Okay, a sabato. E, ti ripeto, mi dispiace.»

«Non quanto a me. A sabato.»

Il mio tono è secco. Ho voglia di piangere, e credo che si veda. A quel punto Romeo alza una mano, come a volermi toccarmi una guancia, ma poi ci ripensa.

Il mio respiro accelera, ho voglia di fermarlo, di non lasciarlo andare via...

Ma chiudo lentamente la porta dietro di lui e mi appoggio al battente.

Credevo che sarei scoppiata in singhiozzi, ma non ci riesco. Perché?

Perché a parte mantenere la testa alta, non so cosa fare.

Penso a mia madre e agli obiettivi che ha raggiunto, a mio padre, che le ha offerto un sostegno incessante, a dove sono arrivati oggi e a tutte le energie di cui hanno dato prova. Immagino me stessa mentre racconto la mia situazione, e loro che mi rispondono che raramente le montagne sono ripide allo stesso modo su tutti i fianchi, che bisogna solo trovare quello giusto da cui passare.

Be', intanto però tutti i punti di accesso mi sembrano bloccati, e il fatto di sapere che Romeo prova dei sentimenti per me è forse ancora peggio.

Avrei preferito che non lo ammettesse.

Vado a recuperare la finta palla di neve dal forno e la guardo come si osserva il cielo, nella speranza di vedere una stella cadente per esprimere un desiderio.

Se solo potessi fare in modo che le cose cambino.

23
dicembre

Andare a dormire e svegliarsi con le galline a volte ha i suoi vantaggi. Ieri sera mi sono chiusa in camera mia con la TV, un vassoio di cibo e la volontà di dimenticare che in questo momento poche cose vanno bene. Ha funzionato. Grazie al *binge watching* mi sono svuotata la mente e mi sono addormentata così presto che non ho nemmeno sentito Ines rientrare.

Imbacuccata sotto il piumone, guardo il telefono con un gesto istintivo e storco il naso vedendo che non c'è nessun messaggio di Romeo. Non che me ne aspettassi uno, ma un po' ci speravo comunque. Pazienza, mi rifiuto di abbattermi ancora di più, devo andare avanti!

Sospiro ed esco dalla stanza strascicando i piedi. Attraverso il corridoio e mi fermo di colpo davanti all'ingresso della sala.

Anche Ines si è alzata, è seduta sul divano, nel suo pigiama a tuta da panda, e sta strappando decine di pezzi di carta, tutti ammonticchiati sul tavolino.

«Che fai?»

«Cerco di calmarmi.»

Ammetto di non capire.

«Nottataccia?»

«Nottataccia, serataccia, è arrivato il momento di prendere in mano la situazione!»

«Vuoi parlarmene?»

«Prima un caffè!»

La seguo volentieri in cucina, quando si è giù di morale non c'è niente di meglio che una bella colazione.

Ines si occupa della caffettiera, io di tostare qualche fetta di pancarrè, poi ci sediamo al tavolo.

«Quindi?» le chiedo, mentre ha la bocca piena.

La sua risposta è appena comprensibile.

«Mi ha veramente *schhtufato*!»

«Ehm, okay, chi?»

«Il mio capo! Non so se a metterlo in questo stato sono le vacanze che si avvicinano, ma è davvero insopportabile! Ieri ci ha urlato contro dicendoci che abbiamo preso il diploma di educatori con i punti del detersivo. Volevamo far fare dei fiori di Natale ai bambini usando la carta crespa, e abbiamo cercato delle immagini su internet per mostrare ai piccoli come sono le stelle di Natale. Lui è arrivato proprio in quel momento ed è letteralmente sbottato. "Non c'è bisogno di far vedere ai bambini come si usa internet, *bla bla bla*, con il rischio di finire su pop-up di siti vietati ai minori di diciotto anni, *bla bla bla*, e i genitori che sporgono denuncia." Una scenata peggio di un dramma coreano!»

«Ah, sì… Be', almeno per una volta non se l'è presa solo con te.»

«Certo, ci ha tramortito tutti! Allora abbiamo deciso di

fermarci e di preparare dei ventagli natalizi. E lui ci ha detto che erano troppo legati al genere, e che i papà rischiavano di trovarsi a disagio. No, ma davvero!»

Quando Ines è così, mi viene quasi voglia di ridere, ma mi trattengo, sento che è veramente stufa.

«E cosa avete fatto?»

Arriccia il naso.

«Un biglietto natalizio. Quell'uomo è nato rompiscatole e morirà rompiscatole, è poco ma sicuro.»

«Ed è per questo che ti divertivi a strappare tutti quei pezzi di carta?»

«Sì, perché farà perdere la pazienza anche a me, perché stasera è il mio ultimo giorno di lavoro prima delle vacanze e sento che sarà ancora più rompiscatole del solito, ed è meglio che esorcizzi la mia irritazione prima di prenderlo a male parole, credimi.»

Esorcizzare la sua irritazione con dei pezzi di carta? Non sta parlando sul serio…

«Vuoi sapere una cosa? Più frequento le ragazze, più trovo che gli uomini siano una gran scocciatura.»

Sorrido. Ines e le sue generalizzazioni.

«Be', raccontami di te e Romeo. Cosa voleva ieri sera? Fare la pace?»

«Mmm, no, non proprio.»

Allora le spiego tutto, e più vado avanti, più la vedo sgranare gli occhi.

«Scusa, a me Romeo piace molto, però anche lui non c'è tanto con la testa, no? Cos'era ieri? La giornata internazionale del cretino?»

Scoppio a ridere. Parlare con Ines fa sempre bene.

«Sai che ti dico?» attacca lei. «Esorcizziamo insieme!»

«Strappando pezzi di carta? Sei un tesoro, ma dubito che risolverà il mio problema.»

«Non deve risolverlo, ma permetterti di affrontarlo. Dai, vieni!»

Si alza e si fionda in sala. A quel punto la seguo, incuriosita anche se perplessa.

«Siediti qui vicino a me, vedrai, è liberatorio!»

Alla sua sinistra c'è un cestino di metallo con piccoli buchi a forma di fiori intorno al bordo. Lei lo prende e lo appoggia sul tavolino.

«Ma che fai?»

«Facciamo un incantesimo contro tutti quelli che ci fanno arrabbiare, vedrai!»

Un incantesimo? Adesso comincia seriamente a preoccuparmi…

Quindi prende un pezzo di carta e ci scrive sopra qualcosa.

«Tocca a te!»

«Ehm… cosa devo scrivere?»

«Non ci posso credere, ma dove vivi, Fannette Reynaud? Scrivi quello che ti fa innervosire di Romeo, che diamine! Per esempio: "Detesto che Romeo proponga a Serena di passare la serata a casa sua, quando la mia amica Ines vorrebbe stare con lei".»

Scoppio a ridere, ma sono comunque un po' sconcertata. Da dove tira fuori questi riti?

«E non dimenticarti di Gabin! Così prendiamo tre piccioni con una fava!»

Non ho la minima idea di dove questo possa portarci, ma mi faccio prendere dal gioco e scrivo tutto quello che mi passa per la testa.

Ines si alza, va in cucina e torna con una scatola di fiammiferi.

«Bene, adesso facciamo sul serio!»

«Li bruciamo?»

«Giusto!»

«Non dovremmo prima togliere quello che c'è sul fondo del cestino?» suggerisco, vedendo che è pieno.

Manca solo che appicchiamo il fuoco nel nostro appartamento.

«Non ce n'è bisogno! L'incantesimo funziona solo se tieni in mano il pezzo di carta il più a lungo possibile: quando lo lasci, non devono esserci più fiamme! Dai, comincio io: il mio capo ha il QI di un piatto di cozze e patatine!»

Poi sfrega un fiammifero e accende il suo primo biglietto.

«Non sarebbe meno pericoloso se lo facessimo sopra la vasca da bagno?»

«Nooo! Il cestino è un simbolo, ci butti dentro tutto quello che devi buttare via, capisci?»

Prendo un pezzo di carta e leggo il mio biglietto ad alta voce, prima di dargli fuoco.

«Romeo è stupido!»

La carta brucia, la lascio e cade in cenere sul fondo del cestino.

Ines ricomincia.

«Il mio capo è un *aghyoul*!»

«Un che?»

«Un asino, in lingua cabila. Dai, tocca a te, continuiamo, *go, go!*»

«Gabin ha un piccolo...»

Faccio una pausa furtiva guardando Ines che stringe gli occhi a fessura.

«... potenziale!» proseguo ridendo.

La carta si consuma.

«Il mio capo crede di essere una fuoriserie, mentre non è altro che un carretto» fa lei.

Sono morta dalle risate.

«Gabin è uno sporco egoista.»

«Il mio capo ha l'alito che puzza!»

«Io, io! Romeo ha buttato le bucce di castagne sulle persone.»

Lo grido con convinzione mentre brucio il mio pezzo di carta, ma Ines si ferma e mi fissa con un sopracciglio inarcato.

«Ma che frase è?»

«La verità.»

«Ed è l'unica cosa che hai da rimproverargli? Almeno insultalo, se non sai che dire.»

Faccio spallucce. Lo so, fa schifo.

«Sei davvero troppo gentile. Aspetta, ti faccio vedere.»

Prende un pezzo di carta, scrive qualcosa e lo legge ad alta voce, prima di bruciarlo.

«Romeo, sei solo un contadinotto e tua madre beve l'acqua della pasta. Tocca a te!»

Sono così sorpresa che mi strozzo da sola ridendo.

Scrivo la prima cosa che mi viene in mente e la leggo.

«Ehm... Romeo, ti caccerei la testa nel lavandino!»

Ines alza di nuovo un sopracciglio.

«Davvero non sai trovare niente di meglio? Su, dai, uno sforzo!»

Rifletto e scarabocchio un'altra cosa. E poi un'altra ancora, sono in vantaggio di due!

«Gabin, hai le orecchie che sembrano delle pantofole!»

Stavolta è Ines a ridere a crepapelle, e ho l'impressione che più frasi senza senso diciamo, più ci lasciamo andare. Tanto che Ines, appena acceso un fiammifero, non aspetta che la carta finisca di bruciare e la butta subito nel cestino. Non so esattamente cosa ci fosse dentro, ma si alza una fiammata enorme, che ci scaraventa indietro.

«Oh, cavolo!» grido, cercando di spegnerla con la prima cosa che mi capita tra le mani, un foulard abbandonato sul divano.

Pessima idea, il tessuto prende fuoco in un attimo e la fiamma diventa ancora più alta.

C'è tanto di quel fumo che i rilevatori nell'appartamento si mettono a urlare.

«Apri la finestra!» dico a Ines.

Altra pessima idea, la corrente d'aria attizza il fuoco nel cestino, finiremo per bruciare l'appartamento!

Allora corro in cucina, riempio un bicchiere d'acqua, inumidisco uno strofinaccio e poi lo butto nel cestino in fiamme. Il fuoco si spegne, lasciandosi dietro un denso fumo nero. La sala è avvolta nella nebbia, l'allarme antincendio urla a squarciagola e il nostro vicino bussa alla porta come un forsennato.

«Aprite, sono il signor Duriez! C'è del fumo che esce dalla vostra finestra, state bene? Aprite!»

Io e Ines ci guardiamo sconcertate, quindi scoppiamo a ridere senza riuscire a fermarci. Abbiamo bruciato la metà dei nostri pezzi di carta, abbiamo rischiato di incendiare l'appartamento, ma credo che non abbiamo mai riso così tanto in vita nostra. E in questo momento sono pronta a scommettere che si è dimenticata del suo capo, così come io mi sono dimenticata che Romeo è un *aghyoul*.

«Chiamo i pompieri!» urla il signor Duriez.

Gli apriamo, in pigiama, le lacrime agli occhi, i capelli arruffati, ed è un miracolo se non sobbalzo vedendo il signor Duriez pietrificato sulle scale, così come i nostri due vicini in pantofole e vestaglia. Le loro facce sono quasi peggio delle nostre.

«Tutto a posto» li rassicuro. «Un malaugurato incendio nella spazzatura che siamo riuscite a spegnere.»

Si guardano fra loro, un po' sospettosi.

«Siete sicure?» domanda una vicina.

«Ho appena messo il cestino nella vasca» la tranquillizza Ines.

«Scusate per il disturbo, e buona giornata!»

Mi chiudo la porta alle spalle e ovviamente ricominciamo subito a ridere. Solo che smettiamo quando vediamo l'appartamento. Il soffitto è nero di fuliggine, il secchio in metallo ha lasciato un bel segno sul legno del tavolino e la cenere si è sparsa per tutta la sala.

Io e Ines ci guardiamo, basite.

Be', non ci resta che pulire.

«I tuoi daranno di matto» dice lei guardando il soffitto annerito. «L'assicurazione copre questo genere di danni?»

«Non credo. Ma potrei far venire un imbianchino a dipingere senza dire niente a nessuno.»

«Costerà una sassata.»

Occhiata di traverso.

«No, non pagherai solo tu! Anch'io sono responsabile!»

«Okay, in questo caso lo faremo direttamente noi, ma ti avviso, darmi in mano un pennello non è una grande idea.»

Si mette a ridere.

«Non potrà mai essere peggio che con la pasta modellabile!»

«Ma che cattiva!»

Ines si lascia cadere sul divano e chiude gli occhi.

«Sai che ti dico? Questo sarà l'anno migliore dei miei di università, ne sono sicura.»

«Piantala, hai appena iniziato.»

Riapre gli occhi e aggrotta subito le sopracciglia.

«E tu? Hai deciso? Lasci?»

Sospiro. Quel genere di sospiro che vuole dire tutto e niente.

«No… non lascio.»

«Evviva!» urla Ines.

Scoppio a ridere.

«Non ti rallegrare troppo, se per caso non dovessi passare gli esami e fossi costretta a sostenere quelli di riparazione, sarei così scoraggiata che potrei ancora cambiare idea!»

«Sono sicura di no… Se non passi, ci riproverai.»

«Sai, ci ho riflettuto… Sociologia forse non fa per me, ma lo sviluppo sociale, migliorare le condizioni di vita delle persone, quello sono convinta di sì, perché in realtà ho voglia di occuparmi degli altri, di aiutare la gente a cavarsela. Avevi ragione riguardo all'associazione.»

Ines sorride.

«Io ho sempre ragione! Quindi che farai?»

«Cambierò le mie opzioni e appena possibile prenderò un'altra strada!»

«Sono felice di sentirtelo dire. Credo in te, mostriciattolo, e poi vieni qui a fare una coccola alla zia.»

Apre le braccia, e io apro le mie.

Rimaniamo a lungo così, poi lei comincia a darmi dei colpetti sulla schiena, come si farebbe per consolare un bambino.

«E per quanto riguarda Romeo, come ti senti?»

Mi incupisco.

«Come una crostata alle fragole.»

Lei si tira indietro per guardarmi.

«Scusa?»

«Sì, una crostata alle fragole così costosa che, anche se ti viene voglia di mangiarla, la lasci in vetrina per il prezzo.»

Sospira.

«Finirà per crollare. Domani crollerà.»

Faccio spallucce.

«Parlami piuttosto di te e Serena. Ero superconcentrata su di me e non ti ho neanche chiesto se sei felice.»

Sospira.

«Okay, ma prima sappi che sei davvero superbuona come crostata alle fragole, e che se non fossi già innamorata, be'… ti comprerei immediatamente!»

Scoppio a ridere.

«Dici così, ma non hai mai provato interesse per me!»

«Vero, ma lo dico lo stesso.»

Sorrido.

«Dai, parlami di voi.»

Ines fa finta di svenire.

«La adoro! Ci troviamo bene. È un po' come se avessi trovato la persona che ho sempre aspettato. Mi fa ridere. È generosa, paziente.»

«Una perla rara...»

«Esatto... Sai, è stato strano la prima volta che abbiamo... dai, ci siamo capite!»

«Sì, ci siamo capite!»

Ines chiude gli occhi, dà l'impressione di essere ancora lì.

«È strano, perché ho sempre avuto dei compagni maschi, ma è stato così naturale che mi sono detta: "Wow, sei davvero fortunata ad averla incontrata". Non mi sono mai sentita così libera, Fann. Ho l'impressione che io e lei fossimo destinate a incontrarci, che saremmo potute vivere dappertutto ma avremmo comunque finito per incrociarci.»

«Il grande amore... Mi fai sognare.»

Allunga la mano e mi accarezza la guancia con la punta delle dita.

«So che stai male, ma io lo sogno anche per te.»

«È gentile da parte tua...»

«Sai una cosa?» si anima improvvisamente. «Stiamo pensando di andare a La Réunion insieme!»

«Davvero?»

«Sì! Serena vuole presentarmi alla sua famiglia.»

Sospiro. Ovviamente sono felice per lei, ma fa comunque un po' male. Vorrei così tanto essere al posto suo...

«Sono contenta per te...»
«E io per te» replica.
«Ehm... perché?»
«Perché a La Réunion ci andremo in quattro!»
Scoppio a ridere. Questa poi...
«Per farlo, bisognerebbe che prima le cose si sistemassero, e non è scontato. Ma mi piacerebbe un sacco.»
«Allora pensa positivo. PO-SI-TI-VO! Vuoi che rifacciamo un falò nel cestino?»
Alzo le mani.
«Neanche morta.»
«Nemmeno uno piccolino?»
Scuoto la testa.
«E tu, parlerai ai tuoi di Serena? Gli dirai che sei innamorata?»
Il suo bel viso si incupisce.
«Mi credi se ti dico che ho paura della loro reazione? E ho paura anche di quella di mio fratello.»
«Non lo apprezzerebbero?»
«Non lo so, non ne abbiamo mai parlato...»
Adesso tocca a me provare a rassicurarla.
«I tuoi ti hanno sempre appoggiato, e tuo fratello ti adora. Nessuno ti ha mai messo i bastoni fra le ruote, anzi. Sono sicura che il giorno in cui avrai voglia di parlargliene, non ti giudicheranno. Saranno solo contenti per te.»
«E se non fosse così?»
«PO-SI-TI-VA» la imito. «Pensa positivo! Vuoi che rifacciamo un falò nel cestino?»
La faccio ridere ed è l'unica cosa che conta.

«Un'altra coccola?» mi chiede, aprendo le braccia.

E a quel punto mi ci rifugio senza la minima esitazione.

Mi sento molto meno smarrita rispetto a tre settimane fa, e per certi versi anche mille volte più sicura. Ma se rimangono incertezze e zone d'ombra, c'è una cosa su cui non avrò mai dubbi: tra me e Ines è per sempre.

In poco tempo è diventata la migliore amica che abbia mai avuto. E anche se oggi il soffitto ha rischiato di bruciare, anche se a furia di pensare il mio cervello si è liquefatto e il mio cuore ha rischiato di scoppiare per il troppo amore, so che potremo sempre contare l'una sull'altra.

A quanto pare tutto si sistema con l'amicizia e un po' di fiducia.

Ines ne ha per il mio futuro e io ne ho in lei.

24
dicembre

«Pronta per festeggiare il tuo primo Natale senza di me?» mi chiede mia madre.

Il suo tono rasenta il dramma, ma sorrido.

«E voi, pronti per il vostro primo Natale in una stanza ghiacciata in Lapponia?»

Perché alla fine è quella la destinazione che hanno scelto i miei: un hotel-igloo nel cuore della Lapponia svedese. È da lì che mi sta chiamando. Non sono sicura di rimpiangere di non essere andata con loro!

«Si congela» mi annuncia mia madre come se fosse uno scoop, imbacuccata sotto un piumone di spessore triplo. «Peraltro tuo padre sta facendo un bagno di acqua calda di sorgente. Io mi sono rifiutata, perché bisognava svestirsi. Chi me l'ha fatto fare, chi me l'ha fatto fare?»

Mi metto a ridere.

«Come souvenir, portami dei ghiaccioli!»

«Ah ah ah! Molto divertente. Allora, questo cenone fra sconosciuti come si prospetta? Ti sei già vestita?»

Appoggio il telefono sulla scrivania, mi alzo e indietreggio per mostrarle la mia *mise*. Ne sono così fiera che non penso neanche per un secondo che a mia madre possa non piacere. Sgrana gli occhi, l'espressione piuttosto inorridita.

«Ehm… e quello cos'è?»

«Il dress code della serata!»

«Ah… è originale.»

Certo che lo è! Abito rosso in lana lavorato a costa inglese, con uno spesso collo alto e della lunghezza ideale, visto che si ferma a metà coscia. Il che mi ha permesso di giocare con un paio di collant opachi a *paillettes* verdi. Ma il clou dello spettacolo si trova altrove… e precisamente fra i seni, con un'adorabile testa di cane di peluche che sembra uscirmi dal petto. Un chihuahua marrone e bianco che indossa un paio di occhiali a forma di abete con gli strass verdi, un cerchietto con corna di renna sormontate da due muffole a forma di Babbo Natale, una campanella che tintinna quando cammino e un maglione bianco con stampati dei bastoncini di zucchero.

Insomma, una cosetta semplice!

Mia madre è allibita.

Io lo adoro.

«Visto che sembri così sicura di te…»

«Assolutamente sì!»

Più dubbiosa di lei, si muore!

«Ci sarà anche Gabin?» mi chiede alla fine.

Sospiro… È vero, non ho ancora detto ai miei della nostra separazione, e mia madre non ha nessuna idea di quello che mi ha fatto patire nelle ultime settimane.

«Ci siamo lasciati» ammetto, rassegnata. «O meglio, sono stata io a lasciarlo.»

«Capisco… A dirla tutta non sono sorpresa, sentivo che qualcosa non andava. C'è un altro ragazzo?»

Mia madre, la sua perspicacia e le sue domande dirette! In realtà non ho nessuna voglia di mentirle, anche perché, se ieri facevo la spiritosa, oggi ho una stretta allo stomaco. Ho paura di come andrà la serata, paura che Romeo non cambi idea su di noi. Allora mi apro, confesso a mia madre quello che ho vissuto nelle ultime tre settimane. Nonostante non sia sorpresa dalla mia rottura con Gabin, sento che comunque cade un po' dalle nuvole, ma mi ascolta senza mai interrompermi. Quando finisco mi sorride, e anche attraverso lo schermo del telefono sento tutto il suo affetto. E mi fa bene.

«Andrai alla tua serata con la tua bella palla di vetro, il tuo coraggio e la certezza che il tuo Romeo finirà tra le tue braccia.»

«Gli fai un incantesimo?» scherzo.

«No, è scontato, perché sei la ragazza più intelligente, interessante, bella e testarda che lui abbia mai incontrato. Ah, ecco tuo padre che torna dal suo brodo, è rosso come un'aragosta! Te lo passo. Ti auguro una serena vigilia, tesoro.»

Il viso di mia madre lascia spazio a mio padre in accappatoio, ed è vero che ha preso colore!

«Buon Natale, coniglietto mio. Faccio presto, ho già le dita dei piedi congelate! Lunedì mattina non dimenticare di andare a prendere il tuo regalo, con la mamma ti abbiamo spedito una cosetta.»

«Grazie, papà, e buon Natale anche a te. Vi voglio un sacco di bene.»

«Anche noi!» grida mia madre dalla stanza di ghiaccio.

Chiudo la videochiamata con il cuore pieno di quello che solo due genitori così affettuosi come i miei sanno trasmettere.

«Sono quasi le nove, sei pronta?» mi chiede Ines affacciandosi sulla porta.

Mi sono vestita, truccata un po', ho fatto uno chignon spettinato, il mio cuore è carico, la palla di vetro è impacchettata – in una decina di fogli A4 perché non avevo la carta regalo – e infilata in un'orribile borsa di tela con gli abeti che ho tirato fuori da non so dove.

Il grosso è fatto, sì, possiamo andare.

Quando arriviamo all'associazione, alle finestre e alla porta d'ingresso sono state aggiunte nuove decorazioni natalizie, mentre decine di lampadine a led di tutti i colori lampeggiano come per invitarci a entrare, senza rischi. O almeno, è questa la sensazione che mi trasmettono. Mi tranquillizza.

Serena dovrebbe venire con Romeo, magari sono già qui. Mentre salgo le scale che portano al *foyer*, ho il cuore che mi batte all'impazzata, ma la prima cosa che mi colpisce quando entro è il clima natalizio, caloroso e avvolgente che regna all'interno. Tutti sorridono, hanno già un bicchiere in mano e si sono sbizzarriti nella gara a chi ha il maglione più brutto, tanto che non saprei dire quale sia il peggiore.

«Invidio il tuo abito» mi sussurra Ines all'orecchio. «Mi fai sfigurare.»

«Sì, certo!» ironizzo.

Non si è arrischiata a mettersi altro se non il cerchietto che ho portato a casa dall'associazione, eppure l'avevo avvisata!

«Aspetta, ho un'idea, non ti muovere!»

Sulla parete ci sono delle ghirlande finte di agrifoglio, con all'interno un sacco di piccoli folletti e pupazzi di neve. Ne prendo alcuni e guardo il bel nido formato dai capelli di Ines raccolti in uno chignon.

Mi vede arrivare e indietreggia.

«Ferma lì! Mi hai preso per un tronchetto di Natale?»

«Lasciami fare, ti rendo brutta.»

Insomma, per farlo sarebbe stato meglio pensarci prima! Alla fine, però, il risultato non è niente male. Afferro una piccola ghirlanda di finte lampadine multicolori e gliela metto intorno al collo.

«Ecco, così sei perfetta.»

Poi prendo il telefono e ci faccio un selfie, che il mondo non dimenticherà facilmente: io con la lingua di fuori e lei con la bocca a sedere di gallina.

«Dio le fa e poi le accoppia!» scherza Anthony, venendoci incontro. «Dai, andate a prendervi da bere e a sgranocchiare qualcosa.»

Rapida occhiata in giro: nessuna traccia di Serena, né di Romeo. Ho ancora un po' di tempo. Che fifona che sono…

Prendo un bicchiere di vino frizzante e Ines mi dà di gomito. Romeo è qui. Appena lo vedo, non capisco più nulla e mi rendo conto di non aver ancora messo il suo regalo sotto l'albero. È rimasto nella mia *shopping bag*.

«Ecco, nemmeno lui si è giocato la carta del maglione brutto» dice Ines. «Adesso mi sento meno sola.»

O quasi… Il maglione nero di Romeo ha un piccolo Babbo Natale cucito all'altezza del cuore.

Lui mi guarda dalla testa ai piedi, mi sorride, ho le gambe che mi tremano. Poi si gira apposta e io sgrano gli occhi. In mezzo alla schiena, ha scritto:

I'm Santa Claus and you know it.
Make a wish.*

«Be'» mi dice Ines, «se con questo non hai capito il messaggio…»

«Credi sia per me?»

«No, per tua madre!» esclama lei. «Per chi altro, se no? Ti lascio a rimuginare, vado da Serena.»

Bene. Mi devo far trasportare dall'entusiasmo oppure no?

Ho voglia di credere che abbia messo quel maglione per me, per farmi esprimere il desiderio che fra noi si sistemino le cose, e che lui esaudirà la mia richiesta, ma… meglio essere prudenti, non si sa mai…

«Visto che siamo tutti qui» annuncia Élise mettendosi in mezzo alla stanza, «cominciamo con il Secret Santa. Se lo facciamo dopo, e il vino è buono, rischiamo di confondere i regali, ve lo dico io!»

Risate fra gli studenti.

Nello stesso momento, Romeo viene nella mia direzione,

---

* "Sono Babbo Natale e lo sai. Esprimi un desiderio."

mi fa l'occhiolino e posa un minuscolo regalo ai piedi dell'albero. Poi torna al suo posto, come se niente fosse.

Deglutisco.

«Dato che quest'idea fantastica è stata di Fann, lasciamo che ci spieghi come procedere per scambiarci i regali. Fann, a te!»

Raggiungo Élise al centro della stanza, un po' intimidita perché non ho più rivisto nessuno dopo la scenata di Gabin. Ma noto che, anche se io ne ho fatto una tragedia, nessuno sembra guardarmi di traverso. Anzi, qualcuno mi sorride, il che mi aiuta a rilassarmi un po'.

«Ehm… buonasera a tutti. Intanto grazie di aver partecipato, vedere tutti questi regali è davvero bello. A giudicare dai pacchetti, non sono la sola ad avere una pessima manualità!»

Risate.

«Se siete d'accordo, direi di cominciare dalle ragazze! Su ogni pacchetto sono scritti i nomi del destinatario e di chi l'ha fatto. Si parte!»

Proposta più che interessata: mentre le ragazze saranno impegnate ad aprire i regali, e i ragazzi andranno a prendere i loro, nessuno mi vedrà dare il mio regalo a Romeo, e rischiare di svenire in attesa di una sua reazione.

Faccio parte delle ragazze, quindi vado anch'io verso l'albero e recupero una grande busta da parte di Théa, la studentessa di Belle Arti coinquilina di Radana. Mi guarda, impaziente che la apra, così lo faccio subito.

Apro la busta e tiro fuori un foglio con un mio ritratto disegnato a matita. Rimango a bocca aperta… Io e lei non ci siamo frequentate più di tanto, eppure la precisione del tratto è incredibile. Ovviamente le vado vicino per ringraziarla il più affettuosamente possibile, e per dirle quanto sono colpita e che non vedo l'ora di farlo incorniciare.

Radana riceve una candela riciclata, Théa un *pot-pourri* con stecche di cannella, chiodi di garofano e anice stellato ed Élise il premio più ambito: il regalo di Romeo. Le ha costruito uno strano animale con una scatoletta di fiammiferi colorata e fiammiferi come zampe. Impossibile capire cosa abbia voluto rappresentare, ma lui la chiama la "scatola per anelli definitiva". Non dico niente, è brutta e non vale assolutamente la mia palla di vetro con la neve!

Lancio un'occhiata a Serena e Ines, e capisco che si sono scambiate un regalo in privato, lontano da sguardi indiscreti. Sembrano così innamorate…

Sorrido e torno sugli altri, i ragazzi stanno aspettando.

Quando annuncio che tocca a loro, incrocio lo sguardo di Romeo. Non riesco a immaginare cosa pensi e dove ci porterà quello che sta per accadere. So solo che un'entità malefica mi si è annidata nello stomaco e me lo sta bruciando. Non sono mai stata così tesa in tutta la mia vita.

Prendo il suo regalo e mi allontano verso la scala dove sono caduta con Radana. Appoggiata al muro, vedo tutto quello che succede.

Anthony, Romeo, Ionut e Kowè si avvicinano all'albero, sotto cui restano solo tre regali. Ovviamente Romeo rimane a mani vuote, così si gira per vedere chi non ha fatto il compito, e il suo sguardo si ferma su di me. Ho il suo regalo fra le mani, all'interno di quell'orribile borsa con gli abeti stampati. Scuote la testa sorridendo, probabilmente sorpreso a metà. Si avvicina lentamente, senza avere la minima idea di cosa sta facendo passare al mio cuore. A meno che non sia proprio il contrario.

Arretro fino alla scala che porta al piano di sopra, al riparo dagli sguardi degli altri.

Romeo mi raggiunge e ho l'impressione che occupi tutto lo spazio.

«E quindi sei tu, il mio Secret Santa…»

«Lo sospettavi?»

Scuote la testa.

«Per nulla.»

Cerco di passarmi una mano tra i capelli, ma mi ricordo di avere lo chignon e mi incastro, un po' imbarazzata.

«Eccolo qui. Buon Natale.»

Quando lo prende, le nostre dita si toccano. Invece di tirare indietro le sue, Romeo si china e mi posa sulla guancia un bacio leggero. Non riesco a reprimere un brivido.

«Grazie.»

«Non ho una grande manualità, quindi…»

Estrae la palla di neve dalla borsa, viene a capo delle decine di fogli A4 che la proteggono e la guarda, sbalordito.

«Visto che ti manca la tua isola e ami così tanto la neve, ho voluto metterle insieme, così le avrai per sempre con te.»

Non dice una parola, guarda con attenzione ogni dettaglio e alla fine prova a rovesciarla, in modo che le *paillettes* bianche si sparpaglino all'interno.

«L'hai fatta… tu?»

«Sì, per questo è così approssimativa.»

«No, è incredibile, Fann… Sono davvero colpito.»

Appoggia la palla di neve sul primo gradino della scala e allunga la mano per accarezzarmi il viso. Una carezza lenta che mi percorre la guancia, la mascella, le labbra. Chiudo gli occhi, sull'orlo di un colpo apoplettico.

«Penso di non farcela...» dice.

«A fare cosa?»

Il suo sguardo diventa così tenero.

«A fare a meno di te...»

«Nessuno ti obbliga, soprattutto io.»

«Soprattutto tu...»

Allora si china verso di me, facendomi battere il cuore all'impazzata. Sta per baciarmi... Poi, però, si ferma di colpo e si raddrizza.

«C'è qualcosa che non torna nella tua palla di Natale.»

«Eh?»

«Manca un personaggio.»

Cerco di capire, dico la prima cosa che mi passa per la testa.

«Oh... Un cane? Hai un cane?»

Scoppia a ridere.

«No, non ho cani.»

Fa una pausa.

«Manchi tu. Perché quando tornerò a La Réunion, tu verrai con me e ti farò conoscere la mia famiglia.»

«Oh, Romeo...»

Mi sorride, si china di nuovo e finalmente appoggia la sua bocca sulla mia. All'inizio dolcemente, poi in un bacio che ci divora entrambi, come una promessa, quella di non lasciarci più.

Con la fronte appoggiata l'una contro l'altra, riprendiamo fiato.

Romeo si raddrizza, fruga nella tasca e tira fuori un oggetto impacchettato in un pezzo di tessuto bianco.

«Che cos'è?»

«Un regalo per te.»

Sorrido, più felice che mai.

Apro il tessuto con delicatezza e mi trovo davanti la conchiglia più bella che abbia mai visto, bianca, con delle macchie rosate, a forma di cuore.

«È un cardio a forma di cuore arrivato sulla spiaggia di Manapany.»

«È bellissima…»

«Andremo a raccoglierle insieme.»

Credo che il mio sorriso valga più di mille parole.

La spiaggia di Manapany, Lille, ovunque, ma con Romeo.

Mi stringo contro il suo petto, lui mi avvolge con le braccia, chiudo gli occhi.

«Be', piccioncini, ne avete ancora per tanto?» ci interrompe Serena. «Vi stiamo aspettando per mangiare!»

Io e Romeo ci guardiamo, ridiamo e raggiungiamo gli altri tenendoci per mano. La tavola è apparecchiata, semplice e calda. Ci sono le candele accese, delle stelle dorate sparpagliate sulla tovaglia… Sono tutti seduti davanti ai piatti, parlano, ridono, bevono, e per un attimo sembrano aver dimenticato i problemi di tutti i giorni. Niente minimarket, niente necessità, resta solo quello che abbiamo da condividere: l'amicizia.

Non mi siedo subito, trascino Romeo vicino all'albero che troneggia orgoglioso di fronte alla finestra, mentre fuori comincia a scendere la neve, che imbianca con grossi fiocchi la città.

Ci scambiamo un'occhiata, ci giriamo verso la strada, poi gli appoggio la testa su una spalla ripensando a tutto quello che ho vissuto negli ultimi ventiquattro giorni.

Il mio Avvento più bello.

Non importa cosa mi riserva il futuro, non importa che io sia ricca o povera, ormai so che tutto quello che cercavo si trova qui, ora.

Eccola, la vera magia del Natale.